Hemingway

Der Garten Eden

Ernest

Hemingway

Der Garten Eden

Roman

Deutsch

von Werner Schmitz

Aufbau-Verlag

Titel der amerikanischen Originalausgabe
THE GARDEN OF EDEN

ISBN 3-351-01746-4

1. Auflage 1989
Aufbau-Verlag Berlin und Weimar
Ausgabe für die Deutsche Demokratische Republik mit Genehmigung
der Rowohlt Verlag GmbH, Reinbek bei Hamburg

Die Originalausgabe erschien bei Charles Scribner's Sons, New York 1986
Einbandgestaltung Erich Rohde/Fabian Rohde
Typographie Peter Friederici
Karl-Marx-Werk, Graphischer Großbetrieb, Pößneck V 15/30
Printed in the German Democratic Republic
Lizenznummer 301. 120
Bestellnummer 614 271 7
00880

Vorbemerkung

Wie bereits Hemingways früher veröffentlichtes postumes Werk „Inseln im Strom“ war auch dieser Roman bei seinem Tod nicht vollendet. Bei der Einrichtung dieses Buchs für den Druck wurden Kürzungen im Manuskript und einige redaktionelle Korrekturen vorgenommen. Von einigen sehr wenigen unbedeutenden Einschüben abgesehen, die zur Wahrung des Zusammenhangs notwendig wurden, ist jedoch nichts hinzugefügt worden. Das Werk ist in jeder wesentlichen Hinsicht das des Autors.

Charles Scribner's Sons

Erstes Buch

I

Sie lebten damals in Le Grau-du-Roi, ihr Hotel lag an einem Kanal, der sich von der befestigten Stadt Aiguesmortes zum Meer hinzog. Sie konnten die Türme von Aiguesmortes über der Tiefebene der Camargue sehen, und fast täglich fuhren sie mit ihren Fahrrädern über die weiße Straße am Kanal entlang dorthin. Abends und morgens kamen mit der Flut die Seebarsche in den Kanal, und sie sahen die Meeräschen mit wilden Sprüngen vor den Barschen fliehen und beim Angriff der Barsche das Wasser schäumen.

Ein Pier erstreckte sich in die sanfte blaue See, und sie angelten von diesem Pier aus, schwammen nahe am Strand und halfen den Fischern täglich beim Einholen des langen Netzes, mit dem die Fische auf den breiten abfallenden Strand gezogen wurden. Im Café an der Ecke mit Blick aufs Meer tranken sie Apéritifs und beobachteten die Segel der Makrelenfischerboote draußen im Golf von Lion. Das Frühjahr war weit fortgeschritten, die Makrelen zogen zu ihren Laichplätzen, und die Fischer der Hafenstadt hatten viel zu tun. Es war eine heitere und freundliche Stadt, und dem jungen Paar gefiel das Hotel, in dem es oben vier Zimmer gab und unten ein Restaurant und zwei Billardtische mit Blick auf den Kanal und den Leuchtturm. Ihr Zimmer sah aus wie das Bild von van Goghs Zimmer in Arles, bis auf das Doppelbett und zwei große Fenster, und über das Wasser und den Sumpf und das Strandgras konnte man bis zu dem hellen Strand der weißen Stadt Palavas sehen.

Sie hatten immer Hunger, obwohl sie sehr gut aßen.

Sie hatten Hunger aufs Frühstück, das sie im Café einnahmen, sie bestellten brioche, café au lait und Eier, und die Marmelade auszuwählen und sich zu entscheiden, wie die Eier zubereitet werden sollten, war richtig aufregend. Sie waren zum Frühstück immer so hungrig, daß das Mädchen häufig Kopfschmerzen hatte, bis der Kaffee kam. Aber der Kaffee vertrieb den Kopfschmerz. Sie trank den Kaffee ohne Zucker, und der junge Mann lernte, sich das zu merken.

An diesem Morgen gab es brioche, Himbeermarmelade und gekochte Eier mit einem Stück Butter darauf, das schmolz, als sie sie in den Bechern verrührten und leicht salzten und Pfeffer darüber mahlten. Es waren große, frische Eier, und die des Mädchens waren nicht ganz so lange gekochte wie die des jungen Mannes. Das merkte er sich leicht, und er war zufrieden mit seinem, das er mit dem Löffel zerteilte und nur mit der geschmolzenen Butter angefeuchtet aß, und er genoß die Frische des frühen Morgens und den Biß auf die grob zermahlenen Pfefferkörner und den heißen Kaffee und die nach Zichorie duftende Schale café au lait.

Die Fischerboote waren alle weit draußen. Sie waren noch im Dunkeln mit der ersten Brise ausgefahren, und der junge Mann und das Mädchen waren aufgewacht und hatten ihnen zugehört und sich dann unterm Betttuch zusammengerollt und waren wieder eingeschlafen. Als es draußen schon hell, das Zimmer aber noch abgedunkelt war, hatten sie halbwach miteinander geschlafen und dann zusammen dagelegen, glücklich und erschöpft, und dann noch einmal miteinander geschlafen. Danach waren sie so hungrig, daß sie das Frühstück nicht mehr zu erleben glaubten, und jetzt saßen sie in dem Café, aßen und beobachteten das Meer und die Segel, und es war wieder ein neuer Tag.

„Woran denkst du?“ fragte das Mädchen.

„An nichts."
„Du mußt doch an was denken."
„Ich hab mich nur gefühlt."
„Wie?"
„Glücklich."
„Aber ich krieg so 'n Hunger", sagte sie. „Meinst du, das ist normal? Kriegt man immer so 'n Hunger, wenn man miteinander schläft?"
„Wenn man den anderen liebt."
„Ach, du weißt viel zu gut Bescheid", sagte sie.
„Nein."
„Was soll's auch. Mir macht's Spaß, und wir brauchen uns um nichts Sorgen zu machen, oder?"
„Kein bißchen."
„Was meinst du, was sollen wir unternehmen?"
„Ich weiß nicht", sagte er. „Was meinst du?"
„Ist mir völlig gleich. Wenn du gern angeln willst, würde ich einen Brief schreiben oder zwei, und dann könnten wir vor dem Mittagessen noch schwimmen gehen."
„Um hungrig zu werden?"
„Sag das bloß nicht. Ich krieg jetzt schon wieder Hunger, und wir sind noch nicht mal mit dem Frühstück fertig."
„Mittagessen wäre nicht schlecht."
„Und nach dem Mittagessen?"
„Machen wir wie brave Kinder ein Nickerchen."
„Das ist ja eine ganz neue Idee", sagte sie. „Warum sind wir darauf nicht früher gekommen?"
„Manchmal habe ich solche Eingebungen", sagte er. „Ich bin ein erfinderischer Typ."
„Ich bin ein zerstörerischer Typ", sagte sie. „Und ich werde dich zerstören. Man wird oben an der Mauer unter unserem Fenster eine Tafel anbringen. Ich werde in der Nacht aufwachen und dir irgend etwas antun, was

du dir nie hättest träumen lassen. Ich wollte schon vorige Nacht, aber ich war zu verschlafen."

„Du bist zu verschlafen, um gefährlich zu sein."

„Wieg dich nur nicht in trügerischer Sicherheit. Ach, Darling, wenn's doch nur bald wieder Zeit zum Mittagessen wäre."

Sie saßen da in ihren gestreiften Fischerhemden und den Shorts, die sie in dem Spezialgeschäft für Fischereibedarf gekauft hatten, und sie waren sehr braungebrannt, und ihr Haar war von Sonne und Meer strähnig gebleicht. Die meisten Leute hielten sie für Bruder und Schwester, bis sie sagten, sie seien verheiratet. Manche glaubten nicht, daß sie verheiratet seien, und das gefiel dem Mädchen sehr.

In jenen Jahren kamen nur sehr wenige Leute im Sommer ans Mittelmeer, und nach Le Grau-du-Roi kam kein Mensch, von ein paar Leuten aus Nîmes abgesehen. Es gab dort weder ein Casino noch sonstige Vergnügungsstätten, und außer in den heißesten Monaten, wenn Leute zum Baden hierher kamen, stand das Hotel leer. Fischerhemden trug man damals noch nicht, und dieses Mädchen, mit dem er verheiratet war, war das erste überhaupt, das er je eins hatte tragen sehen. Sie hatte die Hemden für sie beide gekauft und danach im Waschbekken ihres Hotelzimmers gewaschen, um ihnen die Steifheit zu nehmen. Sie waren steif und strapazierfähig gewebt, aber mehrmaliges Waschen machte sie weich, und jetzt waren sie eingetragen und so weich, daß, als er das Mädchen jetzt ansah, ihre Brüste sich schön unter dem verwaschenen Stoff abzeichneten.

Shorts trug damals ebenfalls niemand in der Gegend um das Dorf, und wenn sie mit dem Fahrrad unterwegs waren, konnte das Mädchen keine tragen. Aber im Ort selbst machte es nichts, da die Leute sehr freundlich waren, und nur der Dorfpfarrer rümpfte die Nase. Zur

Sonntagsmesse aber ging das Mädchen in Rock und langärmeligem Pullover, das Haar mit einem Kopftuch bedeckt, und der junge Mann stand hinten in der Kirche bei den Männern. Sie gaben zwanzig Francs, was damals mehr als ein Dollar war, und da der Pfarrer die Kollekte persönlich einsammelte, kannte man ihre Einstellung zur Kirche, und das Tragen von Shorts im Dorf wurde eher als Schrulle von Ausländern betrachtet und nicht so sehr als Angriff auf die Moral der Hafenorte in der Camargue. Der Pfarrer sprach nicht mit ihnen, wenn sie Shorts trugen, aber er verurteilte sie auch nicht, und wenn sie am Abend lange Hosen anhatten, verneigten sich die drei voreinander.

„Ich geh rauf, Briefe schreiben", sagte das Mädchen; sie stand auf, lächelte dem Kellner zu und ging aus dem Café.

„Monsieur will angeln gehn?" fragte der Kellner, als der junge Mann, der David Bourne hieß, ihn herbeirief und zahlte.

„Ich denke schon. Wie ist die Strömung?"

„Die Strömung heute ist sehr gut", sagte der Kellner. „Ich hab Köder, wenn Sie welche brauchen."

„An der Straße kann ich auch welche bekommen."

„Nein. Nehmen Sie die. Es sind Ringelwürmer, ich hab 'ne Menge davon."

„Können Sie mit rauskommen?"

„Ich habe jetzt noch Dienst. Aber vielleicht komme ich nachher mal schauen, wie Sie zurechtkommen. Sie haben Ihre Angelausrüstung?"

„Im Hotel."

„Kommen Sie noch mal wegen der Würmer vorbei."

Im Hotel wollte der junge Mann aufs Zimmer gehen und nach dem Mädchen sehen, fand aber statt dessen die lange, zusammengesetzte Bambusstange und den Korb mit der Angelausrüstung hinter dem Empfangstisch, an dem die Zimmerschlüssel hingen, und trat gleich wieder in die Helligkeit der Straße hinaus, ging am Café vorbei und begab sich auf den gleißenden Pier. Die Sonne schien warm, aber es wehte ein frischer Wind, und die Flut begann eben zurückzugehen. Er wünschte, er hätte eine Wurfangel und Blinker mitgebracht, dann hätte er nämlich die Angel über die Strömung des Kanalwassers hinweg zu den Felsen auf der anderen Seite auswerfen können; so aber hielt er seine lange Stange mit Korken und Schwimmer aus und ließ behutsam einen Ringelwurm in einer Tiefe schweben, in der seiner Meinung nach Fische beißen mochten.

Er angelte eine Zeitlang ohne Glück und beobachtete die Manöver der Makrelenboote draußen auf dem blauen Meer und die Schatten der hohen Wolken auf dem Wasser. Dann ging auf einmal sein Schwimmer steil runter, die Leine zog sich stramm, und er brachte die Stange gegen den Zug eines starken Fisches wieder hoch, der wild umherjagte und sie durchs Wasser peitschen ließ. Er versuchte ihn so locker wie möglich zu halten, aber die lange Stange bog sich durch, bis Leine und Leitschnur fast zerrissen, als der Fisch das offene Meer zu gewinnen suchte. Der junge Mann ging auf dem Pier neben ihm her, um den Zug abzufangen, aber der Fisch zog auch dann noch dermaßen, daß ein Viertel der Angelrute unter Wasser gezerrt wurde.

Der Kellner war ganz aufgeregt aus dem Café gekommen. Er stand neben dem jungen Mann und redete auf ihn ein: „Halten Sie ihn fest. Festhalten. Halten Sie ihn so sachte wie möglich. Er wird schon müde werden. Lassen Sie ihn nicht die Schnur zerreißen. Ganz sachte. Sachte. Sachte."

Noch sachter konnte der junge Mann unmöglich mit ihm umgehen, es sei denn, er wäre dem Fisch ins Wasser gefolgt, und das wäre bei der Tiefe des Kanals wenig sinnvoll gewesen. Könnte ich doch bloß am Ufer neben ihm hergehen, dachte er. Aber sie hatten jetzt das Ende des Piers erreicht. Die Angelrute war mehr als zur Hälfte unter Wasser.

„Halten Sie ihn sachte“, flehte der Kellner. „Die Leitschnur hält was aus.“

Der Fisch ging tief runter, raste im Zickzack hin und her, und die lange Bambusstange bog sich unter seinem Gewicht und seiner explosiven, reißenden Kraft. Dann kam er an die Oberfläche, schlug wild um sich, und schließlich ging er wieder runter, und der junge Mann spürte, daß, obwohl der Fisch nichts von seiner Stärke eingebüßt zu haben schien, sein tragisches Wüten nachgelassen hatte und er sich jetzt um das Ende des Piers und dann den Kanal herauf führen lassen würde.

„Immer sachte“, sagte der Kellner. „Ja, jetzt ganz sachte. Sachte, für uns alle.“

Noch zweimal zerrte der Fisch in Richtung offenes Meer, und zweimal führte der junge Mann ihn zurück, und jetzt zog er ihn behutsam am Pier entlang auf das Café zu.

„Wie geht's ihm?“

„Gut, aber wir haben ihn besiegt.“

„Sagen Sie das nicht“, meinte der Kellner. „Sagen Sie das nicht. Wir müssen ihn müde machen. Müde machen. Müde.“

„Er hat mir den Arm ermüdet“, sagte der junge Mann.

„Soll ich ihn übernehmen?“ fragte der Kellner hoffnungsvoll.

„Mein Gott, nein.“

„Immer locker, locker, locker. Sachte, sachte, sachte“, sagte der Kellner.

Der junge Mann brachte den Fisch an der Terrasse des Cafés vorbei und in den Kanal. Er schwamm jetzt dicht unter der Oberfläche, war aber noch immer kräftig, und der junge Mann fragte sich, ob sie ihn jetzt etwa durch die ganze Stadt am Kanal entlang begleiten würden. Es hatten sich nämlich eine Menge Leute eingefunden, und als sie am Hotel vorbeikamen, sah das Mädchen sie durchs Fenster und rief: „Oh, was für ein herrlicher Fisch! Warte auf mich! Warte auf mich!"

Sie hatte den Fisch in seiner ganzen Größe deutlich von oben im Wasser schwimmen sehen, dazu ihren Mann mit der fast ganz durchgebogenen Bambusstange und die Prozession in seinem Gefolge. Als sie ans Kanalufer kam und hastig die Leute einholte, war die Prozession gerade stehengeblieben. Der Kellner stand am Rand des Kanals im Wasser, und ihr Mann lotste den Fisch langsam an eine mit Unkraut bewachsene Stelle des Ufers. Der Fisch war jetzt an der Oberfläche, und der Kellner bückte sich, umfaßte ihn mit beiden Händen, drückte ihm die Daumen in die Kiemen, hob ihn heraus und stieg mit ihm aus dem Wasser. Es war ein schwerer Fisch, der Kellner hielt ihn sich hoch vor die Brust, und der Kopf war unter seinem Kinn und der Schwanz klatschte ihm gegen die Schenkel.

Mehrere Männer klopften dem jungen Mann auf die Schulter und umarmten ihn, und eine Frau vom Fischmarkt gab ihm einen Kuß. Dann umarmte ihn das Mädchen, küßte ihn und sagte: „Hast du ihn gesehen?"

Schließlich gingen sie alle rüber, um sich anzusehen, wie er dort am Straßenrand lag: silbrig wie ein Lachs, mit einem dunklen, stahlblau glänzenden Streifen auf dem Rücken. Es war ein stattlicher, schön gewachsener Fisch mit großen lebendigen Augen; er atmete langsam und gebrochen.

„Was ist das für einer?"

„Ein loup", sagte er. „Also ein Seebarsch. Man nennt sie hier auch bar. Wunderbare Fische. Das ist der größte, den ich je gesehen habe."

Der Kellner, André mit Namen, kam rüber, umarmte David und küßte ihn, und dann küßte er das Mädchen.

„Madame, das muß sein", sagte er. „Wirklich, es muß sein. Noch nie hat jemand einen solchen Fisch mit so einem Gerät gefangen."

„Wir sollten ihn wiegen lassen", sagte David.

Sie waren jetzt im Café. Nach dem Wiegen hatte der junge Mann das Angelzeug weggebracht und sich gewaschen; der Fisch lag auf einem Eisblock, der mit dem camion aus Nîmes gekommen und für den Makrelenfang gedacht gewesen war. Der Fisch hatte etwas über fünfzehn Pfund gewogen. Jetzt auf dem Eis war er noch immer silbern und schön, aber die Farbe auf seinem Rükken war in Grau umgeschlagen. Nur seine Augen sahen noch lebendig aus. Die Makrelenboote liefen jetzt ein, und die Frauen luden die blau und grün und silbrig glänzenden Makrelen aus den Booten in große Körbe, die sie auf ihren Köpfen zum Fischlagerhaus trugen. Man hatte einen sehr guten Fang gemacht, und alles im Ort war emsig und zufrieden.

„Was fangen wir mit dem großen Fisch an?" fragte das Mädchen.

„Sie werden ihn mitnehmen und verkaufen", sagte der junge Mann. „Er ist zu groß, als daß man ihn hier zubereiten könnte, und sie meinen, es wäre jammerschade, ihn zu zerschneiden. Vielleicht kommt er bis nach Paris und endet in einem großen Restaurant. Oder es kauft ihn irgend jemand, der sehr viel Geld hat."

„Er sah so schön aus im Wasser", sagte sie. „Und als André ihn hochhielt. Ich konnt's gar nicht glauben, als ich ihn vom Fenster aus sah und dich mit deiner Meute im Gefolge."

„Wir kriegen für uns einen kleineren. Sie schmecken wirklich wunderbar. Die kleineren muß man mit Butter und Kräutern grillen. Sie schmecken wie unsere Streifenbarsche zu Hause.“

„Ich bin ganz begeistert von dem Fisch“, sagte sie. „Wie herrlich einfach wir uns vergnügen!“

Sie hatten Hunger aufs Mittagessen; die Flasche Wein war kalt, und sie tranken ihn zu der Sellerie-Remoulade, den kleinen Radieschen und den selbsteingelegten Pilzen aus dem großen Glastopf. Der Barsch war gegrillt und hatte die Streifen vom Rost auf seiner silbrigen Haut, und die Butter schmolz auf der heißen Platte. Es gab Zitronen in Scheiben, die man über den Barsch träufeln konnte, und frisches Brot aus der Bäckerei, und der Wein kühlte ihre von den heißen Bratkartoffeln erhitzten Zungen. Es war ein guter, leichter, trockener und spritziger Weißwein, der Stolz des Restaurants.

„Beim Essen sind wir ja keine großen Unterhalter“, sagte das Mädchen. „Langweile ich dich, Darling?“

Der junge Mann lachte.

„Lach mich nicht aus, David.“

„Tu ich ja gar nicht. Nein. Du langweilst mich nicht. Dein Anblick macht mich schon glücklich, auch wenn du kein Wort sagen würdest.“

Er schenkte ihr noch ein kleines Glas Wein ein und füllte dann seins wieder auf.

„Ich habe eine große Überraschung. Ich hab dir doch noch nichts davon erzählt?“ sagte das Mädchen.

„Was für eine Überraschung?“

„Ach, was ganz Simples, aber auch Kompliziertes.“

„Sag’s mir.“

„Nein. Es könnte dir gefallen, vielleicht hättest du aber auch was dagegen.“

„Hört sich zu gefährlich an.“

„Es ist gefährlich“, sagte sie. „Aber frag mich nicht. Ich geh rauf ins Zimmer, wenn ich darf.“

Der junge Mann bezahlte das Essen und trank den

restlichen Wein aus, der in der Flasche war. Dann ging er nach oben. Die Kleider des Mädchens lagen gefaltet auf einem der van-Gogh-Stühle, und sie erwartete ihn, das Laken über sich gezogen, im Bett. Ihr Haar floß über das Kopfkissen, und ihre Augen lachten; er hob das Laken, und sie sagte: „Hallo, Darling. Hast du schön zu Mittag gegessen?"

Hinterher lagen sie glücklich und träge zusammen, sein Arm unter ihrem Kopf, und er spürte, wie sie ihren Kopf hin und her wandte und ihn an seiner Wange rieb. Er fühlte sich an wie Seide und kaum aufgerauht von Sonne und Meer. Dann, während ihr das Haar vollständig übers Gesicht hing, so daß es ihn berührte, wenn sie den Kopf bewegte, begann sie mit ihm zu spielen, erst leise und forschend, dann voller Entzücken, und sie sagte: „Du liebst mich doch, oder?"

Er nickte und küßte sie auf den Scheitel, drehte dann ihren Kopf zu sich hin und küßte sie auf die Lippen.

„Oh", sagte sie. „Oh."

Viel später lagen sie eng umschlungen nebeneinander, und sie sagte: „Und du liebst mich einfach so, wie ich bin? Bist du sicher?"

„Ja", sagte er. „Ja, sehr."

„Weil ich mich verändern werde."

„Nein", sagte er. „Nein. Nicht verändern."

„Ich werd's aber", sagte sie. „Für dich. Und für mich auch. Ich will dir da gar nichts vormachen. Aber du wirst auch was davon haben. Ganz bestimmt, aber ich sollte nicht davon sprechen."

„Ich mag Überraschungen, aber mir gefällt alles, wie es jetzt in diesem Augenblick ist."

„Dann sollte ich's vielleicht lassen", sagte sie. „Ach, ich bin traurig. Es war so eine wunderbare gefährliche Überraschung. Ich habe tagelang darüber nachgedacht und mich erst heute morgen entschieden."

„Nun, wenn du's unbedingt willst."

„Ich will", sagte sie. „Und ich werd's machen. Bis jetzt hat dir doch alles gefallen, was wir gemacht haben?"

„Ja."

„Gut."

Sie schlüpfte aus dem Bett und stand aufrecht da mit ihren langen braunen Beinen und ihrem schönen Körper, der gleichmäßig gebräunt war von dem abgelegenen Strand, wo sie ohne Kleider baden gingen. Sie bog die Schultern zurück, reckte das Kinn und schüttelte den Kopf, daß ihr das dichte lohfarbene Haar um die Wangen schlug; dann beugte sie sich vor, und es fiel nach vorne und bedeckte ihr Gesicht. Sie zog das gestreifte Hemd über den Kopf, warf ihr Haar zurück, setzte sich dann auf den Stuhl vor dem Schrankspiegel und bürstete es mit kritischem Blick nach hinten. Es fiel ihr bis auf die Schultern. Sie schüttelte den Kopf vor ihrem Spiegelbild. Dann zog sie ihre lange Hose an, schnallte den Gürtel zu und stieg in ihre verschossenen blauen Schuhe mit den geflochtenen Sohlen.

„Ich muß nach Aiguesmortes fahren", sagte sie.

„Schön", sagte er. „Ich komme mit."

„Nein. Ich muß allein hin. Wegen der Überraschung."

Sie verabschiedete sich mit einem Kuß und ging runter; er sah ihr zu, wie sie das Fahrrad bestieg und dann zügig und gelöst mit im Wind flatterndem Haar die Straße hochfuhr.

Die Nachmittagssonne schien jetzt ins Fenster, und im Zimmer wurde es zu warm. Der junge Mann wusch sich, zog sich an und ging nach unten, um einen Strandspaziergang zu machen. Eigentlich müßte er jetzt schwimmen gehen, aber er war müde, und nachdem er am Strand entlang und über einen Pfad durch die Salzwiesen ein Stück landeinwärts spaziert war, ging er über den Strand zum Hafen zurück und stieg zum Café hinauf. Dort gab es die Zeitung, und er bestellte sich eine fine à l'eau, denn er fühlte sich hohl und ausgebrannt von der Liebe.

Sie hatten vor drei Wochen geheiratet und waren mit dem Zug Paris–Avignon heruntergefahren, im Gepäck ihre Fahrräder, einen Koffer mit ihrer Stadtgarderobe, einen Rucksack und eine Umhängetasche. In Avignon hatten sie ein gutes Hotel bezogen, den Koffer dort gelassen und eigentlich vorgehabt, mit den Rädern zum Pont du Gard zu fahren. Aber da gerade der Mistral blies, fuhren sie mit dem Wind nach Nîmes runter und wohnten dort im „Imperator"; dann waren sie, den kräftigen Wind noch immer im Rücken, nach Aiguesmortes und von da weiter nach Le Grau-du-Roi gefahren. Und dort waren sie also seither.

Es war herrlich, und sie waren so richtig glücklich gewesen, und er hatte vorher nicht gewußt, daß man jemanden dermaßen lieben konnte, daß einem alles andere gleichgültig war und nichts anderes zu existieren schien. Als er heiratete, hatte er eine Menge Probleme gehabt, aber hier, jetzt, hatte er weder daran gedacht noch ans Schreiben noch an irgend etwas sonst, sondern nur daran, daß er mit dem Mädchen zusammen war, das er liebte und mit dem er verheiratet war, und auch die plötzliche tödliche Klarheit, die ihn sonst immer nach dem Geschlechtsverkehr überfallen hatte, blieb jetzt aus. Die kam nicht mehr. Wenn sie jetzt miteinander geschlafen hatten, aßen und tranken sie und schliefen noch mal miteinander. Eine ganz unkomplizierte Welt, in keiner anderen war er je so glücklich gewesen. Er glaubte, bei ihr müsse es genauso sein, und sicher verhielt sie sich auch so, aber dann heute diese Sache mit der Veränderung und der Überraschung. Aber vielleicht würde die Veränderung ja erfreulich und die Überraschung gut sein. Der Brandy mit Wasser, den er beim

Lesen der Lokalzeitung trank, bewirkte, daß er sich darauf freute, was auch immer kommen mochte.

Es war das erstemal, seit sie auf Hochzeitsreise waren, daß er Brandy oder Whiskey trank, wenn sie nicht zusammen waren. Aber er arbeitete nicht, und für ihn gab es beim Trinken nur eine einzige Regel, nämlich nicht vor oder während der Arbeit zu trinken. Es wäre schön, wieder zu arbeiten, aber das käme noch früh genug, das war ihm klar, und er mußte immer daran denken, das ganz uneigennützig zu sehen, und sich immer wieder einschärfen, daß die dadurch erzwungene Einsamkeit etwas Bedauerliches war, auf das er nicht stolz sein konnte. Er war sicher, daß ihr das nichts ausmachen würde und sie sich gut allein beschäftigen konnte, aber er haßte die Vorstellung, wieder mit der Arbeit anzufangen, wo es ihnen jetzt gerade so gut ging. Natürlich konnte er ohne die Klarheit nicht anfangen, und er fragte sich, ob sie das wußte und ob sie etwa deswegen jetzt einen Anlauf unternahm, etwas ganz Neues ins Spiel zu bringen, das durch nichts zu zerstören wäre. Aber was konnte das sein? Enger als jetzt konnten sie nicht zusammen sein, und schlechte Gefühle hinterher gab's auch nicht. Nur Glücklichsein und Liebe, dann Hunger und Sattessen, und dann wieder von vorn.

Er stellte fest, daß er die fine à l'eau ausgetrunken hatte und der Nachmittag schon weit fortgeschritten war. Er bestellte sich noch eine und begann sich auf die Zeitung zu konzentrieren. Aber die Zeitung interessierte ihn nicht so, wie sie hätte sollen, und eben blickte er aufs Meer hinaus, auf dem schwer die Spätnachmittagssonne lag, als er sie ins Café kommen und mit ihrer kehligen Stimme sagen hörte: „Hallo, Darling."

Sie trat rasch an den Tisch, setzte sich, hob das Kinn und sah ihn an mit ihren lachenden Augen und ihrem goldenen, mit winzigen Sommersprossen bedeckten Gesicht. Ihr Haar war kurzgeschoren wie bei einem Jungen. Kompromißlos geschnitten. Es war zurückgebürstet, dicht wie immer, aber an den Seiten war es kurz, und ihre eng anliegenden Ohren lagen frei, und ihre lohfarbenen Stirnhaare waren kurzgeschnitten und glatt nach hinten geschwungen. Sie drehte den Kopf, reckte ihre Brüste vor und sagte: „Küß mich bitte."

Er küßte sie, betrachtete ihr Gesicht und ihre Haare und küßte sie noch einmal.

„Gefällt's dir? Fühl mal, wie weich. Fühl mal im Nakken", sagte sie.

Er fühlte im Nacken.

„Fühl mal an meinen Wangen und vor meinem Ohr. Streichel mit den Fingern darüber. Siehst du", sagte sie. „Das ist die Überraschung. Ich bin ein Mädchen. Aber jetzt bin ich auch ein Junge, und ich kann alles, alles, alles machen."

„Setz dich zu mir", sagte er. „Was willst du haben, Bruder?"

„Oh, danke", sagte sie. „Ich nehm dasselbe wie du. Du siehst jetzt, was daran gefährlich ist, oder?"

„Ja. Sehe ich."

„Aber war's nicht gut, daß ich es getan habe?"

„Kann sein."

„Nicht kann sein. Nein. Ich hab darüber nachgedacht. Ganz genau nachgedacht. Warum sollen wir uns nach den Regeln anderer Leute richten? Wir sind wir."

„Wir haben eine schöne Zeit verbracht, und von irgendwelchen Regeln habe ich nichts bemerkt."

„Würdest du bitte noch mal mit der Hand darüber fahren."

Er tat's und küßte sie.

„Ach, du bist lieb", sagte sie. „Und es gefällt dir. Ich merke es, ich spüre es. Du brauchst dich nicht gleich dafür zu begeistern. Hauptsache, es gefällt dir erst einmal."

„Es gefällt mir", sagte er. „Und bei deiner schönen Kopfform machen sich die hübschen Wangenknochen ganz wunderbar."

„An den Seiten gefällt es dir nicht?" fragte sie. „Da ist nichts künstlich oder imitiert. Es ist ein echter Jungenhaarschnitt, ich war nicht im Schönheitssalon."

„Sondern?"

„Bei dem Friseur in Aiguesmortes. Der dir vor einer Woche die Haare geschnitten hat. Du hattest ihm gesagt, wie du es geschnitten haben wolltest, und ich habe ihn gebeten, meins genauso zu schneiden wie deins. Er war sehr nett und kein bißchen überrascht. Er war auch nicht irritiert. Er fragte: Genau wie deins? Und ich sagte: Genau so. Na, macht das keinen Eindruck auf dich, David?"

„Doch", sagte er.

„Dumme Leute werden es für seltsam halten. Aber wir müssen stolz sein. Ich bin gerne stolz."

„Ich auch", sagte er. „Beginnen wir also, stolz zu sein."

Sie saßen im Café und beobachteten die Spiegelung der untergehenden Sonne auf dem Wasser und sahen zu, wie sich die Dämmerung über den Ort senkte, und sie tranken fine à l'eau. Ohne unhöflich zu sein, kamen Leute am Café vorbei, um sich das Mädchen anzusehen – schließlich waren sie die einzigen Ausländer im Dorf und jetzt schon seit fast drei Wochen hier, und sie war eine große Schönheit und gefiel ihnen. Außerdem war da heute die Sache mit dem großen Fisch gewesen, wovon normalerweise viel geredet worden wäre, aber diese andere Geschichte war für das Dorf auch eine große Sache. Kein anständiges Mädchen in dieser Gegend hatte sich die Haare je so kurz schneiden lassen, und selbst in Paris war das etwas Seltenes und Ausgefallenes, und es konnte entweder schön aussehen oder ganz schlecht. Es konnte anrüchig wirken, bedeutete vielleicht aber auch nur die Vorführung einer schönen Kopfform, die auf keine andere Weise besser vorgeführt werden konnte.

Zu Abend aßen sie ein Steak, englisch, mit Kartoffelpüree, flageolets und Salat, und das Mädchen fragte, ob sie nicht Tavel trinken sollten: „Ein prima Wein für Verliebte", sagte sie.

Sie hatte immer genau ihrem Alter entsprechend ausgesehen, dachte er, einundzwanzig war sie jetzt. Darauf war er sehr stolz gewesen. Aber heute wirkte sie nicht so. Die Konturen ihrer Wangenknochen zeichneten sich so deutlich ab, wie er es noch nie gesehen hatte; sie lächelte, und ihr Gesicht sah herzzerreißend aus.

Im Zimmer war es dunkel, nur wenig Licht fiel von draußen herein. Es war kühl jetzt von dem leichten Wind, und das Decklaken war vom Bett gerutscht.

„Dave, es macht dir nichts, wenn wir zum Teufel gehen, oder?"

„Nein, Mädchen", sagte er.

„Sag nicht Mädchen zu mir."

„Wo ich meine Hände habe, bist du ein Mädchen", sagte er. Er hielt ihre Brüste fest umklammert und machte seine Finger auf und zu, und zwischen seinen Fingern spürte er die harte steife Frische.

„Das ist bloß meine Mitgift", sagte sie. „Das Neue ist meine Überraschung. Fühl nur. Nein, laß sie. Die bleiben ja dran. Fühl meine Wangen und meinen Nacken. Ach, wie wunderbar und gut, wie sauber und neu sich das anfühlt. Bitte, David, lieb mich so, wie ich bin. Bitte, versteh mich und lieb mich."

Er hatte die Augen geschlossen, und er spürte ihre lange leichte Last auf sich und wie ihre Brüste sich an ihn drängten und ihre Lippen auf seinen. Er lag da, und dann spürte er etwas, ihre Hand hielt ihn, griff suchend tiefer, und er half mit seinen Händen und legte sich im Dunkeln zurück und dachte an gar nichts und spürte nur das Gewicht und etwas Merkwürdiges in seinem Innern, und sie sagte: „Jetzt kannst du nicht mehr unterscheiden, wer wer ist, oder?"

„Nein."

„Du verwandelst dich", sagte sie. „Ja, das tust du. Ja. Ja, das tust du, und du bist mein Mädchen Catherine. Möchtest du dich verwandeln und mein Mädchen sein und dich von mir nehmen lassen?"

„Du bist Catherine."

„Nein. Ich bin Peter. Du bist meine wundervolle Catherine. Du bist meine schöne reizende Catherine. Es war so nett von dir, dich zu verwandeln. Ah, danke, Catherine, vielen Dank. Bitte, versteh mich. Bitte, versuch mich zu verstehen. Ich will ewig mit dir schlafen."

Am Ende waren sie beide völlig erschöpft und ausgepumpt, aber es war noch nicht vorbei. Sie lagen nebeneinander im Dunkeln, ihre Beine berührten sich, und ihr Kopf lag auf seinem Arm. Der Mond war aufgegangen, und es war etwas heller im Zimmer geworden. Sie ließ, ohne hinzusehen, forschend ihre Hand über seinen Bauch streichen und sagte: „Du hältst mich doch nicht für verdorben?"

„Natürlich nicht. Aber wie lange hast du eigentlich schon darüber nachgedacht?"

„Nicht die ganze Zeit. Aber ziemlich oft. Es war so lieb, daß du es zugelassen hast."

Der junge Mann legte seine Arme um das Mädchen und drückte es fest an sich und spürte ihre reizenden Brüste an seiner Brust und küßte sie auf ihren lieben Mund. Er hielt sie fest an sich gepreßt, und in seinem Innern sagte er immer wieder Goodbye, Goodbye, Goodbye.

„Wir wollen ganz still und ruhig liegen und uns halten

und an gar nichts denken“, sagte er, und sein Herz sagte Goodbye Catherine, Goodbye mein reizendes Mädchen, Goodbye und viel Glück und Goodbye.

2

Er stand auf und sah den Strand entlang, verkorkte die Ölflasche, steckte sie in eine Seitentasche des Rucksacks und ging dann zum Meer hinunter, er spürte, wie der Sand unter seinen Füßen immer kühler wurde. Er sah zu dem Mädchen hin, das mit geschlossenen Augen und angelegten Armen auf dem abfallenden Strand auf dem Rücken lag, hinter ihr das schräge Zeltbahndreieck und erste Büschel Strandgras. Sie sollte nicht zu lange in dieser Stellung bleiben, senkrecht von der Sonne bestrahlt, dachte er. Dann ging er weiter und tauchte flach in das klare kalte Wasser, drehte sich auf den Rücken und schwamm so ins Meer hinaus, daß er den Strand über dem gleichmäßigen Paddeln seiner Beine und Füße im Auge behielt. Er drehte sich im Wasser und tauchte auf den Grund, berührte den groben Sand und befühlte die festen Rippen darin, kam wieder an die Oberfläche und schwamm geruhsam zurück, wobei er so langsam wie möglich zu kraulen versuchte. Er ging zu dem Mädchen und sah, daß sie schlief. Er nahm seine Armbanduhr aus dem Rucksack, um sie rechtzeitig wecken zu können. Eine kalte Flasche Weißwein war in Zeitungspapier und Handtücher gewickelt. Er entkorkte sie, ohne Papier oder Handtücher zu entfernen, und nahm einen kühlen Zug aus dem unhandlichen Bündel. Dann setzte er sich, um das Mädchen anzuschauen und aufs Meer hinauszublikken.

Das Meer war kälter, als es aussah, dachte er. Es erwärmte sich erst richtig im Hochsommer, wenn man mal von den flachen Stränden absah. Dieser Strand hier fiel ziemlich steil ab, und das Wasser war schneidend kalt gewesen, bis ihm das Schwimmen eingeheizt hatte. Er sah aufs Meer hinaus und zu den hohen Wolken und bemerkte, wie weit nach Westen hin die Fangflotte arbeitete. Dann sah er das Mädchen an; sie schlief im Sand, der jetzt ganz trocken war und leise verwehte, als Wind aufkam und er seine Füße bewegte.

In der Nacht hatte er einmal gespürt, wie sie ihn mit den Händen berührte. Er war aufgewacht, der Mond schien herein, und sie vollzog noch einmal die dunkle Magie der Verwandlung, und er sagte nicht nein, als sie zu ihm sprach und ihm die Fragen stellte, und er fühlte die Verwandlung so stark, daß ihn ein Schmerz durchfuhr, und als es vorbei war und sie beide erschöpft dalagen, zitterte sie und flüsterte: „Jetzt haben wir's getan. Jetzt haben wir es wirklich getan."

Ja, dachte er. Jetzt haben wir es wirklich getan. Und als sie wieder einschlief, plötzlich wie ein müdes kleines Mädchen, und reizend neben ihm im Mondlicht auf der Seite lag, so daß der schöne neue unvertraute Umriß ihres Kopfes zu erkennen war, da beugte er sich über sie und sagte, aber nicht laut: „Ich halte zu dir. Ganz gleich, was du sonst noch im Kopf hast, ich halte zu dir, und ich liebe dich."

Am Morgen war er sehr hungrig aufs Frühstück gewesen, hatte aber gewartet, bis sie aufwachte. Schließlich küßte er sie, und sie wachte auf und lächelte und erhob sich verschlafen, wusch sich in dem großen Waschbekken, stand dann schlapp vor dem Schrankspiegel und bürstete sich das Haar und sah, ohne zu lächeln, ihr Spiegelbild an; dann lächelte sie, berührte ihre Wangen mit den Fingerspitzen und zog sich ein gestreiftes Hemd über den Kopf, und dann küßte sie ihn. Sie stand aufrecht, so daß ihre Brüste gegen seine Brust stießen, und sie sagte: „Mach dir keine Sorgen, David. Ich bin ja wieder dein liebes Mädchen."

Aber er machte sich jetzt große Sorgen, und er dachte, was soll nur aus uns werden, wenn sich die Dinge so wild und gefährlich und so schnell entwickeln? Was kann einem Feuer standhalten, das dermaßen wütet? Wir waren glücklich, und ganz bestimmt war sie glücklich. Aber wer weiß? Konnte er sich etwa ein Urteil erlauben? Wer hat denn mitgemacht und die Veränderung akzeptiert und mitgespielt? Wenn sie es so haben will, wie kannst du dich ihr dann in den Weg stellen? Du kannst von Glück sagen, eine solche Frau zu haben, und Sünde ist etwas, wenn man sich danach schlecht fühlt, und du fühlst dich nicht schlecht. Jedenfalls wenn du Wein getrunken hast, fühlst du dich nicht schlecht, aber was wirst du trinken, wenn der Wein dir dazu nicht mehr reicht?

Er nahm die Ölflasche aus dem Rucksack und rieb Kinn, Wangen und Nase des Mädchens ein, holte ein blaues, verwaschenes, gemustertes Taschentuch aus der Zelttasche des Rucksacks und legte es ihr auf die Brust.

„Muß ich aufhören?" fragte das Mädchen. „Ich träume grad so schön."

„Dann träum zu Ende", sagte er.

„Danke."

Nach einigen Minuten atmete sie tief durch, schüttelte den Kopf und setzte sich auf.

„Jetzt wollen wir schwimmen gehen", sagte sie.

Sie gingen zusammen ins Wasser und schwammen hinaus und spielten dann unter Wasser wie die Delphine. Dann schwammen sie zurück, rieben sich gegenseitig mit Handtüchern trocken, und er reichte ihr die in Zeitungspapier gewickelte, noch immer kühle Weinflasche; sie nahmen beide einen Schluck, und sie sah ihn an und lachte. „Ist schön, ihn gegen den Durst zu trinken", sagte sie. „Du hast doch wirklich nichts dagegen, daß ich dein Bruder bin?"

„Nein." Er rieb ihr Stirn und Nase, dann Wangen und Kinn mit Öl ein und verteilte es danach behutsam über und hinter ihren Ohren.

„Ich will hinter den Ohren und am Nacken braun werden, und über den Wangenknochen. An sämtlichen neuen Stellen."

„Du bist ungeheuer dunkel, Bruder", sagte er. „Du weißt gar nicht, wie dunkel."

„Es gefällt mir", sagte das Mädchen. „Aber ich will noch dunkler werden."

Sie lagen am Strand in dem festen Sand, der jetzt trokken war, aber immer noch kühl, nachdem die Flut zurückgegangen war. Der junge Mann ließ etwas Öl auf seine Handfläche tropfen und rieb sachte die Schenkel des Mädchens ein; sie glühten warm, als die Haut das Öl aufnahm. Dann rieb er ihr den Bauch ein und die Brüste, und das Mädchen sagte schläfrig: „So wie jetzt sehen wir nicht gerade wie Brüder aus, was?"

„Nein."

„Ich bemühe mich so sehr, ein gutes Mädchen zu sein", sagte sie. „Wirklich, bis zur Nacht brauchst du dir keine Sorgen zu machen, Darling. Was in der Nacht passiert, werden wir nicht an den Tag kommen lassen."

Im Hotel nahm der Postbote einen Drink, während er auf das Mädchen wartete, das ein großes, dickes, ihr von ihrer Bank in Paris nachgesendetes Päckchen quittieren mußte. Drei von seiner Bank weitergeleitete Briefe waren auch dabei. Es war die erste Post, seit sie dieses Hotel als Nachsendeadresse angegeben hatten. Der junge Mann gab dem Postboten fünf Francs und lud ihn zu einem zweiten Glas Wein an der verzinkten Theke ein. Das Mädchen hakte den Schlüssel vom Brett und sagte:

„Ich geh rauf ins Zimmer und wasch mich, wir sehen uns dann im Café."

Als er sein Glas ausgetrunken hatte, verabschiedete er sich von dem Postboten und spazierte am Kanal entlang zum Café. Es tat gut, im Schatten zu sitzen, nachdem man barhäuptig in der Sonne von dem abgelegenen Strand hierhergegangen war, und im Café war es angenehm und kühl. Er bestellte sich einen Wermut mit Soda, dann nahm er sein Taschenmesser und schlitzte seine Briefe auf. Alle drei waren von seinem Verlag, und zwei davon waren vollgestopft mit Zeitungsausschnitten und Fahnenabzügen von Anzeigen. Er warf einen flüchtigen Blick auf die Ausschnitte und las dann den langen Brief. Er war erfreulich und verhalten optimistisch. Es sei zwar noch zu früh, um zu sagen, wie das Buch sich machen werde, aber es sehe alles sehr gut aus. Die meisten Rezensionen seien ausgezeichnet. Natürlich gebe es da ein paar. Aber das sei ja zu erwarten gewesen. In den Kritiken seien einige Sätze unterstrichen, die man wahrscheinlich in künftigen Werbeanzeigen verwenden werde. Sein Verleger hätte gern mehr darüber gesagt, wie das Buch laufen würde, aber er pflege grundsätzlich keine Vorhersagen über Verkaufszahlen abzugeben. Das sei von Übel. Fest stehe allerdings, daß das Buch nicht besser hätte aufgenommen werden können. Tatsächlich sei seine Aufnahme sensationell. Aber er werde ja die Ausschnitte lesen. Die erste Auflage habe 5000 Stück betragen, und auf Grund der Rezensionen sei eine zweite Auflage angesetzt worden. Die künftigen Anzeigen würden mit dem Aufdruck *Jetzt in zweiter Auflage* versehen. Sein Verleger hoffte, daß er so zufrieden sei, wie cs ihm zukomme, und sich die wohlverdiente Ruhepause gönne. Er lasse seine Frau herzlich grüßen.

Der junge Mann lieh sich beim Kellner einen Bleistift und machte sich daran, 2.50 $ mit 1000 zu multiplizieren.

Das war einfach. Davon 10 Prozent waren 250 Dollar. Das mal fünf waren 1250 Dollar. 750 davon gingen für den Vorschuß ab. Blieben 500 Dollar, die er mit der ersten Auflage verdient hatte.

Jetzt also die zweite Auflage. Sagen wir 2000 Stück. Das brächte 12½ Prozent von 5000 Dollar. Falls dies dem Vertrag entsprach. Das wären 625 Dollar. Aber vielleicht gibt es die 12½ Prozent auch erst ab 10 000. Na, auch so waren's 500 Dollar. Insgesamt also immerhin 1000 Dollar.

Er begann die Kritiken zu lesen und stellte fest, daß er den Wermut ausgetrunken hatte, ohne etwas davon zu merken. Er bestellte sich noch einen und gab dem Kellner den Bleistift zurück. Er las noch immer in den Kritiken, als das Mädchen mit seinem dicken Umschlag voller Briefe ankam.

„Davon wußte ich ja gar nichts", sagte sie. „Laß mich mal sehen. Bitte, laß mich mal sehen."

Der Kellner brachte ihr einen Wermut, und als er ihn hinstellte, entfaltete das Mädchen gerade einen Zeitungsausschnitt, und er sah das Bild.

„C'est Monsieur?" fragte er.

„Ja", sagte das Mädchen und hielt es hoch, damit er es sehen konnte.

„Aber anders gekleidet", sagte der Kellner. „Ein Bericht von der Hochzeit? Darf ich auch ein Bild von Madame sehen?"

„Nein, nicht von der Hochzeit. Rezensionen über ein Buch von Monsieur."

„Großartig", sagte der Kellner. „Ist Madame ebenfalls Schriftstellerin?"

„Nein", sagte das Mädchen, ohne von den Ausschnitten aufzublicken. „Madame ist Hausfrau."

Der Kellner lachte stolz. „Madame ist vermutlich beim Film."

Sie lasen die Kritiken, und dann ließ das Mädchen

eine, die sie gerade las, sinken und sagte: „Die machen mir angst, und was die alles schreiben. Wie können wir wir selber sein und die Dinge haben, die wir haben, und tun, was wir tun, wenn du der da in diesen Kritiken bist?“

„Ich kenn so was schon“, sagte der junge Mann. „Sie tun einem nicht gut, aber das hält nicht lange an.“

„Sie sind fürchterlich“, sagte sie. „Sie könnten dich vernichten, wenn du über sie nachdenken oder an sie glauben würdest. Du meinst doch nicht etwa, ich hätte dich geheiratet, weil du das bist, was die in diesen Rezensionen von dir sagen?“

„Nein. Ich möchte sie lesen, und dann werden wir sie in diesem Umschlag verschließen.“

„Ich weiß, daß du sie lesen mußt, und will deswegen keine Zicken machen. Aber ich finde es schrecklich, wenn wir sie in einem Umschlag so einfach bei uns haben. Als ob man jemandes Asche in einer Urne mit sich rumschleppt.“

„Eine Menge Leute wären glücklich, wenn ihre verdammten Ehemänner gute Rezensionen bekämen.“

„Ich bin nicht eine Menge Leute, und du bist nicht mein verdammter Ehemann. Bitte, nicht zanken.“

„Ach wo. Lies du sie, und wenn du was Gutes findest, erzählst du’s mir, und wenn einer irgend etwas Intelligentes über das Buch sagt, das wir noch nicht wissen, erzählst du mir das auch. Das Buch hat schon etwas Geld eingebracht“, berichtete er ihr.

„Das ist wunderbar. Ich freu mich so. Aber wir wissen doch, daß es gut ist. Wenn die Rezensenten gesagt hätten, es wäre nichts wert und würde keinen Cent einbringen, wäre ich ganz genauso stolz und glücklich.“

Ich nicht, dachte der junge Mann. Aber das sagte er nicht. Er fuhr fort, die Kritiken zu lesen, faltete sie auf und wieder zusammen und steckte sie in den Umschlag zurück. Das Mädchen saß da und öffnete Umschläge und las gleichgültig ihre Briefe. Dann sah sie aus dem Café aufs Meer hinaus. Ihre Gesichtsfarbe war ein dunkles Goldbraun, das Haar hatte sie straff nach hinten gebürstet, so wie es auch ausgesehen hatte, als sie aus dem Wasser gestiegen war, und da, wo es kurzgeschoren war, und über den Wangen hatte die Sonne es gegen die Bräune ihrer Haut zu einem hellen Gold gebleicht. Sie blickte aufs Meer, und ihre Augen waren sehr traurig. Dann fing sie wieder an, Briefe zu öffnen. Einen langen, maschinegeschriebenen las sie mit Konzentration. Danach öffnete und las sie die übrigen Briefe. Der junge Mann sah sie an und dachte, sie mache ein wenig den Eindruck, als ob sie Erbsen enthülse.

„War was in den Briefen?“ fragte der junge Mann.

„Ein paar Schecks.“

„Dicke?“

„Zwei.“

„Wie schön“, sagte er.

„Sei nicht so abweisend. Du hast immer gesagt, das wäre egal.“

„Hab ich was gesagt?“

„Nein. Du warst nur abweisend.“

„Tut mir leid“, sagte er. „Also wieviel?“

„Nicht sonderlich. Aber tut uns gut. Sie sind eingezahlt worden. Und zwar, weil wir verheiratet sind. Ich habe dir ja gesagt, es wäre das beste für uns zu heiraten. Natürlich hat es als Vermögen nichts zu besagen, aber man kann es ausgeben. Wir können es ausgeben, dazu ist es da, und es tut keinem weh. Mit regelmäßigem Einkommen hat das nichts zu tun, und auch nicht mit dem, was ich bekomme, wenn ich fünfundzwanzig werde oder sogar dreißig. Wir können alles damit machen, was wir wollen. Fürs erste braucht sich keiner von uns um Kontostände zu sorgen. So einfach ist das.“

„Das Buch hat den Vorschuß schon reingeholt und noch rund tausend Dollar zusätzlich gebracht", sagte er.

„Ist das nicht phantastisch, wo das Buch gerade erst erschienen ist?"

„Es ist nicht schlecht. Nehmen wir noch einen davon?" fragte er.

„Trinken wir mal was anderes."

„Wieviel Wermut hast du getrunken?"

„Nur den einen. Ich muß sagen, er war nichts."

„Ich hab zwei getrunken und nichts davon geschmeckt."

„Gibt's nicht was Vernünftigeres?"

„Hast du schon mal Armagnac mit Soda getrunken? Das ist was Vernünftiges."

„Gut. Probieren wir's."

Der Kellner brachte den Armagnac, und der junge Mann bat ihn, statt des Sodawassers eine kalte Flasche Perrier zu bringen. Der Kellner schenkte zwei große Armagnacs ein, und der junge Mann tat Eis in die Gläser und goß das Perrier darüber.

„Das bringt uns hoch", sagte er. „Aber es ist schon ein Getränk für vor dem Mittagessen."

Das Mädchen nahm einen langen Schluck. „Gut", sagte sie. „Hat einen frischen sauberen gesunden häßlichen Geschmack." Sie nahm einen weiteren langen Zug. „Ich kann's richtig spüren. Du auch?"

„Ja", sagte er und holte tief Luft. „Ich kann's spüren."

Sie trank noch einmal und lächelte, und an ihren Augenwinkeln bildeten sich die Lachfältchen. Das kalte Perrier-Wasser hatte den Brandy zum Leben erweckt.

„Für Helden", sagte er.

„Ich mach mir nichts daraus, ein Held zu sein", sagte sie. „Wir sind nicht wie die andern Leute. Wir brauchen uns nicht mit Darling oder meine Liebe oder Geliebter anzureden, um uns was zu beweisen. Darling und meine

Liebste und meine Allerliebste und all das klingt für mich obszön, und wir reden uns mit Vornamen an. Du weißt, was ich sagen will. Wozu sollten wir uns mit Dingen abgeben, die alle machen?"

„Du bist ein sehr intelligentes Mädchen."

„Also gut, David", sagte sie. „Warum müssen wir so spießig sein? Warum reisen wir jetzt nicht einfach weiter, wo wir niemals mehr soviel Spaß haben werden? Wir machen alles, was du willst. Wärst du Europäer mit einem Rechtsanwalt, würde mein Geld dir sowieso gehören. Es *gehört* dir."

„Zum Teufel damit."

„Also gut. Zum Teufel damit. Aber ausgeben werden wir's, und ich finde das wunderbar. Schreiben kannst du dann hinterher. Auf diese Weise können wir uns erst einmal vergnügen, bevor ich ein Kind bekomme. Was weiß ich überhaupt, wann ich ein Kind bekommen werde? Aber das wird alles so blöd und banal, wenn man darüber redet. Können wir's nicht einfach machen, ohne darüber zu reden?"

„Und wenn ich schreiben will? Sobald man sich vornimmt, etwas nicht zu tun, wird man es vermutlich tun wollen."

„Dann schreib doch, Dummkopf. Du hast nicht gesagt, daß du nicht schreiben willst. Kein Mensch hat was von schlaflosen Nächten gesagt, wenn du zu schreiben anfängst. Oder?"

Aber irgendwo war so was gesagt worden, und er kam jetzt nicht darauf, weil er vorausgedacht hatte.

„Wenn du schreiben willst, nur zu; ich werde mich dann allein vergnügen. Ich muß dich doch nicht verlassen, wenn du schreibst, oder?"

„Aber was meinst du, wo wir hin sollen, wenn jetzt allmählich die Leute herkommen?"

„Wo immer du hinwillst. Willst du, David?"

„Für wie lange?“

„So lange wir wollen. Sechs Monate. Neun Monate. Ein Jahr.“

„In Ordnung“, sagte er.

„Wirklich?“

„Sicher.“

„Du bist schrecklich lieb. Wenn ich dich nicht schon wegen allem anderen liebte, würde ich dich wegen deiner Entschlüsse lieben.“

„Die sind leicht zu treffen, solange man noch nicht weiß, was passiert, wenn man zu viele faßt.“

Er trank den Heldendrink, aber er schmeckte nicht besonders, und er bestellte eine frische kalte Flasche Perrier und machte einen short drink ohne Eis daraus.

„Mach mir auch einen. So wie deinen. Und dann wollen wir uns ans Essen machen.“

3

Als sie diese Nacht noch wach im Bett lagen, sagte sie im Dunkeln: „Und diese schlimmen Sachen brauchen wir ja auch nicht immer zu machen. Bitte denk daran.“

„Ich weiß.“

„So wie's vorher war, hat es mir sehr gefallen, und ich werde immer dein Mädchen sein. Du brauchst nie einsam zu sein. Das weißt du. Ich bin so, wie du mich haben willst, aber ich bin auch so, wie ich mich haben will, und es ist ja nicht so, als ob das nicht für uns beide wäre. Du brauchst nichts zu sagen. Ich erzähle dir nur eine Einschlafgeschichte, denn du bist mein guter lieber Mann und auch mein Bruder. Ich liebe dich, und wenn wir nach Afrika fahren, werde ich auch dein afrikanisches Mädchen sein.“

„Fahren wir nach Afrika?“

„Etwa nicht? Weißt du nicht mehr? Darum ging es heute doch. Wir können dorthin fahren oder sonstwohin. Aber wollten wir nicht dorthin?"

„Warum hast du's nicht gesagt?"

„Ich wollte mich nicht einmischen. Ich sagte, wohin du willst. Aber ich dachte, das wäre es, wo du hin wolltest."

„Für Afrika ist es jetzt noch zu früh. Regenzeit, und danach ist das Gras zu hoch, und es ist sehr kalt."

„Wir könnten im warmen Bett liegen und dem Regen auf dem Blechdach zuhören."

„Nein, es ist noch zu früh. Die Straßen verwandeln sich in Schlamm, und man kommt nicht vom Fleck, alles ist ein einziger Sumpf, und das Gras wird so hoch, daß man nichts sehen kann."

„Wohin sollen wir dann?"

„Wir können nach Spanien fahren, aber Sevilla ist vorbei, San Isidro in Madrid auch, und für Spanien ist es auch noch zu früh. Zu früh für die baskische Küste. Da ist es kalt und regnerisch. Da regnet's jetzt überall."

„Gibt es da denn kein warmes Fleckchen, wo wir so baden können, wie wir's hier tun?"

„In Spanien kann man nicht so baden, wie wir's hier tun. Da würde man verhaftet."

„So was Blödes. Schieben wir das also auf, ich will nämlich, daß wir noch brauner werden."

„Wozu willst du so braun werden?"

„Weiß ich nicht. Wozu will man überhaupt irgendwas? Es ist eben jetzt das, was ich am liebsten will. Was uns fehlt, meine ich. Findest du es nicht erregend, wenn ich so braun werde?"

„Mhm. Es gefällt mir sehr."

„Hast du je geglaubt, ich könnte so braun werden?"

„Nein, schließlich bist du blond."

„Aber ich kann es, weil ich eine typische Löwenfarbe

habe, und da kann man so braun werden. Aber ich will an allen Stellen braun werden, und das kommt ja auch allmählich, und du wirst dunkler werden als ein Indianer, und damit setzen wir uns noch stärker von den Leuten ab. Jetzt weißt du, warum das so wichtig ist."

„Was soll aus uns werden?"

„Keine Ahnung. Vielleicht werden wir einfach wir selbst. Nur verändert. Das ist vielleicht das beste. Und wir machen doch weiter, ja?"

„Sicher. Wir können die Gegend auf der anderen Seite des Estérel erforschen und uns einen neuen Ort wie diesen hier suchen."

„Das können wir machen. Da gibt es eine Menge menschenleerer Stellen, und im Sommer kommt keiner hin. Wir könnten uns einen Wagen besorgen und überall damit hinfahren. Auch nach Spanien, wenn wir Lust haben. Wenn wir erst mal die richtige Bräune haben, wird's nicht schwer sein, sie zu behalten, falls wir uns nicht länger in Städten aufhalten müssen. Aber im Sommer brauchen wir ja nicht in die Städte."

„Wie braun willst du denn werden?"

„So braun, wie's geht. Ich wünschte, ich hätte Indianerblut in mir. Ich werde so dunkel werden, daß du es nicht mehr aushältst. Ich kann's kaum erwarten, morgen wieder an den Strand zu gehen."

Und damit schlief sie ein, den Kopf zurückgelegt und das Kinn vorgestreckt, als läge sie am Strand in der Sonne, leise atmend, und dann rollte sie sich zu ihm auf die Seite, und der junge Mann lag wach und dachte über den Tag nach. Es ist sehr gut möglich, daß ich den Anfang nicht finde, dachte er, und wahrscheinlich ist es vernünftig, überhaupt nicht darüber nachzudenken und einfach zu genießen, was wir haben. Wenn ich arbeiten muß, werd ich's tun. Nichts kann das aufhalten. Das letzte Buch ist gut, und jetzt muß ich ein besseres schreiben. Der Unsinn, den wir hier treiben, macht Spaß, auch wenn ich nicht weiß, wieviel davon Unsinn ist und wieviel ernst gemeint. Mittags Brandy trinken ist ganz bestimmt nicht gut, und schon die einfachen Apéritifs sind sinnlos. Das ist kein gutes Zeichen. Sie verwandelt sich unbekümmert und glücklich von einem Mädchen in einen Jungen und wieder zurück. Sie schläft ruhig und schön, und du wirst jetzt auch schlafen, denn eins weißt du immerhin ganz genau: daß du dich gut fühlst. Du hast nichts verkauft für das Geld, dachte er. Was sie über das Geld gesagt hatte, war vollkommen richtig. Fürs erste hatten sie jegliche Freiheit.

Was hatte sie da noch mal von Vernichten gesagt? Er erinnerte sich nicht mehr. Sie hatte es gesagt, aber er konnte sich jetzt nicht daran erinnern.

Schließlich hatte er genug von dem Versuch, es sich zurückzurufen, und er sah das Mädchen an und küßte es ganz leicht auf die Wange, und es wachte nicht auf. Er liebte sie und alles an ihr sehr, und er schlief mit dem Gedanken an ihre Wange an seinen Lippen ein und dachte daran, wie sie morgen in der Sonne noch brauner werden würden, und wie dunkel sie wohl werden konnte, und wie dunkel sie wirklich mal werden würde.

Zweites Buch

4

Es war später Nachmittag, und der kleine flache Wagen gelangte von der schwarzen Straße durch die Berge und über die Landzungen, den tiefblauen Ozean immer zur Rechten, auf einen verödeten Boulevard, der bei Hendaye an einem zwei Meilen langen Strand mit gelbem Sand entlangführte. Weit voraus zum Meer hin standen der Klotz eines riesigen Hotels und ein Casino und links frisch gepflanzte Bäume und baskische Villen, weiß getüncht und mit braunen Balken inmitten der dazugehörigen Bäume und Beete. Die beiden jungen Leute in dem Wagen fuhren langsam den Boulevard hinunter und besahen sich den prachtvollen Strand und die in diesem Licht blau aussehenden Berge Spaniens, während der Wagen am Casino und an dem großen Hotel vorbei und weiter bis zum Ende des Boulevards rollte. Vor ihnen mündete der Fluß in den Ozean. Es war Ebbe, und über den hellen Sand hinaus sahen sie die alte spanische Stadt und die grünen Hügel jenseits der Bucht und auf der Landspitze gegenüber den Leuchtturm. Sie hielten den Wagen an.

„Ein reizender Ort“, sagte das Mädchen.

„Da ist ein Café mit Tischen unter den Bäumen“, sagte der junge Mann. „Alte Bäume.“

„Die Bäume sind seltsam“, sagte das Mädchen. „Alle neu gepflanzt. Ich möchte wissen, warum sie Mimosen gepflanzt haben.“

„Um damit der Gegend Konkurrenz zu machen, aus der wir kommen.“

„Das glaub ich auch. Sieht alles so schrecklich neu aus. Aber der Strand ist herrlich. So einen breiten Strand hab ich in Frankreich noch nicht gesehen, und auch keinen mit so glattem und feinem Sand. Biarritz ist gräßlich. Parken wir vor dem Café."

Sie fuhren an der rechten Straßenseite zurück. Der junge Mann lenkte den Wagen an den Bordstein und stellte die Zündung ab. Sie gingen zu dem Straßencafé hinüber, und sie genossen es, für sich allein zu essen und sich der Leute bewußt zu sein, die an den anderen Tischen aßen und die sie nicht kannten.

In dieser Nacht kam Wind auf, und in ihrem Eckzimmer hoch oben in dem großen Hotel hörten sie das mächtige Rauschen der Brandung am Strand. Der junge Mann zog im Dunkeln eine leichte Decke über das Laken, und das Mädchen sagte: „Bist du nicht froh, daß wir beschlossen haben, hier zu bleiben?"

„Ich höre so gern die Brandung."

„Ich auch."

Sie lagen eng zusammen und lauschten der See. Ihr Kopf lag auf seiner Brust, und sie rieb ihn an seinem Kinn, dann rutschte sie im Bett hoch und preßte ihre Wange an seine. Sie küßte ihn, und er fühlte, wie ihre Hand ihn berührte.

„So ist's gut", sagte sie in der Dunkelheit. „So ist's schön. Willst du bestimmt nicht, daß ich mich verwandle?"

„Nicht jetzt. Mir ist noch kalt. Bitte wärme mich."

„Ich liebe es, wenn du so kalt an mir liegst."

„Wenn es hier nachts immer so kalt ist, werden wir Pyjamajacken tragen müssen. Da wird das Frühstück im Bett Spaß machen."

„Der Atlantische Ozean", sagte sie. „Hör ihm zu."

„Wir werden uns hier gut amüsieren", bemerkte er. „Wenn du willst, bleiben wir eine Weile. Oder wir fahren wieder, ganz wie du willst. Es gibt eine Menge Orte, wo wir noch hin können."

„Wir könnten ein paar Tage bleiben und dann sehen."

„Gut. Wenn wir das tun, würde ich gern anfangen zu schreiben."

„Das wäre wunderbar. Morgen sehen wir uns um. Du könntest doch hier im Zimmer arbeiten, wenn ich nicht da bin, oder? Bis wir was gefunden haben?"

„Sicher."

„Weißt du, du mußt dir meinetwegen keine Sorgen machen, denn ich liebe dich, und wir beide nehmen es mit allen anderen auf. Küß mich bitte", sagte sie.

Er küßte sie.

„Weißt du, ich habe uns nichts Schlechtes zugefügt. Ich mußte es tun. Und du weißt es."

Er antwortete nicht, sondern lauschte der wuchtigen Brandung auf dem harten, nassen Sand in der Nacht.

Am nächsten Morgen war die Brandung noch immer stark, und der Regen kam in Stößen. Sie konnten die spanische Küste nicht sehen, und wenn es zwischen den heftigen Regenböen einmal aufklarte und sie über die wütende See in der Bucht hinaussehen konnten, dann hingen da schwere Wolken bis an den Fuß der Berge. Catherine war nach dem Frühstück im Regenmantel losgezogen und hatte ihn allein gelassen, damit er auf dem Zimmer arbeiten konnte. Es war so einfach und mühelos gegangen, daß er schon dachte, es sei wohl nichts wert. Sei vorsichtig, sagte er zu sich selbst, es ist ja prima, wenn du einfach schreibst, und je einfacher, desto besser. Aber fang bloß nicht an, so verdammt einfach zu denken. Mach dir klar, wie kompliziert es ist, und drück es dann einfach aus. Glaubst du etwa, die Zeit in Le Grau-du-Roi war einfach, bloß weil du etwas davon einfach beschreiben konntest?

Er schrieb weiter mit Bleistift in das billige, linierte, cahier genannte Schulheft, das bereits mit einer römischen Eins versehen war. Schließlich hörte er auf, legte das Schreibheft und die Pappschachtel mit Bleistiften und den kegelförmigen Spitzer in einen Handkoffer, das Anspitzen der fünf stumpfgeschriebenen Bleistifte auf den nächsten Tag verschiebend, nahm seinen Regenmantel vom Bügel aus dem Wandschrank und ging die Treppe runter ins Foyer des Hotels. Er warf einen Blick in die Hotelbar, in der bei dem freundlichen Dunkel des Regenwetters bereits einige Kunden saßen, und gab seinen Schlüssel am Empfangstisch ab. Der Aushilfsportier hängte den Schlüssel auf, griff ins Postfach und sagte: „Madame hat dies für Monsieur hinterlassen."

Er öffnete den Brief: David, wollte Dich nicht stören, bin im Café. Kuß, Catherine. Er zog den alten Trenchcoat an, nahm die boina aus der Tasche und trat aus dem Hotel in den Regen.

Sie saß an einem Ecktisch des kleinen Cafés, und vor ihr stand ein trüb-gelblicher Drink und ein Teller mit einem kleinen dunkelroten Flußkrebs und den Resten von anderen. Sie war ihm sehr weit voraus. „Wo bist du gewesen, Fremde?"

„Nur ein Stück die Straße runter."

Er bemerkte, daß ihr Gesicht regenfeucht war, und registrierte gespannt, was Regen auf stark gebräunter Haut bewirkte. Doch auch so sah sie sehr hübsch aus, und es freute ihn, sie einmal so zu sehen.

„Bist du in Schwung gekommen?"

„Ganz gut."

„Also hast du gearbeitet. Prima."

Der Kellner hatte drei Spanier bedient, die an einem Tisch gleich bei der Tür saßen. Jetzt kam er mit einem Glas, einer gewöhnlichen Pernodflasche und einer kleinen enghalsigen Wasserkaraffe zu ihnen herüber. In dem Wasser schwammen Eisstücke. „Pour Monsieur aussi?" fragte er.

„Ja“, sagte er. „Bitte.“

Der Kellner goß ihre hohen Gläser halbvoll mit der gelblichen Flüssigkeit und begann dann langsam das Glas des Mädchens mit Wasser aufzufüllen. Aber der junge Mann sagte: „Ich mach das schon“, und der Kellner nahm die Flasche weg. Er schien erleichtert, sie wegnehmen zu können. Der junge Mann goß das Wasser in sehr dünnem Strahl ein, und das Mädchen beobachtete, wie der Absinth sich schillernd eintrübte. Das Glas fühlte sich warm an in ihrer Hand, und dann, als der gelbe Schimmer verschwand und es milchig wurde, kühlte es jäh ab, und der junge Mann goß nur noch tropfenweise Wasser nach.

„Warum muß das so langsam gehen?“ fragte das Mädchen.

„Weil es auseinanderfällt und kaputtgeht, wenn das Wasser zu schnell reinkommt“, erklärte er. „Dann ist es schal und taugt nichts. Eigentlich müßte das Glas oben ganz voller Eis sein mit nur einem kleinen Loch darin, wo das Wasser durchtropfen kann. Aber dann wüßte jeder, was es ist.“

„Ich mußte eben schnell austrinken, weil da zwei von der G. N. reinkamen.“

„G. N.?“

„Na irgendwas mit National. Auf Fahrrädern, in Khaki und mit schwarzen Pistolenhalftern. Ich mußte das Beweismaterial zerschlucken.“

„Zerschlucken?“

„Verzeihung. Aber wenn ich’s einmal zerschluckt habe, kann ich’s nicht mehr aussprechen.“

„Du solltest vorsichtig sein mit dem Absinth.“

„Er läßt mich ja nur die Dinge leichter nehmen.“

„Und nichts anderes kann das?“

Er beendete die Zubereitung ihres Absinths, ließ ihn bloß nicht zu mild werden. „Trink nur“, sagte er. „Warte nicht auf mich." Sie trank einen langen Schluck, dann nahm er ihr das Glas aus der Hand, trank und sagte: „Danke, Ma'am. Das macht müde Männer munter."

„Dann mix dir selber einen, du Kritikenleser", sagte sie.

„Wie bitte?" fragte der junge Mann zurück.

„Das hab ich nicht so gemeint."

Aber sie hatte es gesagt, und er sagte: „Warum hörst du nicht endlich mit diesen Zeitungsrezensionen auf?"

„Warum?" fragte sie, beugte sich zu ihm vor und sprach viel zu laut: „Warum soll ich damit aufhören? Bloß weil du heute morgen geschrieben hast? Glaubst du vielleicht, ich hätte dich geheiratet, weil du Schriftsteller bist? Du mit deinen Kritiken."

„Also schön", sagte der junge Mann. „Kannst du dir den Rest nicht aufsparen, bis wir unter uns sind?"

„Bild dir ja nicht ein, ich würd's vergessen", sagte sie.

„Ich glaub's ja", sagte er.

„Nicht glauben", sagte sie. „Du kannst sicher sein."

David Bourne stand auf, ging zum Garderobenständer, nahm seinen Regenmantel und trat, ohne sich umzusehen, aus der Tür.

Am Tisch nahm Catherine ihr Glas, kostete sehr behutsam von ihrem Absinth und trank dann in kleinen Schlucken weiter.

Die Tür ging auf, David kam wieder herein und ging an den Tisch zurück. Er trug seinen Trenchcoat und hatte seine boina tief in die Stirn gezogen. „Hast du die Wagenschlüssel?"

„Ja", sagte sie.

„Kann ich sie haben?"

Sie gab sie ihm, sagte aber: „Sei nicht blöd, David. Der Regen war schuld, und daß du als einziger hier gearbeitet hast. Setz dich doch."

„Du willst, daß ich mich setze?"

„Bitte“, sagte sie.

Er setzte sich. So war das ja eigentlich nicht gedacht, dachte er. Da stehst du auf, um rauszugehen und den verdammten Wagen zu nehmen und abzuhauen und sie schmoren zu lassen, und dann mußt du wieder zurück, um nach dem Schlüssel zu fragen, und dich wieder hinsetzen wie ein Idiot. Er hob sein Glas und trank einen Schluck. Der Drink war immerhin in Ordnung.

„Was hast du fürs Mittagessen geplant?“ fragte er.

„Du sagst, wo, und ich werde mit dir essen. Du liebst mich doch noch, ja?“

„Sei nicht albern.“

„Das war ein fieser Streit“, sagte Catherine.

„Und unser erster.“

„Mit den Kritiken, das war meine Schuld.“

„Lassen wir endlich die gottverdammten Kritiken aus dem Spiel.“

„Aber darum ging's doch bloß.“

„Es ging darum, daß dir das beim Trinken eingefallen ist. Daß du damit angekommen bist, weil du getrunken hast.“

„Das klingt so nach Wiederkäuen“, sagte sie. „Gräßlich. Dabei ist mir das nur rausgerutscht, als ich einen Witz machen wollte.“

„Du mußtest schon daran gedacht haben, um so damit anzukommen.“

„Na schön“, sagte sie. „Ich habe gedacht, wir wären damit fertig.“

„Sind wir ja.“

„Und warum hämmerst du dann immer weiter darauf rum?“

„Wir hätten diesen Drink besser nicht getrunken.“

„Nein. Natürlich nicht. Besonders ich nicht. Aber du hast ihn bestimmt nötig gehabt. Meinst du vielleicht, dir wird er guttun?“

„Muß das jetzt sein?“

„Ich hör bestimmt damit auf. Es ödet mich an.“

„Das ist genau das eine Wort in der Sprache, das ich nicht ausstehen kann.“

„Du Glücklicher, daß du nur ein einziges solches Wort kennst.“

„Ach, Scheiße“, sagte er. „Iß doch allein.“

„Nein. Tu ich nicht. Wir werden zusammen essen und uns wie vernünftige Menschen benehmen.“

„In Ordnung.“

„Es tut mir leid. Es sollte wirklich ein Scherz sein, er ist bloß danebengegangen. Ehrlich, David, das war alles.“

5

Das Wasser war weit draußen, als David Bourne erwachte, die Sonne schien hell auf den Strand, und das Meer war tiefblau. Die Hügel zeigten sich grün und frisch gewaschen, und die Wolken hatten sich aus den Bergen verzogen. Catherine schlief noch, und er betrachtete sie und sah ihre gleichmäßigen Atemzüge und die Sonne auf ihrem Gesicht und dachte: Merkwürdig, daß die Sonne auf ihren Augen sie nicht aufweckt.

Nachdem er geduscht, sich die Zähne geputzt und sich rasiert hatte, hatte er Hunger aufs Frühstück, aber er zog sich Shorts und Pullover an, holte sein Schreibheft, die Bleistifte und den Spitzer und setzte sich an den Tisch vor dem Fenster, von dem man über die Flußmündung nach Spanien sehen konnte. Er begann zu schreiben und vergaß Catherine und die Aussicht aus dem Fenster, und das Schreiben lief ganz von allein, wie immer, wenn es ihm gut ging. Er zeichnete alles genau auf, und die düsteren Stellen waren nur zu ahnen, wie an einem windstillen Tag ein Riff sich nur durch ein leises Kräuseln auf der glatten Dünung kundtut.

Nachdem er eine Zeitlang gearbeitet hatte, sah er wieder Catherine an, die noch immer schlief; auf ihren Lippen lag jetzt ein Lächeln, und das Rechteck Sonnenlicht vom offenen Fenster fiel auf ihren braunen Körper und erhellte ihr dunkles Gesicht und das lohfarbene Haar auf dem zerknitterten Weiß des Lakens und dem unbenutzten Kopfkissen. Zum Frühstücken ist es jetzt zu spät, dachte er. Ich werde eine Nachricht hinterlassen, ins Café runtergehen und mir einen café crème mit was dabei bestellen. Aber während er seine Arbeit wegräumte, wachte Catherine auf und kam zu ihm rüber, als er gerade den Koffer zumachte, küßte ihn auf den Nacken und sagte: „Ich bin dein faules nacktes Weib."

„Warum bist du aufgewacht?"

„Weiß ich nicht. Aber sag mir, wohin du gehst, und ich komm in fünf Minuten nach."

„Ich geh ins Café, um was zu frühstücken."

„Geh vor, ich bin gleich da. Du hast gearbeitet, ja?"

„Sicher."

„Wunderbar, daß du das nach gestern und alldem geschafft hast. Ich bin stolz auf dich. Küß mich und sieh uns im Spiegel der Badezimmertür an."

Er küßte sie, und sie besahen sich in dem mannshohen Spiegel.

„Es ist ein so schönes Gefühl, nicht zuviel anzuhaben", sagte sie. „Sei so gut und gerate auf dem Weg zum Café nicht in Schwierigkeiten. Bestell mir auch ein œuf au jambon. Warte nicht auf mich. Tut mir leid, daß ich dich so lang aufs Frühstück habe warten lassen."

Im Café fand er die Morgenzeitung und die Pariser Zeitungen vom Vortag, trank seinen Kaffee mit Milch und aß Bayonner Schinken und ein großes, schönes frisches Ei dazu, das er leicht mit grobgemahlenem Pfeffer bestreute und mit ein wenig Senf bestrich, bevor er den Dotter anstach. Da Catherine noch immer nicht gekommen war und ihr Ei kalt zu werden drohte, aß er auch dies, und dann tupfte er den flachen Teller mit einem Stück frischgebackenen Brotes sauber.

„Da kommt Madame", sagte der Kellner. „Ich werde ein neues Gedeck für sie bringen."

Sie kam in Rock und Kaschmirpullover und Perlenkette, das Haar zwar mit dem Handtuch angetrocknet, aber noch feucht und glatt und naß gekämmt, so daß seine hellbraune Farbe sich kaum von ihrem unglaublich gebräunten Gesicht absetzte. „Der Tag ist so schön", sagte sie. „Tut mir leid, daß ich so spät komme."

„Wofür hast du dich in Schale geworfen?"

„Biarritz. Ich dachte, ich fahr mal hin. Willst du mitkommen?"

„Du möchtest allein fahren."

„Stimmt", sagte sie. „Aber du darfst gerne mit."

Als er aufstand, sagte sie: „Ich werde eine Überraschung für dich mitbringen."

„Nein, laß das."

„Doch. Und sie wird dir gefallen."

„Laß mich mitkommen und dich von irgendwelchen Verrücktheiten abhalten."

„Nein. Ich mach das besser allein. Am Nachmittag bin ich zurück. Und warte nicht mit dem Mittagessen."

David las die Zeitungen und ging dann durch die Stadt, auf der Suche nach zu vermietenden Chalets oder nach einem Teil der Stadt, in dem es sich gut leben ließe. Die Neubausiedlung fand er freundlich, aber langweilig. Er liebte die Aussicht über die Bucht und die Flußmündung nach Spanien hin, das alte graue Gemäuer von Fuenterrabiá und das leuchtende Weiß der Häuser, die sich darum herum ausbreiteten, und die braunen Berge mit den blauen Schattierungen. Er fragte sich, warum sich der Sturm so schnell verzogen haben mochte, und dachte, es müsse wohl nur der Nordrand eines Sturms gewesen sein, der über den Golf von Biscaya wegzog. Biscaya war Vizcaya, aber das war die baskische Provinz weiter unten an der Küste, ein Stück hinter San Sebastián. Die Berge, die er jenseits der Dächer der Grenzstadt Irún sah, lagen in Guipúzcoa, und dahinter war Navarra, und Navarra hieß hier Navarre. Und was machen wir hier, dachte er, und was gehe ich hier in einem Seebad herum und seh mir frisch gepflanzte Magnolien und dämliche Mimosen an und halte Ausschau nach Zu-vermieten-Schildern an imitierten baskischen Villen? Du hast heute morgen wohl nicht hart genug gearbeitet, daß dein Gehirn so schlecht funktioniert, oder hängt dir bloß der gestrige Tag noch nach? Eigentlich hast du überhaupt nicht gearbeitet. Und das solltest du besser bald mal machen, denn alles geht viel zu schnell, und du gehst mit, und am Ende hast du's hinter dir, ohne was davon bemerkt zu haben. Vielleicht hast du's schon hinter dir. Also schön. Fang nicht an. Immerhin hast du das noch nicht vergessen. Und er ging weiter durch die Stadt, den Blick vom Zorn geschärft und von der aschenen Schönheit des Tages besänftigt.

Der Seewind wehte durch das Zimmer, und er las, Schultern und Kreuz an zwei Kissen gelehnt und ein weiteres hinter seinem Kopf gefaltet. Er war schläfrig vom Mittagessen, fühlte sich aber leer vom Warten, und er las und wartete auf sie. Dann hörte er die Tür aufgehen, und sie kam herein, und einen Augenblick lang erkannte er sie nicht. Da stand sie, die Hände unter ihren Brüsten auf dem Kaschmirpullover, und keuchte, als ob sie gelaufen wäre.

„O nein", sagte sie. „Nein."

Dann war sie auf dem Bett, drängte ihren Kopf an seinen und sagte: „Nein. Nein. Bitte, David. Kein bißchen?“

Er drückte ihren Kopf an seine Brust, er fühlte sich glatt und kurzgeschoren an und wie grobe Seide, und immer wieder rieb sie ihn heftig an ihm.

„Was hast du getan, Teufel?“

Sie hob den Kopf und sah ihn an, und ihre Lippen drängten sich an seine, sie ließ sie hin und her fahren und rutschte auf dem Bett näher an ihn heran, bis ihr Körper ganz dicht an seinem lag.

„Jetzt kann ich's erzählen“, sagte sie. „Ich bin so froh. Das war *die* Chance für mich. Jetzt bin ich dein neues Mädchen, und das sollten wir gleich mal ausprobieren.“

„Laß mich sehen.“

„Ich zeig's dir, aber laß mich noch mal eben weg.“

Sie kam zurück, stand neben dem Bett, und die Sonne beschien sie durchs Fenster. Sie hatte den Rock ausgezogen, war barfuß und trug nur noch den Pullover und die Perlenkette.

„Sieh genau hin“, sagte sie. „Denn das bin ich.“

Er sah es sich genau an: die langen dunklen Beine den kerzengeraden Körper das dunkle Gesicht und den modellierten lohfarbenen Kopf, und sie sah ihn an und sagte: „Danke.“

„Wie hast du das gemacht?“

„Kann ich's dir im Bett erzählen?“

„Wenn du dich kurz faßt.“

„Nein. Kurz geht's nicht. Laß mich erzählen. Zum erstenmal hatte ich die Idee unterwegs, irgendwo hinter Aix-en-Provence. Als wir in Nîmes durch den Park gingen, nehme ich an. Aber ich hatte keine Ahnung, wie das gehen sollte oder wie ich es denen beibringen könnte. Dann hab ich's mir genau zurechtgelegt, und gestern hab ich mich entschlossen.“

David strich ihr mit der Hand über den Kopf, von ihrem Nacken aufwärts bis zur Stirn.

„Laß mich erzählen“, sagte sie. „Ich wußte, daß es wegen der Engländer in Biarritz gute Friseure geben mußte. Also fuhr ich da hin und ging zum besten Friseur am Ort; ich sagte ihm, er solle alles nach vorne bürsten, er tat's, und es fiel mir bis über die Nase, daß ich kaum noch durchsehen konnte, und ich sagte, ich wolle es geschnitten haben wie ein Junge, der zum erstenmal zur Schule geht. Er fragte, was für eine Schule, und ich sagte Eton oder Winchester, weil das die einzigen Schulen waren, die mir einfielen außer Rugby, und Rugby wollte ich nun wirklich nicht. Er fragte, welche denn nun? Also sagte ich Eton, aber alles nach vorne. Als er fertig war und ich aussah wie die attraktivste Eton-Schülerin aller Zeiten, ließ ich ihn einfach weiterschneiden, bis von Eton nichts mehr übrig war, und dann ließ ich's ihn noch weiter kürzen. Schließlich meinte er ganz streng: ‚Dies ist *kein* Eton-Haarschnitt, Mademoiselle.‘ Darauf ich: ‚Ich wollte ja auch keinen Eton-Haarschnitt, Monsieur, aber ich wußte nicht, wie ich Ihnen das anders erklären sollte, und außerdem heißt es Madame und nicht Mademoiselle.‘ Und dann ließ ich ihn es noch etwas kürzer schneiden, und es ist entweder wunderbar oder schrecklich. Auf der Stirn stört's dich doch nicht? Beim Eton-Schnitt fiel's mir bis in die Augen.“

„Es ist wunderbar.“

„Es ist ungeheuer klassisch“, sagte sie. „Aber es fühlt sich an wie bei einem Tier. Fühl mal.“

Er fühlte.

„Mach dir keine Sorgen, daß es zu klassisch ist“, sagte sie. „Mein Mund gleicht das wieder aus. Können wir jetzt miteinander schlafen?“

Sie neigte sich nach vorn, und er zog ihr den Pullover

über Kopf und Arme und beugte sich über ihren Nakken, um den Sicherheitsverschluß aufzuhaken.

„Nein, laß sie dran."

Sie lag auf dem Bett, die braunen Beine eng beisammen, den Kopf auf dem flachen Laken, und die Perlenkette wölbte sich auf ihren Brüsten. Sie hatte die Augen geschlossen und die Arme angelegt. Sie war tatsächlich ein neues Mädchen, und er bemerkte, daß auch ihr Mund sich verändert hatte. Sie atmete ganz behutsam, dann sagte sie: „Du mußt alles machen. Von Anfang an. Ganz von Anfang an."

„Fängt es hier an?"

„O ja. Und warte nicht zu lang. Nein, warte nicht . . ."

In der Nacht lag sie an ihn gekuschelt, ihr Kopf unterhalb seiner Brust; sie strich ihm damit sanft von einer Seite zur andern, kam dann nach oben, drückte ihre Lippen auf seine, umschlang ihn mit den Armen und sagte: „Du bist so reizend und treu, wenn du schläfst, und du warst einfach nicht wachzubekommen. So hab ich's mir auch vorgestellt, und es war reizend. Wie treu du mir warst. Hast du es für einen Traum gehalten? Wach nicht auf. Ich will einschlafen, aber wenn ich's nicht schaffe, werde ich ein wildes Mädchen sein. Es wird wach bleiben und auf dich aufpassen. Schlaf du, ich bin ja hier. Schlaf bitte."

Als er am Morgen aufwachte, lag der reizende Körper, den er so gut kannte, eng an ihn geschmiegt, und er sah die wie poliertes dunkles Holz schimmernden Schultern und den Hals und den hellbraunen Kopf dicht neben sich, glatt wie ein kleines Tier, und er rutschte ein Stück im Bett runter und drehte sich zu ihr und küßte sie auf die Stirn, ihr Haar unter seinen Lippen, dann auf die Augen und dann ganz sanft auf den Mund.

„Ich bin am Schlafen."

„War ich auch."

„Ich weiß. Fühl nur, wie ungewohnt. Die ganze Nacht war es so wunderbar ungewohnt."

„Nicht ungewohnt."

„Nenn es, wie du willst. Ach, wir passen so wunderbar zusammen. Schaffen wir's, beide noch mal einzuschlafen?"

„Du willst schlafen?"

„Wir beide zusammen."

„Ich versuch's."

„Schläfst du?"

„Nein."

„Bitte versuch's."

„Ich versuch's ja."

„Dann mach die Augen zu. Wie kannst du schlafen, wenn du nicht die Augen zumachst?"

„Es gefällt mir, dich am Morgen so neu und ungewohnt zu sehen."

„Hab ich mir das gut ausgedacht?"

„Sprich nicht."

„Nur so kann man die Dinge verlangsamen. Ich hab's schon geschafft. Hast du es nicht bemerkt? Natürlich hast du. Merkst du es nicht, jetzt und jetzt und jetzt, genau wie unsere Herzen jetzt zusammen schlagen, ja, das ist das einzige, was zählt, aber wir zählen nicht, es ist so herrlich und so gut so gut und herrlich . . ."

Sie kam ins große Zimmer zurück, ging zum Spiegel und setzte sich und bürstete mit kritischem Blick ihr Haar.

„Laß uns im Bett frühstücken", sagte sie. „Und können wir dazu Champagner trinken, oder ist das verrucht? Sie haben den guten trockenen Lanson und Perrier-Jouët. Soll ich klingeln?"

„Tu das", sagte er und stieg unter die Dusche. Bevor er sie aufdrehte, konnte er ihre Stimme am Telefon hören.

Als er herauskam, saß sie sehr förmlich an zwei Kopfkissen gelehnt, sämtliche Kissen waren ordentlich aufgeschüttelt und je zwei nebeneinander am Kopfende des Bettes drapiert.

„Sehe ich gut aus mit nassen Haaren?“

„Sie sind ja nur feucht. Du hast sie mit dem Handtuch getrocknet.“

„Ich kann sie auf der Stirn noch kürzer schneiden. Das kann ich selbst machen. Oder du.“

„Ich hätt's gern, wenn sie dir über die Augen fielen.“

„Das kommt vielleicht noch“, sagte sie. „Wer weiß? Vielleicht haben wir's mal satt, klassisch zu sein. Und heute bleiben wir den ganzen Mittag am Strand. Wir gehen ganz weit rauf, und wenn die Leute alle zum Essen gehen, können wir uns richtig bräunen, und wenn wir dann Hunger haben, fahren wir nach Saint-Jean und gehen in der ‚Bar Basque‘ essen. Aber zuerst mal sorgst du dafür, daß wir an den Strand kommen, denn das haben wir nötig.“

„Gut.“

David schob einen Stuhl heran und legte seine Hand auf ihre; sie sah ihn an und sagte: „Bis vor zwei Tagen habe ich alles verstanden, aber dann hat mich der Absinth aufsässig gemacht.“

„Ich weiß“, sagte David. „Du konntest nichts dafür.“

„Aber ich habe dich verletzt mit diesen Kritiken.“

„Nein“, sagte er. „Du hast es versucht, aber nicht geschafft.“

„Es tut mir so leid, David. Bitte, glaub mir.“

„Jeder hat irgendwelche merkwürdigen Sachen, die ihm was bedeuten. Du konntest nichts dafür.“

„Nein“, sagte das Mädchen und schüttelte den Kopf.

„Ist ja schon gut“, sagte David. „Nicht weinen. Ist ja gut.“

„Ich weine nie“, sagte sie. „Aber ich kann nicht anders.“

„Ich weiß, und du bist schön, wenn du weinst."

„Nein. Sag nicht so was. Hab ich etwa schon mal geweint?"

„Noch nie."

„Aber wird's dir schaden, wenn wir hier nur mal zwei Tage am Strand bleiben? Wir hatten noch keine Möglichkeit zum Schwimmen, und es wäre doch zu dumm, wenn wir hier gewesen wären, ohne einmal schwimmen zu gehen. Wohin fahren wir, wenn wir von hier abreisen? Ach, das haben wir noch gar nicht beschlossen. Vielleicht beschließen wir's heute abend oder noch heute morgen. Was würdest du vorschlagen?"

„Ich denke, es wird überall schön sein."

„Na, vielleicht fahren wir dann da hin."

„Ziemlich ausgedehnte Gegend."

„Jedenfalls ist es schön, allein zu sein, und ich werde hübsch unsere Sachen packen."

„Da gibt's nicht viel zu tun, bloß die Toilettensachen reinwerfen und zwei Taschen zumachen."

„Wir können noch heute morgen abfahren, wenn du willst. Wirklich, ich will dir weder was aufhalsen noch irgendeinen schlechten Einfluß auf dich ausüben."

Der Kellner klopfte an die Tür.

„Es war kein Perrier-Jouët mehr da, Madame, deshalb bringe ich den Lanson."

Sie hatte aufgehört zu weinen; Davids Hand lag noch immer auf ihrer, und er sagte: „Ich weiß."

6

Den Vormittag hatten sie im Prado verbracht, und jetzt saßen sie in einem Lokal in einem Gebäude mit klotzigen Mauern. Es war kühl und sehr alt. Rings an den Wänden standen Weinfässer. Die Tische waren betagt und klobig, die Stühle abgenutzt. Licht fiel durch die Tür herein. Der Kellner brachte ihnen Gläser mit Manzanilla aus dem Tiefland bei Cádiz, das Las Marismas hieß, dazu dünne Scheiben jamón serrano, ein rauchiger, stark gepökelter Schinken von Schweinen, die mit Eicheln gemästet wurden, hellrote würzige salchichón, eine noch würzigere, dunkle Wurst aus einer Stadt namens Vich, Sardellen und Knoblauch-Oliven. Das aßen sie und tranken noch mehr von dem Manzanilla, einem leichten, nach Nuß schmeckenden Wein.

Catherine hatte ein Spanisch-Lehrbuch mit grünem Umschlag griffbereit auf dem Tisch liegen, David einen Stapel Morgenzeitungen. Es war ein heißer Tag, aber in dem alten Gemäuer war es kühl, und der Kellner fragte: „Möchten Sie einen Gazpacho?" Es war ein alter Mann, und er goß ihre Gläser wieder voll.

„Glauben Sie, das wird der Señorita schmecken?"

„Versuchen Sie's", sagte der Kellner mit einem Ernst, als spreche er von einem Pferd.

Er kam in einer großen Schale; in der grob gepfefferten Flüssigkeit, die leicht nach Öl und Essig schmeckte, schwammen Eisstücke, Scheiben knackiger Gurken und Tomaten, grüner und roter Paprika. Dazu gab es Knoblauchbrot.

„Eine Salatsuppe", sagte Catherine. „Schmeckt köstlich."

„Es gazpacho", sagte der Kellner.

Sie tranken jetzt Valdepeñas aus einem großen Krug; und auf der Grundlage des marismeño begann er seine Wirkung zu entfalten, nur vorübergehend gedämpft durch die Verdünnung mit dem Gazpacho, doch langsam, aber sicher stieg er zu Kopf. Er wirkte kräftig.

„Was ist das für ein Wein?" fragte Catherine.

„Ein afrikanischer", sagte David.

„Es heißt immer, Afrika beginnt gleich hinter den Pyrenäen", sagte Catherine. „Ich weiß noch, wie beeindruckt ich war, als ich das zum erstenmal hörte."

„Das ist eine von diesen leichtsinnigen Redensarten", sagte David. „Es ist schon etwas komplizierter. Trink ihn einfach."

„Aber woran kann ich merken, wo Afrika anfängt, wenn ich noch nie dagewesen bin? Die Leute führen einen immer so in die Irre."

„Kann man wohl sagen."

„Das Baskenland war jedenfalls nicht wie Afrika oder wie das, was ich von Afrika gehört habe."

„Asturien oder Galicien genausowenig, aber wenn du erst mal von der Küste wegkommst, wird's schnell genug wie Afrika."

„Aber warum wurden diese Landschaften nie gemalt?" fragte Catherine. „Die nehmen immer bloß die Berge draußen beim Escorial als Hintergrund."

„Die Sierra", sagte David. „Niemand würde Bilder von Kastilien kaufen wollen, so wie du es gesehen hast. Die hatten noch nie Landschaftsmaler. Die Maler haben gemalt, was ihnen aufgetragen wurde."

„Von Grecos Toledo abgesehen. Schrecklich, so ein wunderschönes Land zu haben und keine guten Maler, die es malen", sagte Catherine.

„Was sollen wir nach dem Gazpacho essen?" fragte David. Der Wirt, ein kleiner Mann mittleren Alters, kräftig gebaut und mit vierschrötigem Gesicht, war zu ihnen getreten. „Er meint, wir sollten irgendwas mit Fleisch essen."

„Hay solomillo muy bueno", beharrte der Wirt.

„Nein, bitte", sagte Catherine. „Nur einen Salat."

„Dann trinken Sie wenigstens etwas Wein", sagte der Inhaber und zapfte den Krug aus dem Faß hinter der Bar wieder voll.

„Ich sollte nicht trinken", sagte Catherine. „Tut mir

leid, daß ich soviel rede. Tut mir leid, wenn ich Blödsinn geredet habe. So bin ich nun mal."

„Dafür, daß es heute so heiß ist, erzählst du sehr Interessantes und ungeheuer Gescheites. Macht der Wein dich gesprächig?"

„Es ist eine andere Art von Gesprächigkeit als beim Absinth", sagte Catherine. „Sie macht mir nicht so einen gefährlichen Eindruck. Ich habe jetzt mit meinem guten neuen Leben begonnen, ich lese, bin aufgeschlossen, versuche nicht soviel über mich nachzudenken, und das will ich auch beibehalten, obwohl wir uns um diese Jahreszeit nicht in irgendwelchen Städten herumtreiben sollten. Vielleicht reisen wir ja wieder ab. Auf dem ganzen Weg hierher habe ich wunderbare Motive zum Malen gesehen, dabei kann ich überhaupt nicht malen und könnte es auch nie. Aber ich weiß wunderbare Sachen, die ich schreiben könnte, dabei kann ich nicht mal einen Brief schreiben, der nicht dümmlich ist. Malerin oder Schriftstellerin habe ich noch nie sein wollen, erst als ich in dieses Land gekommen bin. Und jetzt ist es so, als ob man ständig Hunger hätte und nichts daran ändern könnte."

„Das Land ist hier. Du brauchst nichts daran zu ändern. Es ist immer hier. Der Prado ist hier", sagte David.

„Alles ist nur durch einen selbst da", sagte sie. „Und ich will nicht, daß es mit meinem Tod einfach verschwindet."

„Du besitzt jede Meile, die wir gefahren sind. Das ganze gelbe Land und die weißen Hügel und die Spreu im Wind und die langen Pappelreihen an der Straße. Du weißt, was du gesehen und was du empfunden hast, und es gehört dir. Gehören dir nicht Le Grau-du-Roi und Aiguesmortes und die ganze Camargue, die wir mit unseren Fahrrädern durchfahren haben? Das wird immer so bleiben."

„Und wenn ich mal tot bin?"

„Dann bist du tot."

„Aber ich will nicht tot sein."

„Dann laß es nicht geschehen, bis es geschieht. Du mußt sehen und hören und fühlen."

„Und wenn ich mich nicht erinnern kann?"

Er hatte über den Tod gesprochen wie über etwas Belangloses. Sie trank den Wein und sah das dicke Steingemäuer an, in dem nur ganz oben kleine Fenster auf eine Gasse hinausgingen, in die niemals die Sonne schien. Aber die Tür öffnete sich auf einen Arkadengang, und dahinter strahlte die Sonne hell auf das ausgetretene Pflaster des Platzes.

„Wenn man anfängt, außerhalb seiner selbst zu leben", sagte sie, „wird's sehr gefährlich. Vielleicht sollte ich in unsere Welt zurückkehren, in deine und meine Welt, die ich erfunden habe, die wir erfunden haben, meine ich. In dieser Welt war ich sehr erfolgreich. Das ist gerade vier Wochen her. Vielleicht gelingt mir's ja wieder."

Der Salat kam, und dann stand er grün auf dem dunklen Tisch, und hinter den Arkaden schien die Sonne auf die plaza.

„Fühlst du dich besser?" fragte David.

„Ja", sagte sie. „Ich habe soviel über mich nachgedacht, daß ich schon wieder unausstehlich geworden bin, wie ein Maler, der nur von seinen Bildern redet. Es war scheußlich. Jetzt geht's mir wieder gut, und ich hoffe, es hält mal ein wenig an."

Es hatte heftig geregnet, und mit der Hitze war's vorbei. In ihrem geräumigen Zimmer im „Palast-Hotel" war es kühl, gedämpftes Streifenlicht fiel durch die Jalousien; sie hatten in der hoch mit Wasser gefüllten und langen und tiefgeschnittenen Badewanne ein gemeinsames Bad genommen, dann den Stöpsel rausgezogen und den kräftigen Sog des Wassers, das beim Abfließen einen Strudel bildete, über sich plätschern und strömen lassen. Sie hatten einander mit den riesigen Handtüchern abgetrocknet und waren dann zum Bett gegangen. Als sie auf dem Bett lagen, wehte eine kühle Brise durch die Schlitze der Jalousie über sie hin. Catherine lag auf die Ellbogen gestützt, das Kinn in den Händen. „Meinst du nicht, es würde Spaß machen, wenn ich mich wieder in einen Jungen verwandelte? Es würde keine Mühe machen."

„Du gefällst mir so, wie du jetzt bist."

„Es ist so verführerisch. Aber in Spanien sollte ich's vielleicht doch lassen. Die Leute sind ja so förmlich hier."

„Bleib, wie du bist."

„Wieso klingt deine Stimmc so anders, wenn du das sagst? Ich glaub, ich werd's doch tun."

„Nein. Nicht jetzt."

„Danke für das: Nicht jetzt. Soll ich diesmal als Mädchen mit dir schlafen und es dann tun?"

„Du bist ein Mädchen. Du bist ein Mädchen. Du bist mein reizendes Mädchen Catherine."

„Ja, ich bin dein Mädchen, und ich liebe dich, ich liebe dich, ich liebe dich."

„Sprich nicht."

„Ich will aber. Ich bin dein Mädchen Catherine und ich liebe dich bitte ich liebe dich ewig ewig ewig . . ."

„Du brauchst das nicht ständig zu wiederholen. Ich merk's ja."

„Ich sag's aber gern, ich muß es sagen, und ich war ein braves Mädchen und ein gutes Mädchen und werd's auch wieder sein. Ich verspreche es, ich werd's wieder sein."

„Du brauchst es nicht zu sagen."

„O doch. Ich sage es und ich habe es gesagt und du hast es gesagt. Du weißt es doch, bitte. Bitte, du."

Lange Zeit lagen sie schweigend, und dann sagte sie: „Ich liebe dich so sehr, und du bist so ein guter Mann."

„Ach, du."

„War ich so, wie du mich haben wolltest?"

„Was glaubst du?"

„Ich hoffe es."

„Du warst so."

„Ich habe es ja auch ernsthaft versprochen, und ich werd's halten. Darf ich jetzt wieder ein Junge sein?"

„Wozu?"

„Nur für ein Weilchen."

„Wozu?"

„Es hat mir Spaß gemacht; ich vermisse es zwar nicht, aber nachts im Bett möchte ich es gern noch mal sein, wenn's nicht schlecht für dich ist. Darf ich? Wenn's nicht schlecht für dich ist?"

„Laß den Quatsch mit ‚Wenn's nicht schlecht für mich ist'."

„Also darf ich?"

„Willst du das denn wirklich?"

Er hatte sich verkniffen zu sagen: mußt du. Also sagte sie: „Ich muß nicht, aber bitte laß mich, wenn's geht. Darf ich, bitte?"

„Von mir aus." Er küßte sie und zog sie an sich.

„Niemand wird merken, was ich gerade bin, außer uns beiden. Ich werde nur nachts ein Junge sein und dich nicht in Verlegenheit bringen. Mach dir bitte deswegen keine Sorgen."

„In Ordnung, Junge."

„Ich habe gelogen, als ich sagte, ich müßte nicht. Es kam heute ganz plötzlich."

Er schloß die Augen und dachte an nichts, sie küßte

ihn, es war jetzt weiter fortgeschritten, das merkte er, und er spürte die Hoffnungslosigkeit.

„Jetzt verwandelst du dich. Bitte. Laß nicht mich das tun. Muß ich? Schön, dann tu ich's. Du bist jetzt verwandelt. Ja. Du hast es auch getan. Ja. Du hast es auch getan. Ich habe es zwar mit dir gemacht, aber du hast es getan. Ja, das hast du. Du bist meine süße liebste Catherine. Du bist meine süße meine schöne Catherine. Du bist mein Mädchen mein liebstes einziges Mädchen. O danke danke du mein Mädchen . . ."

Lange lag sie da, und er dachte, sie sei eingeschlafen. Dann rückte sie ganz langsam von ihm weg, erhob sich leicht auf ihre Ellbogen und sagte: „Morgen werde ich mir eine wunderbare Überraschung bereiten. Ich werde am Vormittag in den Prado gehen und mir die ganzen Bilder als Junge ansehen."

„Ich geb's auf", sagte David.

7

Am Morgen stand er auf, während sie noch schlief, und ging nach draußen in die klare, frühmorgendlich frische Luft des Hochplateaus. Er bog in die Straße ein, die bergauf zur Plaza de Santa Ana führte, frühstückte in einem Café und las die lokalen Zeitungen. Catherine wollte um zehn in den Prado gehen, gleich wenn geöffnet wurde, und bevor er losgegangen war, hatte er ihr den Wecker auf neun gestellt. Auf der Straße, als er den Berg raufging, hatte er an sie gedacht, wie sie schlief, an den schönen, zerzausten Kopf, der wie eine antike Münze auf dem weißen Laken lag, das Kopfkissen weggeschoben, die Rundungen ihres Körpers unter dem Decklaken. Einen Monat hat's gedauert, dachte er, fast.

Und damals von Le Grau-du-Roi bis Hendaye waren's zwei Monate. Nein, weniger, weil sie zum erstenmal in Nîmes daran gedacht hatte. Keine zwei Monate. Wir sind jetzt drei Monate und zwei Wochen verheiratet, und ich hoffe, ich werde sie immer glücklich machen, aber bei dieser Sache dürfte wohl niemand irgendwem helfen können. Es ist gerade genug, um es noch durchzustehen. Der Unterschied ist bloß, daß sie diesmal gefragt hat, sagte er sich. Sie hat gefragt.

Nachdem er die Zeitungen gelesen, sein Frühstück bezahlt und sich in die Hitze hinausbegeben hatte, die mit dem Drehen des Windes wieder über die Hochebene gekommen war, machte er sich auf in die kühle, förmliche, traurige Höflichkeit der Bank, wo er die aus Paris nachgesandte Post abholte. Er öffnete und las Briefe, während er die langwierigen, vielschaltrigen Formalitäten über sich ergehen ließ, die das Einlösen eines Wechsels erforderte, der von seiner Bank an diese, ihre Madrider Adresse, weitergeleitet worden war.

Schließlich trat er, das dicke Notenbündel in seiner zugeknöpften Jackentasche, wieder in die grelle Hitze hinaus und blieb an einem Zeitungsstand stehen, um die englischen und amerikanischen Zeitungen zu kaufen, die mit dem morgendlichen Sud Express gekommen waren. Er kaufte auch ein paar Stierkampf-Wochenzeitschriften, um die englischsprachigen Zeitungen darin einzuwickeln, und ging dann die Carrera de San Jerónimo hinunter und betrat das kühle, freundliche Morgendunkel des „Buffet Italianos". Das Lokal war noch ganz leer, und ihm fiel ein, daß er mit Catherine gar keinen Treffpunkt verabredet hatte.

„Was möchten Sie trinken?" fragte ihn der Kellner.

„Bier", sagte er.

„Dies ist kein Bierlokal."

„Haben Sie etwa kein Bier?"

„Doch. Aber wir sind kein Bierlokal."

„Leck mich", sagte er, rollte seine Zeitungen wieder zusammen, ging raus und auf der anderen Straßenseite wieder zurück, bog links in die Calle Victoria ein und ging zur „Çervezería Alvárez". Er setzte sich an einen Tisch im Durchgang unter den Markisen und trank ein großes kaltes Glas Faßbier.

Der Kellner wollte wahrscheinlich bloß Konversation treiben, dachte er, und was der Mann gesagt hatte, stimmte ja auch. Es war kein Bierlokal. Der hatte das wörtlich gemeint. Und nicht als Unverschämtheit. Er hatte da etwas sehr Böses gesagt, etwas sehr Ungerechtfertigtes. Beschissen hatte er sich aufgeführt. Er trank ein zweites Bier und rief den Kellner zum Zahlen.

„Y la Señora?" fragte der Kellner.

„Ist im Museo del Prado. Ich werde sie abholen."

„Na, dann zahlen Sie nachher", sagte der Kellner.

Zum Hotel zurück nahm er eine Abkürzung den Berg runter. Der Schlüssel war beim Empfang, also fuhr er auf ihre Etage, legte oben im Zimmer die Zeitungen und Briefe auf einen Tisch und verschloß den größten Teil des Geldes in seinem Koffer. Das Zimmer war gemacht, und die Jalousien waren gegen die Hitze heruntergelassen, so daß es ziemlich dunkel war. Er wusch sich, ordnete seine Post, nahm vier Briefe heraus und steckte sie in seine Hosentasche. Dann nahm er die Pariser Ausgaben des „New York Herald", der „Chicago Tribune" und der „London Daily Mail" mit hinab in die Hotelbar, gab unterwegs am Empfang den Schlüssel ab und bat den Portier, wenn Madame käme, solle er ihr sagen, er sei in der Bar.

Er setzte sich auf einen Barhocker, bestellte einen marismeño und öffnete und las seine Briefe, während er die Knoblauch-Oliven aß, die der Barkeeper ihm auf einer

Untertasse neben das Glas gestellt hatte. Einer der Briefe enthielt zwei Ausschnitte aus Monatszeitschriften mit Rezensionen seines Romans, und er las sie, ohne das Gefühl zu haben, sie handelten von ihm oder von irgend etwas, das er geschrieben hatte.

Er steckte die Ausschnitte in den Umschlag zurück. Es waren einsichtige und kluge Rezensionen, aber für ihn waren sie nichtssagend gewesen. Den Brief seines Verlegers las er mit derselben Teilnahmslosigkeit. Das Buch habe sich gut verkauft, und man nehme an, es werde sich noch bis in den Herbst weiterverkaufen, obwohl man so was natürlich nie absehen könne.

Jedenfalls sei es bisher von der Kritik außerordentlich gut aufgenommen worden, und seinem nächsten Buch stehe nichts im Wege. Es sei von großem Vorteil, daß dies sein zweiter und nicht sein erster Roman sei. Es sei schon tragisch, wie häufig amerikanische Schriftsteller nur einen guten Erstlingsroman zustande brächten und dann nichts mehr. Während dieser, fuhr sein Verleger fort, sein zweiter, alle Versprechen halte, die sein erster habe ahnen lassen. Es sei ein ungewöhnlich kalter und nasser Sommer in New York. Herrgott, dachte David, zum Teufel damit, wie es in New York war, zum Teufel mit Coolidge, diesem schmallippigen Bastard, der mit hohem, steifem Kragen in einem Fischteich in den Black Hills, den wir den Sioux und Cheyenne gestohlen haben, Forellen angelte, und zum Teufel mit diesen ewig in Badewannen-Fusel getränkten Schriftstellern, die sich dauernd fragen, ob ihr Schätzchen Charleston tanzen kann. Und zum Teufel mit dem Versprechen, das er gehalten hatte. Was hatte er denn versprochen, und wem? Dem „Dial“, dem „Bookman“, der „New Republic“? Nein, er hatte etwas ahnen lassen. Darf ich Sie mein Versprechen ahnen lassen, ich werd's auch halten. Was für ein Scheiß.

„Hallo, junger Mann", sagte eine Stimme. „Warum sehen Sie so ungehalten drein?"

„Hallo, Colonel", sagte David und fühlte sich auf einmal vergnügt. „Was zum Teufel treiben Sie denn hier?"

Der Colonel, ein Mann mit tiefblauen Augen, rotblondem Haar und sonnengebräuntem Gesicht, das aussah, als hätte ein müder Bildhauer es aus Feuerstein gehauen und dabei den Meißel kaputtgemacht, nahm Davids Glas und kostete den marismeño.

„Bringen Sie mir eine Flasche von dem Zeug, das dieser junge Mann hier trinkt, an den Tisch da", sagte er zu dem Barkeeper. „Eine kalte Flasche. Sie brauchen nicht erst Eis reinzutun. Bringen Sie sie sofort."

„Ja, Sir", sagte der Barkeeper. „Sehr wohl, Sir."

„Kommen Sie", sagte der Colonel zu David und führte ihn an den Tisch in der Ecke. „Prima sehen Sie aus."

„Sie aber auch."

Colonel John Boyle trug einen dunkelblauen Anzug aus einem Stoff, der steif, aber kühl aussah, dazu ein blaues Hemd mit schwarzer Krawatte. „Mir geht's immer prima", sagte er. „Wollen Sie einen Job?"

„Nein", sagte David.

„Na so was. Fragt nicht mal, worum es geht." Seine Stimme klang, als habe er das aus staubiger Kehle hochgehustet.

Der Kellner brachte den Wein, füllte zwei Gläser und stellte ihnen Untertassen mit Knoblauch-Oliven und Haselnüssen hin.

„Keine Anchovis?" fragte der Colonel. „Was ist denn das hier für eine fonda?"

Der Barkeeper lächelte und ging die Anchovis holen.

„Ausgezeichnet, der Wein", sagte der Colonel. „Erstklassig. Ich habe immer gehofft, Ihr Geschmack würde sich mal bessern. Also warum wollen Sie keinen Job? Sie haben doch gerade ein Buch beendet."

„Ich bin in den Flitterwochen."

„Blöder Ausdruck", sagte der Colonel. „Hab ich noch nie gemocht. Hört sich so muffig an. Warum sagen Sie nicht einfach, Sie hätten gerade geheiratet? Das läuft auf dasselbe hinaus. In keinem Fall wären Sie zu etwas zu gebrauchen."

„Was ist das für ein Job?"

„Sinnlos, jetzt davon zu reden. Wen haben Sie geheiratet? Jemand, den ich kenne?"

„Catherine Hill."

„Kannte ihren Vater. Ganz merkwürdige Type. Hat sich totgefahren. Seine Frau auch."

„Ich habe ihn nie kennengelernt."

„Sie haben ihn nie kennengelernt?"

„Nein."

„Seltsam. Aber durchaus verständlich. Als Schwiegervater ist er kein Verlust für Sie. Es heißt, die Mutter sei sehr einsam gewesen. Idiotisch, wenn erwachsene Menschen so zu Tode kommen. Wo haben Sie das Mädchen kennengelernt?"

„In Paris."

„Sie hat da einen affigen Onkel wohnen. Nichtsnutziger Mensch. Kennen Sie ihn?"

„Ich habe ihn mal bei den Rennen gesehen."

„In Longchamps und Auteuil. Wie konnten Sie nur?"

„Ich hab ja nicht ihre Familie geheiratet."

„Natürlich nicht. Aber das tut man immer. Tot oder lebendig."

„Nicht die Onkel und Tanten."

„Na ja, was soll's, viel Spaß damit. Das Buch hat mir übrigens gefallen. Ist es gut gegangen?"

„Es ist ziemlich gut gegangen."

„Es hat mich sehr bewegt", sagte der Colonel. „Aber Sie sind ein kleiner Betrüger."

„Sie auch, John."

„Hoffentlich“, sagte der Colonel.

David sah Catherine an der Tür und stand auf. Sie kam zu ihnen rüber, und David sagte: „Das ist Colonel Boyle.“

„Sehr erfreut, Verehrteste.“

Catherine sah ihn an, lächelte und setzte sich an den Tisch. David beobachtete sie, es schien, als hielte sie den Atem an.

„Bist du müde?“ fragte David.

„Ich denke schon.“

„Trinken Sie ein Glas davon“, sagte der Colonel.

„Wäre was dagegen einzuwenden, wenn ich einen Absinth nähme?“

„Natürlich nicht“, sagte David. „Ich nehm auch einen.“

„Für mich nicht“, sagte der Colonel zu dem Barkeeper. „Diese Flasche ist nicht mehr frisch. Stellen Sie sie wieder kalt und bringen Sie mir ein Glas aus einer kalten Flasche. Mögen Sie den echten Pernod?“ fragte er Catherine.

„Ja“, sagte sie. „Ich bin schüchtern vor Leuten, und dagegen hilft er.“

„Ein hervorragendes Getränk“, sagte er. „Ich würde ja einen mittrinken, aber ich habe nach dem Mittagessen noch zu arbeiten.“

„Tut mir leid, daß ich vergessen habe, einen Treffpunkt mit dir auszumachen“, sagte David.

„Hier ist es doch sehr nett.“

„Ich habe die Post von der Bank geholt. Es war ’ne Menge für dich dabei. Ich hab sie oben im Zimmer gelassen.“

„Interessiert mich jetzt nicht“, sagte sie.

„Ich habe Sie im Prado gesehen, wie Sie die Grecos betrachtet haben“, sagte der Colonel.

„Ich habe Sie auch gesehen“, sagte sie. „Betrachten Sie Bilder immer so, als gehörten sie Ihnen und als überlegten Sie gerade, wie man sie mal vernünftig aufhängen könnte?"

„Möglich", sagte der Colonel. „Betrachten Sie sie immer so, als wären Sie der junge Häuptling eines Kriegerstammes, der dem Ältestenrat durchgebrannt ist und jetzt die Marmorstatue von Leda und dem Schwan anstaunt?"

Catherine errötete unter ihrer braunen Haut und sah erst David und dann den Colonel an.

„Sie gefallen mir", sagte sie. „Reden Sie nur weiter."

„Sie gefallen mir auch", sagte er. „Und ich beneide David. Erfüllt er alle Ihre Ansprüche?"

„Sehen Sie das nicht?"

„Für mich ist nur die sichtbare Welt sichtbar", sagte der Colonel. „Und jetzt trinken Sie noch einen Schluck von diesem bitteren Wahrheitselixier."

„Jetzt brauch ich's nicht mehr."

„Sie sind nicht mehr schüchtern? Trinken Sie's trotzdem. Tut Ihnen gut. Sie sind das dunkelste weiße Mädchen, das ich je gesehen habe. Ihr Vater war allerdings auch sehr dunkel."

„Ich muß seine Haut geerbt haben. Meine Mutter war ganz blond."

„Die habe ich nie kennengelernt."

„Kannten Sie meinen Vater gut?"

„Ziemlich."

„Wie war er?"

„Er war ein sehr schwieriger und charmanter Mann. Sind Sie wirklich schüchtern?"

„Ehrlich. Fragen Sie David."

„Sie kommen aber ungeheuer schnell darüber hinweg."

„Sie haben mich überfahren. Wie war mein Vater?"

„Er war der schüchternste Mann, den ich je gekannt habe, und er konnte der charmanteste sein."

„Mußte er auch Pernod trinken?"

„Er mußte alles trinken."

„Erinnere ich Sie an ihn?"

„Kein bißchen."

„Das ist gut. Und David?"

„Nicht im geringsten."

„Das ist noch besser. Woher wußten Sie, daß ich im Prado ein Junge war?"

„Warum sollten Sie nicht?"

„Ich habe erst gestern abend wieder damit angefangen. Ich war fast einen Monat lang ein Mädchen. Fragen Sie David."

„Sie brauchen mich nicht an David zu verweisen. Was sind Sie denn jetzt im Augenblick?"

„Ein Junge, wenn Sie nichts dagegen haben."

„Ich hab nichts dagegen. Aber Sie sind keiner."

„Ich wollte es nur gesagt haben", sagte sie. „Jetzt, wo ich es gesagt habe, brauche ich es nicht zu sein. Aber es war wunderbar im Prado. Und deswegen wollte ich David davon erzählen."

„Sie werden Zeit genug haben, es David zu erzählen."

„Ja", sagte sie. „Wir haben viel Zeit für alles."

„Erzählen Sie mir, wo Sie so braun geworden sind", sagte der Colonel. „Wissen Sie eigentlich, wie braun Sie sind?"

„Erst waren wir in Le Grau-du-Roi und danach in der Nähe von La Napoule. Da gab's eine Bucht, in die man über einen Pfad durch die Pinien kam. War von der Straße aus nicht einzusehen."

„Wie lange hat es gedauert, bis Sie so braun waren?"

„Etwa drei Monate."

„Und was wollen Sie nun mit der Bräune machen?"

„Sie tragen", sagte sie. „Im Bett ist sie sehr kleidsam."

„Ich finde, Sie sollten sie nicht in der Stadt vergeuden."

„Im Prado war sie nicht vergeudet. Eigentlich trage ich sie ja nicht. Ich bin sie. Ich bin wirklich so dunkel. Die Sonne bringt das nur hervor. Ich wünschte, ich wäre noch dunkler."

„Dann werden Sie's wahrscheinlich auch", sagte der Colonel. „Gibt's noch mehr dergleichen, auf das Sie sich freuen können?"

„Ja, jeden Tag", sagte Catherine. „Ich freue mich auf jeden Tag."

„Und war heute ein guter?"

„Ja. Das wissen Sie doch. Sie waren hier."

„Wollen Sie und David mit mir essen?"

„In Ordnung", sagte Catherine. „Ich geh rauf und zieh mich um. Wartet ihr auf mich?"

„Willst du nicht deinen Drink austrinken?" fragte David.

„Ich mach mir nichts daraus", sagte sie. „Sorg dich nicht um mich. Ich werde nicht schüchtern sein."

Sie ging zur Tür, und die beiden sahen ihr nach.

„War ich zu ungehobelt?" fragte der Colonel. „Ich hoffe nicht. Sie ist ein ganz reizendes Mädchen."

„Ich hoffe nur, ich bin gut genug für sie."

„Das sind Sie. Und wie geht's Ihnen so?"

„Gut, denke ich."

„Sind Sie glücklich?"

„Sehr."

„Denken Sie daran: alles ist richtig, bis es falsch ist. Sie werden's merken, wenn's nicht mehr stimmt."

„Meinen Sie?"

„Ganz bestimmt. Und wenn nicht, ist es auch egal. Dann ist alles egal."

„Wie schnell wird das gehen?"

„Von Geschwindigkeit habe ich nichts gesagt. Wovon reden Sie?"

„Verzeihung."

„Was anderes haben Sie nicht, also amüsieren Sie sich."

„Das tun wir."

„Ist mir klar. Da ist nur eins."

„Was?"

„Passen Sie gut auf sie auf."

„Mehr haben Sie mir nicht zu sagen?"

„Noch eine Kleinigkeit: Die Brut wird nichts."

„Ist noch keine unterwegs."

„Wäre netter, darauf zu verzichten."

„Netter?"

„Besser."

Sie sprachen eine Weile über Leute, der Colonel redete entsetzliches Zeug, und dann sah David Catherine durch die Tür kommen; sie trug ein weißes Kammgarnkostüm, um ihre Bräune noch stärker zu betonen.

„Sie sehen wirklich außerordentlich schön aus", sagte der Colonel zu Catherine. „Aber Sie müssen versuchen, noch dunkler zu werden."

„Vielen Dank. Werd ich machen", sagte sie. „Wir müssen doch nicht jetzt in die Hitze raus, oder? Können wir nicht hier im Kühlen sitzen? Wir können ja hier in der Grillstube essen."

„Ich lade Sie ein", sagte der Colonel.

„Nein, bitte. Wir laden Sie ein."

David stand unsicher auf. Es waren jetzt noch andere Leute in der Bar. Als er auf den Tisch sah, stellte er fest, daß er nicht nur seinen, sondern auch Catherines Drink ausgetrunken hatte. Er konnte sich nicht erinnern, auch nur einen davon getrunken zu haben.

Es war Siestazeit; sie lagen auf dem Bett, und David las bei dem Licht, das durch das Fenster links vom Bett hereinfiel, wo er eine der Jalousien um etwa ein Drittel ihrer Länge hochgezogen hatte. Das Licht wurde von dem Gebäude auf der anderen Straßenseite reflektiert. Die Jalousie war nicht hoch genug gezogen, als daß man den Himmel hätte sehen können.

„Dem Colonel hat meine Bräune gefallen", sagte Catherine. „Wir müssen wieder ans Meer. Ich will sie unbedingt behalten."

„Wir fahren, wann immer du willst."

„Das wird wunderbar. Kann ich dir was erzählen? Ich muß."

„Was denn?"

„Zum Mittagessen hab ich mich nicht wieder in ein Mädchen zurückverwandelt. Habe ich mich richtig verhalten?"

„Nicht zurückverwandelt?"

„Nein. Stört's dich? Und jetzt bin ich dein Junge und werde alles für dich tun."

David las weiter.

„Bist du wütend?"

„Nein." Ernüchtert, dachte er.

„Es ist jetzt einfacher."

„Das glaub ich nicht."

„Dann werde ich vorsichtig sein. Heute morgen kam mir alles, was ich tat, so richtig und gut vor, so sauber und schön bei Tageslicht. Könnte ich's jetzt nicht mal versuchen, und dann sehen wir weiter?"

„Es wäre mir lieber, du würdest es lassen."

„Darf ich dich küssen und es versuchen?"

„Nicht, wenn du ein Junge bist und ich ein Junge bin."

Er hatte ein Gefühl in der Brust, als läge eine Eisenstange quer darin. „Ich wünschte, du hättest dem Colonel nichts davon erzählt."

„Aber er hat mich gesehen, David. Er hat damit angefangen, und er wußte ganz genau Bescheid und hatte Verständnis. Es war nicht dumm, ihm das zu erzählen.

Es war besser. Er ist unser Freund. Ich wollte ihm zuvorkommen; hätte ich's ihm nicht erzählt, hätte er mit Recht Bemerkungen darüber machen können."

„Du kannst nicht allen Leuten so vertrauen."

„Die Leute sind mir egal. Nur du bist mir nicht egal. Niemals würde ich vor anderen Leuten einen Skandal verursachen."

„Meine Brust fühlt sich an, als läge sie in Eisen."

„Das tut mir leid. Meine fühlt sich so glücklich an."

„Meine liebste Catherine."

„So ist's gut. Du kannst mich Catherine nennen, wann immer du willst. Ich bin ja auch deine Catherine. Ich bin immer Catherine, wenn du sie brauchst. Sollen wir schlafen oder lieber mal anfangen und sehen, was passiert?"

„Liegen wir erst mal ganz ruhig im Dunkeln", sagte David und ließ die Jalousie herunter; sie lagen Seite an Seite auf dem Bett in dem großen Zimmer im „Palast-Hotel" in Madrid, wo Catherine bei Tageslicht als Junge durch das Museo del Prado gegangen war, und jetzt würde sie also die dunklen Sachen auch im Hellen machen, und die Verwandlung, so schien es ihm, würde nie mehr ein Ende haben.

8

Am Morgen war es im Buen Retiro so frisch wie in einem Wald. Alles war grün, die Baumstämme waren dunkel und die Entfernungen ganz ungewohnt. Der See war nicht da, wo er gelegen hatte, und als sie ihn durch die Bäume entdeckten, sah er ganz anders aus.

„Geh du vor", sagte sie. „Ich will dich ansehen."

Also wandte er sich von ihr ab und ging zu einer Bank und setzte sich. In weiter Ferne konnte er einen See erkennen, und er wußte, daß es viel zu weit war, um je zu

Fuß hinkommen zu können. Er saß da auf der Bank, und sie setzte sich neben ihn und sagte: „Ist schon in Ordnung."

Aber hier im Retiro hatte ihn Reue überkommen, und jetzt wurde es so schlimm, daß er Catherine sagte, er wolle gehen und im Café des „Palast-Hotels" auf sie warten.

„Stimmt alles mit dir? Soll ich mitkommen?"

„Nein. Mit mir stimmt alles. Ich muß bloß weg hier."

„Also bis dann", sagte sie.

Sie sah an diesem Morgen besonders schön aus, sie lächelte über ihr Geheimnis, und er lächelte zurück und nahm dann seine Reue mit ins Café. Er dachte, er würde es nicht schaffen, aber er schaffte es, und als Catherine dann später kam, trank er gerade seinen zweiten Absinth aus, und die Reue war verschwunden.

„Na, wie geht's, Teufel?" sagte er.

„Ich bin dein Teufel", sagte sie. „Kann ich auch so einen haben?"

Der Kellner entfernte sich, erfreut, sie so hübsch und fröhlich zu sehen, und sie sagte: „Was war denn?"

„Ich hab mich einfach miserabel gefühlt, aber jetzt geht's mir wieder gut."

„War's so schlimm?"

„Nein", log er.

Sie schüttelte den Kopf. „Das tut mir so leid. Ich hatte gehofft, da wäre gar nichts Schlimmes dran."

„Schon vorbei."

„Das ist gut. Ist es nicht herrlich, hier im Sommer ganz allein zu sein? Ich hab mir was überlegt."

„Schon?"

„Wir können bleiben und nicht ans Meer fahren. Dies hier gehört uns jetzt. Die Stadt und alles. Wir könnten noch hier bleiben und später dann direkt nach La Napoule fahren."

„Viel weiter werden wir sowieso nicht kommen."

„Nicht doch. Wir haben ja gerade erst angefangen."

„Ja . . . dorthin, wo wir angefangen haben, können wir jederzeit zurück."

„Natürlich können wir das, und das werden wir auch."

„Reden wir nicht davon", sagte er.

Er hatte gespürt, wie es wiederkam, und nahm einen großen Schluck von seinem Drink.

„Es ist schon sehr seltsam", sagte er. „Dieser Drink schmeckt genau wie Reue. Er hat ganz denselben Geschmack, und doch vertreibt er sie."

„Ich mag es nicht, wenn du ihn deswegen trinkst. Das paßt nicht zu uns. So dürfen wir nicht sein."

„Vielleicht bin ich aber so."

„Das darfst du nicht." Sie trank einen großen Schluck aus ihrem Glas, und dann noch einen, sah sich um und dann ihn an. „Ich kann es. Sieh mich an und beobachte, wie's geschieht. Hier im Straßencafé des „Palast-Hotels" von Madrid, man kann den Prado sehen und die Straße und die Rasensprenger unter den Bäumen, also ist es wirklich. Es ist ungeheuer schroff. Aber ich kann es tun. Du kannst es sehen. Hier. Ich habe wieder meine Mädchenlippen, und ich bin alles, was du von mir verlangst. Hab ich's geschafft? Sag's mir."

„Das brauchtest du nicht."

„Gefalle ich dir als Mädchen?" fragte sie sehr ernst, und dann lächelte sie.

„Ja", sagte er.

„So ist es gut", sagte sie. „Freut mich, daß es jemandem gefällt, denn es ist verdammt langweilig."

„Dann laß es."

„Hast du mich nicht sagen hören, ich hätte es getan? Hast du mir nicht dabei zugesehen? Soll ich mich verrenken und in Stücke reißen, bloß weil du dich nicht entscheiden kannst? Weil du so launenhaft bist?"

„Könntest du dich etwas zurückhalten?"

„Wozu sollte ich mich zurückhalten? Du willst doch ein Mädchen, oder? Willst du dann nicht auch alles, was dazugehört? Szenen, hysterische Anfälle, falsche Beschuldigungen, Temperamentsausbrüche, oder? Ich halte mich zurück. Ich werde dich nicht vor dem Kellner in Verlegenheit bringen. Ich werde den Kellner nicht in Verlegenheit bringen. Sondern meine verdammte Post lesen. Können wir uns die Post nicht runterbringen lassen?"

„Ich geh rauf und hol sie dir."

„Nein. Ich will nicht hier allein sein."

„In Ordnung", sagte er.

„Siehst du? Deswegen wollte ich sie holen lassen."

„Einem botones würden sie die Zimmerschlüssel nicht geben. Deshalb wollte ich selber gehen."

„Ich bin schon darüber weg", sagte Catherine. „Ich werde mich nicht mehr so aufführen. Warum sollte ich mich dir gegenüber so aufführen? Es war lächerlich und unwürdig. Es war so blöd, daß ich dich nicht mal um Verzeihung bitte. Außerdem muß ich sowieso mal ins Zimmer rauf."

„Jetzt?"

„Weil ich eine gottverdammte Frau bin. Ich hatte gedacht, wenn ich ein Mädchen wäre und ein Mädchen bliebe, würde ich wenigstens ein Kind bekommen. Aber nicht mal das."

„Das könnte auch meine Schuld sein."

„Sprechen wir nicht über Schuld. Du bleibst hier, und ich geh die Post holen. Wir werden unsere Briefe lesen und nette, brave, intelligente amerikanische Touristen sein, die enttäuscht sind, weil sie in der falschen Jahreszeit nach Madrid gekommen sind."

Beim Mittagessen sagte Catherine: „Wir fahren nach La Napoule zurück. Da ist jetzt niemand, und wir werden schön unsere Ruhe haben und arbeiten und uns umeinander kümmern. Wir können auch nach Aix fahren und uns die ganze Cézanne-Landschaft ansehen. Da sind wir eigentlich etwas zu kurz gewesen."

„Wir werden's uns gutgehen lassen."

„Es ist doch nicht zu früh für dich, wieder mit der Arbeit anzufangen, oder?"

„Nein. Es wäre gut, jetzt wieder anzufangen. Ganz bestimmt."

„Das wird wunderbar, und ich werde richtig Spanisch lernen, für unsere Rückkehr hierher. Und ich hab noch so viel zu lesen."

„Wir haben viel zu tun."

„Dann tun wir's auch."

Drittes Buch

9

Der neue Plan hielt kaum länger als einen Monat vor. Sie hatten drei Zimmer am Ende des langgestreckten und niedrigen rosafarbenen provenzalischen Hauses, in dem sie damals schon gewohnt hatten. Es lag in den Pinienwaldungen auf der dem Estérel zugewandten Seite von La Napoule. Aus den Fenstern war das Meer zu sehen, und von dem Garten vor dem langen Haus, wo sie unter den Bäumen zu essen pflegten, konnten sie die leeren Strände sehen, das hohe Papyrusgras im Delta des kleinen Flusses und jenseits der Bucht den weißen Bogen von Cannes mit den Hügeln und fernen Bergen dahinter. Sonst wohnte jetzt im Sommer niemand in dem langen Haus, und der Besitzer und seine Frau waren froh, sie wiederzuhaben.

Der große Raum am Ende war ihr Schlafzimmer. Es hatte an drei Seiten Fenster und war kühl bei diesem Sommerwetter. Nachts rochen sie die Pinien und das Meer. David arbeitete in einem Raum am anderen Ende. Er fing frühmorgens an, und wenn er fertig war, holte er Catherine ab, und dann gingen sie zu einer kleinen Bucht in den Felsen, wo es einen Sandstrand gab, zum Sonnenbaden und Schwimmen. Manchmal war Catherine mit dem Wagen unterwegs, dann wartete er auf sie und nahm nach der Arbeit einen Drink draußen auf der Terrasse. Nach dem Absinth konnte man unmöglich Pastis trinken, und er hatte sich auf Whiskey mit Perrier verlegt, zur Freude des Inhabers, der jetzt mit den beiden Bournes in der flauen Sommersaison ein gutes Geschäft machte, ohne sich groß anzustrengen. Einen Koch hatte er nicht angestellt. Seine Frau kochte selbst. Ein Dienstmädchen machte die Zimmer, und ein Neffe, der Kellnerlehrling war, bediente bei Tisch.

Catherine fuhr gern mit dem kleinen Wagen herum, machte Einkaufs- und Sammeltouren nach Cannes und Nizza. Die großen Läden für die Wintersaison waren zwar geschlossen, aber sie entdeckte ausgefallene Sachen zum Essen und gediegene Getränke und spürte Geschäfte auf, wo sie Bücher und Zeitschriften kaufen konnte.

David hatte vier Tage lang sehr hart gearbeitet. Sie hatten den ganzen Nachmittag am Strand einer kleinen neuentdeckten Bucht in der Sonne verbracht und waren so lange geschwommen, bis sie beide müde waren; am Abend kamen sie zurück, angetrocknetes Salz auf dem Rücken und in den Haaren, nahmen einen Drink, duschten und zogen sich um.

Vom Meer her wehte die Brise ins Zimmer. Es war kühl, und sie lagen Seite an Seite im Dunkeln auf dem Bett, das Laken über sich, und Catherine sagte: „Du hast gesagt, ich soll's dir erzählen."

„Ich weiß."

Sie beugte sich über ihn, nahm seinen Kopf in ihre Hände und küßte ihn. „Ich möchte es so gern. Kann ich? Darf ich?"

„Sicher."

„Ich bin so froh. Ich habe jede Menge Pläne gemacht", sagte sie. „Und diesmal werde ich nicht so schlimm und wild damit loslegen."

„Was für Pläne?"

„Ich könnte davon erzählen, aber lieber würde ich's dir zeigen. Wir könnten es morgen machen. Willst du mit mir reinfahren?"

„Wohin?"

„Nach Cannes, dorthin, wo ich damals schon mal war. Er

ist ein sehr guter Friseur. Wir sind befreundet, und er ist besser als der in Biarritz, weil er gleich von Anfang an verstanden hat."

„Was hast du getan?"

„Heute morgen, als du gearbeitet hast, war ich bei ihm und hab's ihm erklärt. Er hat überlegt und verstanden und gemeint, es wäre nicht schlecht. Ich sagte ihm, ich hätte mich noch nicht entschieden, aber wenn, dann würde ich versuchen, dich dazu zu bringen, deins genauso schneiden zu lassen."

„Wie soll es geschnitten werden?"

„Du wirst schon sehen. Wir gehen zusammen. Irgendwie schräg gegen den natürlichen Fall zurückgeschnitten. Er ist ganz begeistert. Vermutlich weil er so verrückt nach dem Bugatti ist. Hast du Angst?"

„Nein."

„Ich kann's kaum erwarten. Eigentlich will er es noch heller färben, aber wir hatten Angst, das könnte dir nicht gefallen."

„Die Sonne und das Wasser färben es auch heller."

„Aber so würde es noch viel blonder. Er hat gesagt, er könnte es so blond machen wie bei Skandinaviern. Stell dir vor, wie das zu unserer dunklen Haut aussähe. Deins könnten wir auch heller färben."

„Nein. Da käm ich mir komisch vor."

„Wen kennst du denn hier schon, daß das was ausmachen würde? Wenn du den ganzen Sommer schwimmen gehst, wirst du ja sowieso blonder."

Er gab keine Antwort, und sie sagte: „Du mußt ja nicht. Erst mal färben wir nur meins, vielleicht willst du dann ja auch. Wir werden sehen."

„Mach keine Pläne, Teufel. Ich werde morgen sehr früh aufstehen und arbeiten, und du schläfst so lange, wie du kannst."

„Dann schreib für mich mit", sagte sie. „Auch wenn

du an die Stellen kommst, wo ich schlimm gewesen bin, erwähne, wie sehr ich dich liebe."

„Ich bin jetzt fast auf dem laufenden."

„Kannst du's veröffentlichen, oder wäre das auch schlimm?"

„Ich habe nur versucht, es aufzuschreiben."

„Darf ich's irgendwann mal lesen?"

„Wenn ich's je richtig hinbekomme."

„Ich bin jetzt schon so stolz darauf, und wir werden kein Exemplar davon verkaufen oder an Rezensenten verschicken, und dann wird's keine Kritiken geben, und du wirst dich nicht unbehaglich fühlen, und wir werden es immer nur für uns haben."

Als David Bourne aufwachte, war es bereits hell; er zog Shorts und Hemd über und ging nach draußen. Die Brise war abgeflaut. Die See lag ruhig und der Tag roch nach Tau und Pinien. Er ging barfuß über die Steinplatten der Terrasse zu dem Zimmer am anderen Ende des langen Hauses, trat ein und setzte sich an seinen Arbeitstisch. Die Fenster hatten über Nacht offengestanden, und das Zimmer war kühl und voller frühmorgendlicher Verheißung.

Er beschrieb den Weg von Madrid nach Zaragoza und wie die Straße sich hob und senkte, als sie mit hohem Tempo in das Land der roten Spitzkuppen kamen; der kleine Wagen auf der nun staubigen Straße holte den Schnellzug ein, und Catherine überholte zügig Waggon um Waggon, den Tender, dann den Maschinisten und den Heizer, und schließlich die Spitze der Lokomotive, und dann schaltete sie, als die Straße nach links schwenkte, und der Zug verschwand in einem Tunnel.

„Ich hatte ihn", hatte sie gesagt. „Aber er ist untergetaucht. Sag mir, ob ich ihn noch mal kriegen kann."

Er hatte in der Michelin-Karte nachgesehen und gesagt: „Fürs erste nicht."

„Dann laß ich ihn sausen und wir sehen uns die Landschaft an." Die Straße begann anzusteigen, am Fluß standen Pappelreihen; es wurde immer steiler, und er spürte, wie der Wagen damit zurechtkam und wie Catherine noch einmal fröhlich schaltete, als der Wagen im Nu den steilen Anstieg nahm.

Später, als er ihre Stimme im Garten vernahm, hörte er auf zu schreiben. Er verschloß den Koffer mit den Manuskriptheften, ging hinaus und schloß die Tür hinter sich ab. Das Mädchen würde den Hauptschlüssel benutzen, wenn sie das Zimmer saubermachen kam.

Catherine frühstückte auf der Terrasse. Auf dem Tisch lag eine rot-weiß karierte Decke. Sie trug ihr altes, gestreiftes Hemd aus Le Grau-du-Roi, frisch gewaschen und eingelaufen und sehr verschossen, dazu eine neue lange Flanellhose und Espadrilles.

„Hallo", sagte sie. „Ich konnte nicht lange ausschlafen."

„Du siehst hübsch aus."

„Danke. Ich fühle mich auch hübsch."

„Woher hast du diese lange Hose?"

„Hab ich mir in Nizza machen lassen. Bei einem guten Schneider. Steht sie mir auch?"

„Sehr gut geschnitten. Sie sieht bloß so neu aus. Willst du sie in der Stadt tragen?"

„Nicht in der Stadt. In Cannes ist jetzt doch keine Saison. Nächstes Jahr trägt sie da jeder. Jetzt tragen die Leute unsere Hemden. Und zu Röcken passen die nicht. Du hast doch nichts dagegen?"

„Aber woher denn. Sie steht dir gut. Bloß die Bügelfalten sahen so ungewohnt aus."

Während David sich nach dem Frühstück rasierte, duschte, dann eine alte Flanellhose und ein Fischerhemd anzog und seine Espadrilles holte, zog Catherine ein blaues Leinenhemd mit offenem Kragen und einen weiten weißen Leinenrock an.

„So sehen wir besser aus. Auch wenn die langen Hosen für hier das richtige sind, machen sie für heute vielleicht doch zuviel her. Wir heben sie uns auf."

Beim Friseur ging es sehr freundlich und ungezwungen zu, aber auch sehr professionell. Monsieur Jean war etwa in Davids Alter und sah eher italienisch aus als französisch; er sagte: „Ich werde es schneiden, wie sie es wünscht. Sind Sie einverstanden, Monsieur?"

„Ich gehöre nicht zum Syndikat", sagte David. „Machen Sie das unter sich aus."

„Vielleicht sollten wir es an Monsieur ausprobieren", sagte Monsieur Jean. „Falls etwas schiefgeht."

Aber Monsieur Jean begann sehr vorsichtig und geschickt Catherines Haar zu schneiden, und David beobachtete ihr dunkles, ernstes Gesicht über dem Kittel, der eng um ihren Hals gelegt war. Sie sah in den Handspiegel und verfolgte Kamm und Schere beim Heben und Schnippeln. Der Mann arbeitete wie ein Bildhauer, versunken und ernst. „Ich habe die ganze letzte Nacht und heute morgen darüber nachgedacht", sagte der Friseur. „Ich kann verstehen, wenn Sie das nicht glauben, Monsieur. Aber dies ist für mich genauso wichtig wie Ihr Metier für Sie."

Er trat zurück, um die Form, die er gestaltete, zu betrachten. Dann schnippelte er schneller weiter und drehte schließlich den Stuhl, so daß der große Spiegel sich in dem kleinen in Catherines Hand spiegelte.

„Soll der Schnitt über den Ohren so sein?" fragte sie den Friseur.

„Wie Sie wünschen. Ich kann es mehr dégagé machen, wenn Sie wollen. Aber es wird auch so sehr schön aussehen, wenn wir es erst einmal richtig blond gefärbt haben."

„Färben Sie es blond", sagte Catherine.

Er lächelte. „Madame und ich haben darüber gesprochen. Aber ich habe gesagt, das müsse Monsieur entscheiden."

„Monsieur hat entschieden", sagte Catherine.

„Wie blond möchte Monsieur es denn haben?"

„So blond, wie Sie's machen können", sagte sie.

„Sagen Sie das nicht", sagte Monsieur Jean. „Sie müssen's mir schon erklären."

„So hell wie meine Perlen", sagte Catherine. „Sie haben sie ja oft gesehen."

David war hinzugetreten und sah Monsieur Jean dabei zu, wie er ein großes Glas voll Shampoo mit einem Holzlöffel anrührte. „Ich habe dem Shampoo Olivenölseife beigegeben", sagte der Friseur. „Es ist warm. Bitte kommen Sie hier ans Waschbecken. Beugen Sie sich nach vorn", sagte er zu Catherine, „und halten Sie sich dieses Tuch vor die Stirn."

„Aber es ist doch gar kein richtiger Jungenschnitt", sagte Catherine. „Ich wollte es so haben, wie wir es geplant hatten. Alles geht schief."

„Der Schnitt könnte nicht jungenhafter sein. Glauben Sie mir."

Er massierte ihr jetzt das dickflüssige Shampoo mit dem beißenden Geruch in die Haare.

Nachdem ihr Haar shampooniert und immer wieder gespült worden war, hatte David den Eindruck, als habe es jede Farbe verloren; das Wasser tropfte daraus ab und ließ bloß eine nasse Blässe erkennen. Der Friseur legte ein Handtuch darüber und rubbelte es sanft. Er war sich seiner Sache sehr sicher.

„Verzweifeln Sie nicht, Madame", sagte er. „Warum sollte ich mich an Ihrer Schönheit vergreifen?"

„Ich *bin* aber verzweifelt, und von Schönheit kann keine Rede sein.“

Er trocknete behutsam ihren Kopf; dann ließ er das Handtuch darauf liegen, holte einen Fön und ließ ihn durch ihr Haar wehen, das er dabei nach vorne kämmte.

„Nun passen Sie auf“, sagte er.

Die Farbe ihres Haares verwandelte sich, während die Luft hindurchblies, von feuchter Fahlheit in ein silbriges, nordisch strahlendes Blond. Sie konnten die Verwandlung beobachten, während der Wind aus dem Fön darin spielte.

„Sie hätten nicht zu verzweifeln brauchen“, sagte Monsieur Jean, das *Madame* vergessend; dann fiel's ihm ein: „Madame wollte es blond haben?“

„Es ist noch besser als die Perlen“, sagte sie. „Sie sind ein großartiger Mann, und ich habe mich fürchterlich benommen.“

Dann rieb er seine Hände mit etwas aus einem Topf ein. „Ich werde es nur damit betupfen“, sagte er. Er lächelte Catherine voller Zufriedenheit an und strich ihr mit den Händen leicht über den Kopf.

Catherine stand auf und betrachtete sich mit großem Ernst im Spiegel. Noch nie war ihr Gesicht so braun gewesen, und ihr Haar war weiß wie die Rinde einer jungen Birke.

„Es gefällt mir sehr“, sagte sie. „Toll.“

Sie sah in den Spiegel, als hätte sie das Mädchen darin noch nie gesehen.

„Nun kommen wir zu Monsieur“, sagte der Friseur. „Wünscht Monsieur denselben Schnitt? Er ist sehr konservativ, aber auch sportlich.“

„Denselben Schnitt“, sagte David. „Ich glaube, ich hab mir seit einem Monat nicht mehr die Haare schneiden lassen.“

„Bitte schneiden Sie sie so wie meine“, sagte Catherine.

„Aber kürzer“, sagte David.

„Nein. Bitte ganz genauso.“

Nachdem es geschnitten war, stand David auf und fuhr sich mit der Hand über den Kopf. Es fühlte sich kühl und angenehm an.

„Soll er sie dir nicht heller färben?“

„Nein. Für heute haben wir genug Wunder erlebt.“

„Nur ein bißchen?“

„Nein.“

David sah Catherine an, dann sein Gesicht im Spiegel. Seins war genauso braun wie ihres, und er hatte ihren Haarschnitt.

„Liegt dir wirklich so viel daran?“

„Ja, David. Wirklich. Nur um’s mal ein bißchen auszuprobieren. Bitte.“

Er sah noch einmal in den Spiegel, dann ging er rüber und setzte sich. Der Friseur sah Catherine an.

„Nur zu, tun Sie’s“, sagte sie.

10

Der Patron saß an einem seiner Tische auf der Terrasse des langgestreckten Hauses, vor sich eine Flasche Wein, ein Glas und eine leere Kaffeetasse, und las den „Éclaireur de Nice“, als der blaue Wagen schwungvoll auf dem Kies vorfuhr, Catherine und David ausstiegen und über den Plattenweg zur Terrasse runtergingen. Er hatte sie nicht so früh zurückerwartet und war fast eingeschlafen, doch er erhob sich und sagte das erstbeste, was ihm einfiel, als sie vor ihm standen.

„Madame et Monsieur ont fait décolorer les cheveux. C’est bien.“

„Merci Monsieur. On le fait toujours dans le mois d'août."

„C'est bien. C'est très bien."

„Sehr nett", sagte Catherine zu David. „Wir sind gute Kunden. Was ein guter Kunde tut, ist très bien. Du bist très bien. Bei Gott, das bist du."

Eine gute Segelbrise wehte vom Meer in ihr Zimmer, und es war kalt.

„Ich liebe dieses blaue Hemd", sagte David. „Bleib mal so darin stehen."

„Es hat die Farbe des Autos", sagte sie. „Ob es ohne Rock besser aussähe?"

„Alles an dir sieht ohne Rock besser aus", sagte er. „Ich geh mal zu dem alten Knacker raus und werde ein noch besserer Kunde."

Er kam mit einem Kübel Eis und einer Flasche von dem Champagner zurück, den der Hauswirt für sie bestellt hatte und den sie so selten getrunken hatten; in der anderen Hand trug er zwei Gläser auf einem kleinen Tablett.

„Das sollte ihnen eine Warnung sein", sagte er.

„Wär gar nicht nötig gewesen", sagte Catherine.

„Wir versuchen's einfach mal. Er braucht höchstens fünfzehn Minuten zum Kaltwerden."

„Mach keine Witze. Bitte, komm ins Bett, ich will dich ansehen und dich fühlen."

Sie zog ihm das Hemd über den Kopf, und er reckte sich und half ihr.

Nachdem sie eingeschlafen war, stand David auf und besah sich im Badezimmerspiegel. Er nahm eine Bürste und bürstete sich das Haar. Es ließ sich nicht anders legen als so, wie es geschnitten war. Es wurde wirr und unordentlich, aber so mußte es fallen, und es hatte dieselbe Farbe wie Catherines. Er ging zur Tür und betrachtete sie auf dem Bett. Dann kam er zurück und nahm sich ihren großen Handspiegel.

„Soweit ist es also", sagte er zu sich. „Das hast du mit deinen Haaren machen lassen, dieselbe Frisur wie dein Mädchen, und wie fühlst du dich?" fragte er den Spiegel. „Wie fühlst du dich? Sag's."

„Es gefällt dir", sagte er.

Er blickte in den Spiegel, und er sah jemand anderen, aber jetzt war es nicht mehr so ungewohnt.

„Also gut. Es gefällt dir", sagte er. „Nun mach auch alles andere mit, egal, was kommt, und behaupte nicht, irgend jemand hätte dich verführt oder übers Ohr gehauen."

Er sah in das Gesicht, das ihm überhaupt nicht mehr fremd vorkam, sondern jetzt sein Gesicht war, und sagte: „Es gefällt dir. Vergiß das nicht. Mach dir das klar. Du weißt jetzt genau, wie du aussiehst und wie du dich fühlst."

Natürlich wußte er nicht genau, wie er sich fühlte. Aber er gab sich Mühe, unterstützt von dem, was er im Spiegel gesehen hatte.

Am Abend aßen sie auf der Terrasse vor dem langgestreckten Haus, und sie waren sehr erregt und schweigsam und konnten sich im schummrigen Licht über dem Tisch nicht aneinander satt sehen. Nach dem Essen sagte Catherine zu dem Jungen, der ihnen den Kaffee gebracht hatte: „Hol bitte den Champagnerkübel aus unserem Zimmer und stell eine neue Flasche kalt."

„Wollen wir noch eine?" fragte David.

„Ich denke schon. Du nicht?"

„Sicher."

„Du mußt ja nicht."

„Möchtest du einen Cognac?"

„Nein. Ich bleib lieber beim Wein. Mußt du morgen arbeiten?"

„Mal sehen."

„Arbeite bitte, wenn du Lust dazu hast."

„Und heut abend?"

„Warten wir's mal ab. Der Tag war ganz schön anstrengend."

In der Nacht war es sehr dunkel, Wind war aufgekommen, und sie konnten ihn in den Pinien hören.

„David?"

„Ja."

„Wie geht's dir, Mädchen?"

„Mir geht's gut."

„Laß mich dein Haar fühlen, Mädchen. Wer hat es geschnitten? Jean? Es ist so füllig geschnitten und so kräftig und genauso wie meins. Laß mich dich küssen, Mädchen. Ah, du hast reizende Lippen. Mach die Augen zu, Mädchen."

Er machte seine Augen nicht zu, aber es war dunkel im Zimmer und draußen rauschte der Wind in den Bäumen.

„Weißt du, es ist nicht so einfach, ein Mädchen zu sein, wenn man wirklich eins ist. Wenn man das wirklich fühlt."

„Ich weiß."

„Keiner weiß das. Ich sag's dir nur, wenn du mein Mädchen bist. Nicht daß du unersättlich bist. Ich bin so leicht zu befriedigen. Es ist bloß so, manche fühlen es und manche nicht. Ich glaube, die Leute lügen einem da was vor. Aber es ist so schön, dich zu spüren und im Arm zu halten. Ich bin so glücklich. Sei einfach mein Mädchen und liebe mich so, wie ich dich liebe. Liebe mich stärker. So sehr du kannst. Du. Ja, du. Bitte, du."

Sie fuhren den Hang Richtung Cannes hinunter, und als sie in die Ebene kamen und an den verlassenen Stränden entlangfuhren, war der Wind stürmisch und das hohe Gras platt umgelegt; sie passierten die Brücke über den Fluß und legten das letzte Stück gut ausgebauter Straße vor der Stadt schneller zurück. David packte die Flasche aus, die kalt war und mit einem Handtuch umwickelt, nahm einen langen Zug und spürte, wie der Wagen die Anstrengung abschüttelte und dann locker den kleinen Anstieg nahm, den die schwarze Straße jetzt machte. Er hatte an diesem Morgen nicht gearbeitet, und nun, nachdem sie ihn durch die Stadt und wieder ins Land hinausgefahren hatte, entkorkte er die Flasche, trank noch einmal und reichte sie ihr.

„Ich brauch das nicht", sagte Catherine. „Mir geht's gut genug."

„Na prima."

Sie kamen am Golfe Juan vorbei, wo das gute Bistro und die kleine offene Bar waren, und dann lagen die Pinienwälder hinter ihnen, und sie fuhren an dem unbebauten gelben Strand von Juan-les-Pins entlang. Sie durchquerten die kleine Halbinsel auf der gut ausgebauten schwarzen Straße, fuhren parallel zu den Eisenbahngleisen durch Antibes, dann weiter durch die Stadt und am Hafen und dem klobigen Turm der alten Befestigungsanlage vorbei, und kamen wieder ins offene Land.

„Nie hab ich was davon", sagte sie. „Ich fahre diese Strecke immer viel zu schnell."

Sie machten halt und hielten Mahlzeit im Windschatten einer alten Steinmauer, die zur Ruine eines Bauwerks hart am Ufer eines klaren Bachs gehörte, der aus den Bergen kam und auf seinem Weg ins Meer die wilde Ebene durchfloß. Der Wind blies heftig aus einer Schlucht in den Bergen. Sie hatten eine Decke auf dem Boden ausgebreitet und saßen eng zusammen an der

Mauer und blickten über das öde Land hinaus aufs Meer, das vom Wind ganz glattpoliert war.

„Nicht gerade das wahre Ausflugsziel", sagte Catherine. „Ich weiß auch nicht, was ich mir davon versprochen habe."

Sie standen auf und betrachteten die Hügel mit den daran klebenden Dörfern und die grauen und purpurnen Berge dahinter. Der Wind zerrte an ihren Haaren, und Catherine zeigte auf eine Straße, über die sie einmal ins Hochland gefahren war.

„Da oben hätten wir auch irgendwo hinfahren können", sagte sie. „Aber es ist da so eng und malerisch. Ich hasse diese hängenden Dörfer."

„Hier ist es doch gut", sagte David. „Ein schöner Bach, und die Mauer könnte auch nicht besser sein."

„Du bist lieb. Brauchst du aber gar nicht."

„Wir haben guten Windschatten, und mir gefällt es hier. Und dem ganzen malerischen Zeug drehen wir einfach den Rücken zu."

Sie aßen gefüllte Eier, Brathühnchen, Eingelegtes und frisches Stangenbrot, das sie in Stücke brachen und mit Senf bestrichen, dazu tranken sie Rosé.

„Fühlst du dich jetzt gut?" fragte Catherine.

„Sicher."

„Und du hast dich nicht schlecht gefühlt?"

„Nein."

„Auch nicht durch irgend etwas, das ich gesagt habe?"

David nahm einen Schluck Wein und sagte: „Nein. Ich hab nicht drüber nachgedacht."

Sie stand auf und sah in den Wind, so daß er ihr den Pullover an die Brüste drückte und das Haar flattern ließ, und dann sah sie mit ihrem dunkelbraunen Gesicht zu ihm runter und lächelte. Schließlich drehte sie sich um und sah aufs Meer hinaus, das vom Wind flach gekräuselt wurde.

„Laß uns in Cannes die Zeitungen besorgen und sie im Café lesen", sagte sie.

„Du willst ja bloß angeben."

„Warum nicht? Es ist das erste Mal, daß wir zusammen ausgehen. Stört dich das etwa?"

„Nein, Teufel. Warum sollte es?"

„Ich will nur, wenn du willst."

„Du hast gesagt, du wolltest."

„Ich will das tun, was du tun willst. Noch entgegenkommender kann ich ja wohl kaum sein, oder?"

„Keiner verlangt, daß du entgegenkommend bist."

„Können wir nicht damit aufhören? Alles, was ich heute wollte, war nett sein. Warum verdirbst du alles?"

„Laß uns hier aufräumen und fahren."

„Wohin?"

„Irgendwohin. Zu dem gottverdammten Café."

In Cannes kauften sie die Zeitungen und eine neue französische „Vogue", den „Chasseur France" und den „Miroir des Sports", setzten sich an einen windgeschützten Tisch draußen vor dem Café, lasen und tranken und waren wieder Freunde. David trank eine Flasche Haig Pinch mit Perrier und Catherine Armagnac mit Perrier.

Zwei Mädchen, die vorgefahren waren und an der Straße geparkt hatten, kamen rüber zum Café, setzten sich und bestellten einen Chambéry Cassis und eine fine à l'eau. Es war die schönere der beiden, die den Brandy mit Soda nahm.

„Wer sind die beiden?" fragte Catherine. „Kennst du sie?"

„Ich hab sie noch nie gesehen."

„Ich aber. Sie müssen irgendwo hier in der Gegend wohnen. Ich habe sie in Nizza gesehen."

„Die eine ist hübsch", sagte David. „Hat auch schöne Beine."

„Es sind Schwestern“, sagte Catherine. „Eigentlich sehen sie beide gut aus.“

„Aber die eine ist eine Schönheit. Es sind keine Amerikanerinnen.“

Die beiden Mädchen stritten sich, und Catherine sagte zu David: „Die haben großen Krach, nehm ich an.“

„Woher weißt du, daß es Schwestern sind?“

„In Nizza hab ich's noch gedacht. Jetzt bin ich nicht mehr sicher. Der Wagen hat ein Schweizer Nummernschild.“

„Es ist ein alter Isotta.“

„Sollen wir abwarten und schauen, was passiert? Wir haben schon lange kein Drama mehr gesehen.“

„Ich glaube, es ist bloß lautes italienisches Gezänk.“

„Scheint aber ernst zu werden, denn es wird ruhiger.“

„Es wird gleich wieder aufflackern. Die eine ist ein verdammt hübsches Mädchen.“

„Ja, allerdings. Und da kommt sie auch schon.“

David stand auf.

„Verzeihung“, sagte das Mädchen auf englisch. „Bitte entschuldigen Sie. Nehmen Sie doch Platz, bitte“, sagte sie zu David.

„Wollen Sie sich setzen?“ fragte Catherine.

„Lieber nicht. Meine Freundin ist wütend auf mich. Aber ich sagte ihr, Sie würden es verstehen. Werden Sie mir verzeihen?“

„Sollen wir ihr verzeihen?“ sagte Catherine zu David.

„Verzeihen wir ihr.“

„Ich wußte, daß Sie es verstehen würden“, sagte das Mädchen. „Es geht nur darum, wo Sie sich die Haare haben schneiden lassen.“ Sie errötete. „Oder ist das so, als schneiderte man ein Kleid nach? Meine Freundin meint, es sei noch unverschämter.“

„Ich werde es Ihnen aufschreiben“, sagte Catherine.

„Ich schäme mich so“, sagte das Mädchen. „Sie sind nicht beleidigt?“

„Natürlich nicht“, sagte Catherine. „Dürfen wir Sie zu einem Drink einladen?“

„Ich weiß nicht. Darf ich meine Freundin fragen?“

Sie ging für einen Moment an ihren Tisch zurück, und es gab einen kurzen und giftigen, leise geführten Wortwechsel.

„Meine Freundin bedauert es sehr, aber sie kann nicht rüberkommen“, sagte das Mädchen. „Aber ich hoffe, wir sehen uns wieder. Sie sind sehr freundlich gewesen.“

„Na, wie war das?“ fragte Catherine, nachdem das Mädchen zu seiner Freundin zurückgegangen war. „Für so einen windigen Tag.“

„Sie wird wiederkommen und fragen, wo du deine Hose hast anfertigen lassen.“

Der Streit am anderen Tisch dauerte an. Dann standen die beiden auf und kamen rüber.

„Darf ich Ihnen meine Freundin vorstellen, die . . .“

„Ich heiße Nina.“

„Unser Name ist Bourne“, sagte David. „Wie überaus freundlich von Ihnen, zu uns herüberzukommen.“

„Es war sehr nett von Ihnen, uns rüberzubitten“, sagte die Hübsche. „Ich war ziemlich unverfroren.“ Sie errötete.

„Ich finde das sehr schmeichelhaft“, sagte Catherine. „Es ist aber auch ein ausgezeichneter Friseur.“

„Das glaube ich“, sagte die Hübsche. Sie sprach irgendwie atemlos und errötete schon wieder. „Wir haben Sie in Nizza gesehen“, sagte sie zu Catherine. „Ich wollte Sie da schon ansprechen. Ich meine, Sie fragen.“

Noch mal kann sie nicht erröten, dachte David. Aber sie tat’s.

„Wer von Ihnen will sich denn die Haare schneiden lassen?“ fragte Catherine.

„Ich“, sagte die Hübsche.

„Ich auch, dumme Gans“, sagte Nina.

„Du hast gesagt, du wolltest nicht.“

„Ich hab's mir anders überlegt.“

„Ich will's aber *wirklich*“, sagte die Hübsche. „Wir müssen jetzt gehen. Kommen Sie öfter in dieses Café?“

„Manchmal“, sagte Catherine.

„Hoffentlich sehn wir uns dann noch mal“, sagte die Hübsche. „Goodbye, und danke, daß Sie so gütig waren.“

Die beiden Mädchen gingen zu ihrem Tisch, Nina rief den Kellner, bezahlte, und dann waren sie weg.

„Es sind keine Italienerinnen“, sagte David. „Die eine ist nett, aber mit ihrer Rotwerderei kann sie einen nervös machen.“

„Sie ist in dich verliebt.“

„Sicher. Sie hat ja *mich* in Nizza gesehen.“

„Nun, ich kann nichts dafür, wenn sie in mich verliebt ist. Sie wäre nicht das erste Mädchen, das sich in mich verliebt hat, und geschadet hat es keiner.“

„Und was ist mit Nina?“

„Blödes Weib“, sagte Catherine.

„Eine Wölfin. War doch ganz amüsant.“

„Ich fand es gar nicht amüsant“, sagte Catherine. „Ich fand es traurig.“

„Ich auch.“

„Wir werden schon ein anderes Café finden“, sagte sie. „Die sind jetzt sowieso weg.“

„Sie waren mir unheimlich.“

„Ich weiß“, sagte sie. „Mir auch. Aber das eine Mädchen war nett. Sie hatte wunderschöne Augen. Hast du gesehen?“

„Aber wie schrecklich sie dauernd rot geworden ist.“

„Mir hat sie gefallen. Dir nicht?"
„Ich glaub schon."
„Leute, die nicht erröten können, taugen nichts."
„Nina ist auch einmal errötet", sagte David.
„Zu Nina könnte ich ganz schön frech sein."
„Das würde sie nicht treffen."
„Nein. Sie ist gut gepanzert."
„Möchtest du noch einen Drink, bevor wir nach Hause fahren?"
„Ich brauche keinen. Aber bestell du ruhig noch einen."
„Ich brauch keinen."
„Trink noch einen. Sonst trinkst du immer zwei am Abend. Ich bestelle noch einen kleinen, um dir Gesellschaft zu leisten."
„Nein. Fahren wir nach Hause."
In der Nacht wachte er auf, hörte den Wind singen und klingen, drehte sich auf die andere Seite, zog sich das Laken über die Schulter und machte die Augen wieder zu. Er spürte, wie sie atmete, und machte die Augen wieder zu. Er spürte, wie sie leicht und ruhig atmete, und schlief wieder ein.

II

Der Wind wehte den zweiten Tag mit unverminderter Heftigkeit. Er ließ den fortlaufenden Bericht über ihre Reise fürs erste liegen, um eine Story zu schreiben, die ihm vor vier oder fünf Tagen eingefallen war und die, so kam es ihm vor, im Schlaf der letzten beiden Nächte Gestalt angenommen hatte. Er wußte, es war gar nicht gut, eine Arbeit zu unterbrechen, in die er gerade vertieft war, aber ihm stand zuversichtlich und klar vor Augen, wie gut er damit vorankam, und er meinte, den längeren Bericht ruhig mal unterbrechen und die Story schreiben zu können, denn wenn er sie nicht jetzt gleich aufschrieb, würde sie ihm entfallen.

Die Story kam ohne Schwierigkeiten in Gang, wie das so geht bei einer Geschichte, die bereit ist, geschrieben zu werden, und er kam über die Mitte hinaus und wußte, daß er nun abbrechen und den Rest auf den nächsten Tag verschieben sollte. Er würde eine Pause machen, und wenn er danach nicht von ihr loskäme, würde er sie in einem Zug zu Ende schreiben. Aber er hoffte, von ihr loszukommen, damit er sie am nächsten Tag frisch wieder angehen konnte. Es war eine gute Story, und jetzt fiel ihm ein, wie lange er schon vorgehabt hatte, sie zu schreiben. Die Story war ihm gar nicht in den letzten Tagen eingefallen. Da hatte ihm sein Gedächtnis einen Streich gespielt. Was ihm da nur eingefallen war, war die Notwendigkeit, sie zu schreiben. Er wußte jetzt, wie die Story ausging. Das von Wind und Sand blankgescheuerte Skelett kannte er schon lange, aber das war jetzt weg, und er erfand alles neu. Jetzt war alles echt an der Story, denn es geschah ihm während des Schreibens, und nur ihr Skelett lag tot und auseinandergefallen hinter ihm. Sie begann jetzt mit dem Unheil im Shamba, und er mußte sie schreiben und befand sich schon mittendrin.

Erschöpft und zufrieden stand er von seiner Arbeit auf und fand Catherines Nachricht, sie habe ihn nicht stören wollen, sei weggefahren und werde zum Mittagessen zurück sein. Er ging aus dem Zimmer, bestellte sich sein Frühstück, und während er darauf wartete, kam Monsieur Aurol, der Inhaber, und sie redeten vom Wetter. Monsieur Aurol sagte, so einen Wind gebe es schon manchmal. Es sei kein richtiger Mistral, das garantiere die Jahreszeit, aber er werde vermutlich drei Tage anhalten. Das Wetter spiele zur Zeit verrückt. Monsieur habe das zweifellos bemerkt. Wer es genau verfolgt habe, der wisse, daß es seit dem Krieg nicht mehr normal sei.

David sagte, er habe es nicht verfolgen können, da er auf Reisen gewesen sei, aber merkwürdig sei das Wetter ohne Zweifel. Nicht nur das Wetter, sagte Monsieur Aurol, alles sei jetzt ganz anders, und was sich noch nicht verändert habe, tue es jetzt, und zwar schnell. Das könne ja eigentlich auch nur gut sein, und er jedenfalls habe nichts dagegen. Monsieur, als Mann von Welt, sehe das vermutlich genauso.

Selbstverständlich, sagte David, nach einem endgültigen und abschließenden Schwachsinn suchend, sei es notwendig, die cadres einer kritischen Prüfung zu unterziehen.

„Ganz genau", sagte Monsieur Aurol.

Dabei beließen sie es, und David trank seinen café crème aus, las den „Miroir des Sports" und begann Catherine zu vermissen. Er ging in ihr Zimmer, holte sich „Far Away and Long Ago", kam wieder auf die Terrasse und machte es sich am Tisch an einer windgeschützten Stelle in der Sonne bequem, um das prächtige Buch zu lesen. Catherine hatte sich von Galignani in Paris die Dent-Ausgabe schicken lassen, als Geschenk für ihn, und als die Bücher eingetroffen waren, hatte er sich wie ein reicher Mann gefühlt. Die Zahlen auf seinen Bankkonten, die Francs- und Dollarguthaben, waren ihm seit Le Grau-du-Roi absolut unwirklich vorgekommen, nie hatte er sie als wirklich vorhandenes Geld betrachtet. Aber die Bücher von H. W. Hudson hatten ihm das Gefühl vermittelt, reich zu sein, und Catherine freute sich sehr, als er ihr das sagte.

Nachdem er eine Stunde gelesen hatte, begann er Catherine sehr heftig zu vermissen, und er ging zu dem Jungen, der bei Tisch bediente, und bat ihn, ihm einen Whiskey mit Perrier zu bringen. Später trank er noch einen. Es war schon weit über die Mittagszeit hinaus, als er den Wagen den Hügel heraufkommen hörte.

Sie kamen über den Fußweg heran, und er hörte ihre Stimmen. Sie klangen aufgeregt und fröhlich, dann verstummte das Mädchen plötzlich, und Catherine sagte: „Schau, wen ich dir mitgebracht habe."

„Bitte, ich weiß, ich hätte nicht mitkommen sollen", sagte das Mädchen. Es war die dunkle und hübschere der beiden, die sie gestern im Café kennengelernt hatten, die, die immer rot wurde.

„Guten Tag", sagte David. Sie war augenscheinlich beim Friseur gewesen, ihr Haar war so kurzgeschoren wie Catherines damals in Biarritz. „Wie ich sehe, haben Sie den Friseur gefunden."

Das Mädchen errötete und sah Catherine hilfesuchend an.

„Sieh sie dir an", sagte Catherine. „Fahr ihr mal durchs Haar."

„Aber Catherine", sagte das Mädchen. Dann sagte sie zu David: „Sie dürfen, wenn Sie wollen."

„Keine Angst", sagte er. „Was meinen Sie, wo Sie reingeraten sind?"

„Ich weiß nicht", sagte sie. „Ich bin nur so froh, hier zu sein."

„Wo seid ihr beide gewesen?" fragte David Catherine.

„Bei Jean natürlich. Dann haben wir haltgemacht, etwas getrunken, und ich habe Marita gefragt, ob sie zum Mittagessen mitkommen möchte. Freust du dich nicht, uns zu sehen?"

„Ich bin entzückt. Wollt ihr noch etwas trinken?"

„Würdest du uns Martinis machen?" fragte Catherine. „Einen wirst du verkraften", sagte sie zu dem Mädchen.

„Nein, bitte. Ich muß noch fahren."

„Willst du einen Sherry?"

„Nein, bitte."

David ging hinter die Bar, holte Gläser und etwas Eis und machte zwei Martinis.

„Ich probier mal an Ihrem, wenn ich darf", sagte das Mädchen zu ihm.

„Jetzt hast du keine Angst mehr vor ihm, oder?" fragte Catherine sie.

„Überhaupt keine", sagte das Mädchen. Sie errötete wieder. „Schmeckt sehr gut, aber furchtbar stark."

„Sie sind wirklich stark", sagte David. „Aber heute weht ein starker Wind, und entsprechend trinken wir auch."

„Ach", sagte das Mädchen. „Machen das alle Amerikaner so?"

„Nur die ältesten Familien", sagte Catherine. „Wir, die Morgans, die Woolworths, die Jelks, die Jukes, weißt du."

„In den Blizzard- und Hurrikanmonaten ist es ganz schön hart", sagte David. „Und manchmal frage ich mich, wie wir die Herbst-Äquinoktialstürme überstehen sollen."

„Wenn ich mal nicht fahren muß, trink ich gern einen mit", sagte das Mädchen.

„Du brauchst nicht zu trinken, bloß weil wir es tun", sagte Catherine. „Und mach dir nichts daraus, daß wir andauernd herumalbern. Sieh sie dir an, David. Freust du dich nicht, daß ich sie mitgebracht habe?"

„Euer Herumgealber gefällt mir", sagte das Mädchen. „Sie müssen verzeihen, daß ich so froh bin, hier zu sein."

„Es war nett von Ihnen, zu kommen", sagte David.

Als sic, um dem Wind zu entgehen, zum Essen im Speiseraum Platz genommen hatten, fragte David: „Was ist mit Ihrer Freundin Nina?"

„Sie ist abgereist."

„Sie sah gut aus", sagte David.

„Ja. Wir hatten einen ganz handfesten Krach, und da ist sie abgereist."

„Sie war ein Miststück", sagte Catherine. „Aber das sind ja wohl die meisten Leute."

„Gewöhnlich schon", sagte das Mädchen. „Ich hoffe zwar immer das Gegenteil, aber dann sind sie's doch."

„Ich kenne eine Menge Frauen, die keine Miststücke sind", sagte David.

„Ja, das glaub ich", sagte das Mädchen.

„War Nina glücklich?" fragte Catherine.

„Ich hoffe, sie wird glücklich", sagte das Mädchen. „Bei intelligenten Leuten ist Glück etwas ganz Seltenes."

„So sehr lange hatten Sie aber noch nicht Zeit, das herauszufinden."

„Wenn man Fehler macht, findet man es schneller heraus", sagte das Mädchen.

„Du bist den ganzen Morgen glücklich gewesen", sagte Catherine. „Wir haben uns herrlich amüsiert."

„Das brauchst du mir nicht zu sagen", sagte das Mädchen. „Und so glücklich wie jetzt, bin ich, glaube ich, noch nie gewesen."

Später beim Salat fragte David das Mädchen: „Haben Sie Ihr Quartier weit von hier an der Küste?"

„Ich glaube nicht, daß ich hierbleiben werde."

„Wirklich nicht? Schade", sagte er und spürte, wie die Spannung an den Tisch kam und straff wie ein Tau anzog. Er sah von dem Mädchen weg, das den Blick gesenkt hatte, so daß ihre Wimpern ihre Wangen berührten, und zu Catherine hinüber, die ihn ganz offen ansah und sagte: „Sie wollte zurück nach Paris, und ich habe sie gefragt, warum willst du nicht hier wohnen, falls Aurol noch ein Zimmer frei hat? Komm mit zum Essen und sieh, ob David dich mag und ob dir das Haus gefällt. David, gefällt sie dir?"

„Das ist hier kein Club", sagte David, „sondern ein Hotel." Catherine sah weg, und er beeilte sich, ihr beizuspringen und sprach weiter, als hätte er das nicht gesagt: „Sie gefallen uns sehr, und Aurol hat bestimmt noch ein Zimmer. Er wird sich freuen, noch jemanden hierzuhaben."

Das Mädchen saß mit gesenktem Blick am Tisch. „Ich glaube, ich sollte es lieber nicht tun."

„Bitte, bleib ein paar Tage", sagte Catherine. „David und ich würden uns sehr darüber freuen. Ich habe hier niemanden, der mir Gesellschaft leistet, wenn er arbeitet. Wir könnten uns gut amüsieren, wenn wir's so machen wie heute vormittag. Sag's ihr, David."

Zum Teufel mit ihr, dachte David. Scheiße.

„Sei nicht albern", sagte er. „Geh bitte mal Monsieur Aurol holen", sagte er zu dem Jungen, der bei Tisch bediente. „Wollen sehen, was mit dem Zimmer ist."

„Sie hätten wirklich nichts dagegen?" fragte das Mädchen.

„Wenn wir etwas dagegen hätten, würden wir Sie nicht gefragt haben", sagte David. „Sie gefallen uns, und Sie sind eine große Zierde."

„Ich werde mich nützlich machen, wenn ich kann", sagte das Mädchen. „Ich hoffe, das wird mir möglich sein."

„Seien Sie so fröhlich wie eben, als Sie kamen", sagte David. „Das ist nützlich."

„Jetzt bin ich's wieder", sagte das Mädchen. „Ich wünschte, ich hätte den Martini doch getrunken, wo ich jetzt nicht mehr zu fahren brauche."

„Du kannst ja heute abend einen trinken", sagte Catherine.

„Das wäre wunderbar. Können wir uns jetzt die Zimmer ansehen und das hinter uns bringen?"

David hatte sie nach Cannes gefahren, damit sie ihre Koffer und den großen alten Isotta mit dem Klappverdeck abholen konnte, den sie dort vor dem Café geparkt hatte.

Unterwegs dorthin sagte sie: „Deine Frau ist wunderbar, ich habe mich verliebt in sie."

Sie saß neben ihm, und er sah nicht hin, um festzustellen, ob sie rot wurde.

„Ich bin auch in sie verliebt", sagte er.

„Und ich bin auch in dich verliebt", sagte sie. „Ist das gut so?"

Er ließ seinen Arm runterrutschen und legte ihr die Hand auf die Schulter, und sie lehnte sich eng an ihn.

„Das werden wir abwarten müssen", sagte er.

„Ich bin froh, daß ich kleiner bin."

„Kleiner als wer?"

„Catherine", sagte sie.

„Wie kommst du denn auf den Quatsch?" sagte er.

„Ich meine, ich dachte, eine in meiner Größe könnte dir gefallen. Oder machst du dir nur was aus großen Mädchen?"

„Catherine ist kein großes Mädchen."

„Natürlich nicht. Ich meinte ja auch bloß, daß ich nicht so groß bin."

„Stimmt, und sehr braun bist du auch."

„Ja. Wir werden gut zusammenpassen."

„Wer?"

„Catherine und ich und du und ich."

„Müssen wir ja wohl."

„Wie meinst du das?"

„Ich meine, wir kommen gar nicht darum herum, gut zusammenzupassen, wenn wir gut aussehen und zusammen sind, oder?"

„Jetzt sind wir zusammen."

„Nein." Er fuhr jetzt mit nur einer Hand am Steuer,

lehnte sich zurück und sah vor sich auf die Straße, wo die Kreuzung mit der N 7 auftauchte. Sie berührte ihn mit der Hand.

„Wir fahren bloß zusammen in demselben Wagen", sagte er.

„Aber ich kann fühlen, daß du mich magst."

„Ja. Da bin ich sehr zuverlässig, aber es hat nicht das geringste zu bedeuten."

„Es hat wohl etwas zu bedeuten."

„Nur das, was es sagt."

„Eine sehr schöne Art, etwas zu sagen", meinte sie und verstummte, nahm aber ihre Hand erst weg, als sie auf dem Boulevard wendeten und hinter dem alten Isotta Fraschini anhielten, der unter den alten Bäumen vor dem Café geparkt war. Dann hatte sie ihn angelächelt und war aus dem kleinen blauen Wagen gestiegen.

Jetzt, im Hotel unter den Pinien, durch die noch immer der Wind rauschte, waren David und Catherine allein auf ihrem Zimmer, nachdem sie das Mädchen in den beiden Zimmern, die es genommen hatte, untergebracht hatte und endlich zurückgekommen war.

„Ich denke, sie wird sich wohl fühlen", sagte Catherine. „Das beste Zimmer außer unserem ist natürlich das eine ganz am anderen Ende, wo du arbeitest."

„Das werd ich auch behalten", sagte David. „Ich komme verdammt gut voran, und ich geb mein Arbeitszimmer nicht für eine angeschleppte Nutte her!"

„Was bist du so grob?" fragte Catherine. „Keiner hat dich darum gebeten, es herzugeben. Ich habe nur gesagt, es sei das beste. Aber dic beiden gleich daneben sind auch nicht schlecht."

„Was ist das überhaupt für ein Mädchen?"

„Sei nicht so grob. Sie ist nett, und ich mag sie. Natürlich war es unverzeihlich von mir, daß ich sie mitgebracht habe, ohne dich vorher zu fragen, und es tut mir leid. Aber jetzt ist es nicht mehr zu ändern. Ich dachte, es würde dir gefallen, wenn ich eine liebenswürdige und attraktive Freundin hätte, mit der ich rumziehen kann, während du arbeitest."

„Sicher, wenn du jemanden brauchst."

„Ich habe niemanden *gebraucht*. Ich bin bloß zufällig auf jemand gestoßen, der mir gefiel, und dachte, es würde dir gefallen, und ihr würde es Spaß machen, eine Weile hier zu sein."

„Aber was ist sie für eine?"

„Ich habe ihre Papiere nicht überprüft. Du kannst sie ja vernehmen, falls du das nötig hast."

„Na ja, wenigstens ist sie eine Zierde. Aber wem gehört sie nun eigentlich?"

„Sei nicht so grob. Keinem gehört sie."

„Red dich nicht raus."

„Na schön. Sie ist in uns beide verliebt, wenn ich nicht spinne."

„Du spinnst nicht."

„Jedenfalls noch nicht."

„Und wie stellst du dir das vor?"

„Keine Ahnung", sagte Catherine.

„Ich auch nicht."

„Mal was Neues, das macht doch Spaß."

„Na, ich weiß nicht", sagte David. „Möchtest du schwimmen gehen? Gestern haben wir's ausgelassen."

„Ja, gehen wir schwimmen. Sollen wir sie fragen? Nur so aus Höflichkeit."

„Dann müßten wir Badeanzüge tragen."

„Bei dem Wind wäre das doch nicht so schlimm. Da kann man sowieso nicht am Strand liegen und sonnenbaden."

„Es gefällt mir gar nicht, mit dir im Badeanzug schwimmen zu gehen."

„Mir auch nicht. Aber vielleicht hat der Wind ja morgen aufgehört."

Später, auf der Estérelstraße, saßen die drei zusammen in dem großen alten Isotta, David fuhr und verfluchte die viel zu abrupt wirkenden Bremsen und merkte, wie dringend der Motor überholt werden mußte.

Catherine sagte: „Es gibt zwei oder drei verschiedene Buchten, wo wir ohne Badeanzüge schwimmen, wenn wir allein sind. Anders kann man gar nicht richtig braun werden."

„Kein schöner Tag heute zum Sonnenbaden", sagte David. „Viel zu windig."

„Aber schwimmen könnten wir doch ohne Sachen, wenn du Lust hast", sagte Catherine zu dem Mädchen. „Falls David nichts dagegen hat. Es könnte ganz lustig werden."

„Ja, gern", sagte das Mädchen. „Was dagegen?" fragte sie David.

Am Abend machte David Martinis, und das Mädchen sagte: „Ist es bei euch immer so wunderbar wie heute?"

„Es war ein schöner Tag", sagte David. Catherine war noch nicht aus ihrem Zimmer zurück, und er und das Mädchen saßen vor der kleinen Theke, die Monsieur Aurol im vorigen Winter in einer Ecke des großen provenzalischen Raums installiert hatte.

„Wenn ich trinke, möchte ich immer Dinge sagen, die ich niemals sagen sollte", erklärte das Mädchen.

„Dann schweig doch."

„Wozu soll das Trinken sonst gut sein?"

„Daran kann's nicht liegen. Du hattest erst einen."

„War es dir beim Schwimmen peinlich?"

„Nein. Hätte es das sein sollen?"

„Nein“, sagte sie. „Dein Anblick hat mir sehr gefallen.“

„Dann ist's ja gut“, sagte er. „Wie ist der Martini?“

„Sehr stark, aber er schmeckt mir. Seid ihr vorher nie so mit anderen schwimmen gegangen?“

„Nein. Warum sollten wir?“

„Ich werde richtig braun werden.“

„Ganz bestimmt.“

„Hättest du's lieber, wenn ich nicht so dunkelbraun wäre?“

„Du hast eine hübsche Farbe. Wenn's dir Spaß macht, werd am ganzen Körper so.“

„Ich dachte, vielleicht hättest du's lieber, wenn eins deiner Mädchen heller wäre als das andere.“

„Du bist nicht mein Mädchen.“

„Doch“, sagte sie. „Ich hab's dir doch gesagt.“

„Du wirst gar nicht mehr rot.“

„Damit ist es vorbei, seit wir zusammen baden waren. Hoffentlich hält es eine Weile vor. Nur deshalb habe ich das alles gesagt – um es loszuwerden. Deswegen hab ich dir's gesagt.“

„Der Kaschmirpullover steht dir sehr gut“, sagte David.

„Catherine hat gesagt, wir könnten ihn beide tragen. Du nimmst es mir doch nicht übel, daß ich dir das gesagt habe?“

„Ich weiß nicht mehr, was du mir gesagt hast.“

„Daß ich dich liebe.“

„Red keinen Quatsch.“

„Glaubst du nicht, daß einem so was passieren kann? So wie es mir mit euch beiden passiert ist?“

„Man verliebt sich nicht in zwei Leute auf einmal.“

„Man kann nie wissen“, sagte sie.

„Quatsch“, sagte er. „Das redet man so daher.“

„Das ist nicht wahr. So was gibt's.“

„Das bildest du dir nur ein. So ein Unsinn."

„Na schön", sagte sie. „Dann ist es eben Unsinn. Aber ich bin hier."

„Ja. Du bist hier", sagte er. Er sah Catherine glücklich lächelnd durch den Raum auf sie zukommen.

„Hallo, ihr Schwimmer", sagte sie. „Na, so was Dummes. Ich komme zu spät, um Marita ihren ersten Martini trinken zu sehen."

„Das ist er noch", sagte das Mädchen.

„Und? Wirkt er schon, David?"

„Ja, sie redet dummes Zeug."

„Fangen wir mit einem neuen an. War 'ne gute Idee von dir, die Bar wieder in Betrieb zu nehmen. Sie ist bloß noch etwas provisorisch. Wir werden einen Spiegel besorgen. Eine Bar ohne Spiegel taugt nichts."

„Wir können morgen einen besorgen", sagte das Mädchen. „Ich würde ihn gern selbst besorgen."

„Spiel nicht die Reiche", sagte Catherine. „Wir kaufen ihn zusammen, und dann können wir uns alle dabei zusehen, wie wir dummes Zeug reden, und merken, wie dumm es ist. Ein Barspiegel läßt sich nicht täuschen."

„Wenn ich anfange, in einem lächerlich auszusehen, weiß ich, daß ich verloren habe", sagte David.

„Du verlierst aber nicht. Wie kannst du mit zwei Mädchen verlieren?" fragte Catherine.

„Das wollte ich ihm auch schon klarmachen", sagte das Mädchen und wurde zum erstenmal an diesem Abend rot.

„Sie ist dein Mädchen, und ich bin dein Mädchen", sagte Catherine. „Jetzt sei mal nicht so spießig und sei nett zu deinen Mädchen. Gefallen sie dir nicht?"

„Ich fühl mich einfach nicht wohl in meiner Haut."

„Und was ist mit unserer Haut? Gefallen dir unsere schönen dunklen Häute nicht?"

„Mein Heute ist ganz und gar nicht dunkel."

„Und deine Zukunft?“

„Meine Zukunft kenne ich nicht.“

„Aber so dunkel sind wir nicht, daß du schwarzsiehst?“ fragte das Mädchen.

„Sehr gut“, sagte Catherine. „Sie ist nicht nur schön und reich und gesund und reizend. Sie kann auch Witze machen. Fühlst du dich jetzt wohler in deiner Haut?“

„Lieber mit heiler Haut davonkommen als helle Haut haben“, sagte das Mädchen.

„Da, schon wieder“, sagte Catherine. „Gib ihr einen Kuß, David, der ihr unter die Haut geht.“

David legte den Arm um das Mädchen und küßte sie; sie begann seinen Kuß zu erwidern und wandte sich dann plötzlich ab. Sie weinte mit gesenktem Kopf und hielt sich mit beiden Händen an der Theke fest.

„Hast du noch so einen Witz auf Lager?“ sagte David zu Catherine.

„Schon gut“, sagte das Mädchen. „Seht mich nicht an. Ist schon gut.“

Catherine legte den Arm um sie, küßte sie und streichelte ihr übers Haar.

„Es wird schon wieder“, sagte das Mädchen. „Bitte, ich weiß, daß es gleich wieder wird.“

„Es tut mir so leid“, sagte Catherine.

„Laßt mich bitte gehen“, sagte das Mädchen. „Ich muß weg.“

„Na, das hätten wir“, sagte David, nachdem das Mädchen gegangen und Catherine wieder an die Bar gekommen war. „Du brauchst nichts zu sagen“, sagte Catherine. „Es tut mir leid, David.“

„Sie wird zurückkommen.“

„Jetzt glaubst du ja wohl nicht mehr, daß das alles Schwindel ist?“

„Die Tränen waren echt, falls du das meinst.“

„Stell dich nicht dumm. Du bist nicht dumm.“

„Ich habe sie sehr vorsichtig geküßt."
„Ja. Auf den Mund."
„Was hast du denn erwartet, wo ich sie küssen soll?"
„Schon gut. Ich hab dich nicht kritisiert."
„Ich bin froh, daß du mich nicht aufgefordert hast, sie zu küssen, als wir am Strand waren."
„Gedacht habe ich daran", sagte Catherine. Sie lachte, und es war wieder wie in den alten Zeiten, als sich noch niemand in ihr Leben gedrängt hatte. „Hast du gedacht, ich würde es tun?"
„Allerdings, und deshalb bin ich ins Wasser gesprungen."
„War 'ne gute Idee von dir."
Sie lachte wieder.
„Na also, wir sind wieder guter Laune", sagte Catherine.
„Gott sei Dank", sagte David. „Ich liebe dich, Teufel, und glaub mir, ich hätte sie nicht geküßt, wenn ich gewußt hätte . . ."
„Das brauchst du mir nicht zu sagen", meinte Catherine. „Ich hab's ja gesehen. War 'ne schlappe Vorstellung."
„Ich wünschte, sie würde abreisen."
„Sei nicht herzlos", sagte Catherine. „Und ich habe ihr noch Mut gemacht."
„Ich habe mich bemüht, das nicht zu tun."
„Und ich habe sie geradezu auf dich gehetzt. Ich werde sie jetzt holen gehen."
„Nein. Warte noch ein bißchen. Sie ist sich ihrer Sache zu sicher."
„Wie kannst du das behaupten, David? Du hast sie eben völlig durcheinandergebracht."
„Hab ich nicht."
„Aber an irgend etwas lag es. Ich werde sie jetzt holen."

Aber das war nicht nötig, denn in diesem Augenblick kam das Mädchen zu ihnen zurück an die Bar, errötete und sagte: „Tut mir leid." Sie hatte sich das Gesicht gewaschen und die Haare gebürstet, und jetzt trat sie an David heran, küßte ihn ganz schnell auf den Mund und sagte: „Ich fühl mich wohl in meiner Haut. Hat jemand mein Glas ausgetrunken?"

„Ich hab's ausgekippt", sagte Catherine. „David macht dir ein neues."

„Ich hoffe, es gefällt dir noch mit uns zwei Mädchen", sagte sie. „Denn ich bin dein Mädchen, und Catherines Mädchen werde ich auch sein."

„Ich mach mir nichts aus Mädchen", sagte Catherine.

Es war sehr still, und weder ihr selbst noch David kam ihr Tonfall aufrichtig vor.

„Niemals?"

„Noch nie."

„Ich kann dein Mädchen sein, wenn du je mal eins haben willst, und Davids kann ich auch sein."

„Meinst du nicht, du könntest dich damit übernehmen?" fragte Catherine.

„Deswegen bin ich hier", sagte das Mädchen. „Ich dachte, du hättest das so geplant."

„Ich habe noch nie ein Mädchen gehabt", sagte Catherine.

„Was bin ich dumm", sagte das Mädchen. „Das wußte ich nicht. Ist das wahr? Du machst dich nicht über mich lustig?"

„Ich mach mich nicht über dich lustig."

„Ich weiß nicht, wie ich so dumm sein konnte", sagte das Mädchen. Sie meint, wie ich mich so *irren* konnte, dachte David, und Catherine dachte dasselbe.

Nachts im Bett sagte Catherine: „Ich hätte dich nie da reinziehen sollen. Von Anfang an nicht."

„Ich wünschte, wir hätten sie nie gesehen."

„Es hätte auch schlimmer kommen können. Vielleicht wäre es das beste, die Sache über die Bühne zu bringen und sie auf diese Weise loszuwerden."

„Du könntest sie auch wegschicken."

„Ich glaube nicht, daß wir das jetzt noch so regeln können. Bedeutet sie dir denn gar nichts?"

„O doch."

„Das war mir klar. Aber ich liebe dich, und all das hat nichts zu sagen. Und das weißt du auch."

„Ich weiß gar nichts, Teufel."

„Ach, nehmen wir's nicht so ernst. Daran, daß du so ernst bist, seh ich ja schon, daß die Sache bald gestorben sein wird."

12

Der Wind wehte den dritten Tag, aber er war jetzt nicht mehr so stark, und er saß am Tisch und las die Story vom Anfang bis dahin, wo er aufgehört hatte, und korrigierte sie dabei. Dann schrieb er die Story weiter, lebte nur in ihr und nirgends sonst, und als er draußen die Stimmen der Mädchen vernahm, hörte er nicht hin. Als sie am Fenster vorbeikamen, hob er die Hand und winkte. Sie winkten zurück, das dunkle Mädchen lächelte, und Catherine legte die Finger auf ihre Lippen. Das Mädchen sah sehr hübsch aus am Morgen, ihr Gesicht strahlte und war frisch gerötet. Catherine war schön wie immer. Er hörte den Wagen anspringen, es war der Bugatti. Er kehrte in die Story zurück. Es war eine gute Story, und kurz vor Mittag hatte er sie beendet.

Fürs Frühstück war es zu spät, er war von der Arbeit erschöpft und hatte keine Lust, den alten Isotta mit seinen schlechten Bremsen und dem riesigen, defekten Motor in die Stadt zu fahren, obwohl Catherine dem

Schlüssel einen Zettel beigelegt hatte, auf dem stand, sie würden nach Nizza fahren und auf dem Rückweg im Café nach ihm Ausschau halten.

Worauf ich jetzt Lust hätte, dachte er, wäre ein großer kalter Liter Bier in einem dicken schweren Glas und eine pomme à l'huile mit grobgemahlenem Pfeffer drauf. Aber das Bier an dieser Küste taugte nichts, und er dachte vergnügt an Paris und andere Orte, wo er gewesen war, und freute sich an der Gewißheit, daß er etwas Gutes geschrieben hatte und daß er damit fertig geworden war. Das war der erste Text, den er seit der Hochzeit fertigbekommen hatte. Etwas fertigbekommen, das ist es, was du zu tun hast, dachte er. Wenn du das nicht schaffst, hat alles andere keinen Sinn. Morgen werde ich den Bericht da wieder aufnehmen, wo ich ihn unterbrochen habe, und dann weiterschreiben, bis ich ihn fertig habe. Und wie wirst du ihn beenden? Wie wirst du ihn jetzt beenden?

Sobald er anfing, über seine Arbeit hinaus zu denken, fiel all das, was er mittels der Arbeit ausgeschlossen hatte, wieder über ihn her. Er dachte an die vorige Nacht, an Catherine und das Mädchen heute auf der Straße, über die er und Catherine vor zwei Tagen gefahren waren, und fühlte sich elend. Sie dürften jetzt auf dem Rückweg sein. Es ist schon nach Mittag. Vielleicht sind sie im Café. Sei nicht so ernst, hatte sie gesagt. Aber sie meinte auch etwas anderes. Vielleicht weiß sie, was sie tut. Vielleicht weiß sie, was daraus werden kann. Vielleicht weiß sie das wirklich. Du weißt es nicht.

Nun hast du also gearbeitet, und jetzt machst du dir Sorgen. Du solltest lieber noch eine Story schreiben. Schreib die schwierigste, die du dir vorstellen kannst. Fang an und tu's. Du mußt durchhalten, wenn du ihr helfen willst. Hast du ihr denn bis jetzt geholfen? Sehr viel, sagte er. Nein, nicht sehr viel. Sehr viel heißt genug. Los, morgen fängst du mit der nächsten an. Zum Teufel mit morgen. Das bringt nichts. *Morgen.* Geh rein und fang jetzt damit an.

Er steckte den Zettel und den Schlüssel in die Tasche, ging zurück in sein Arbeitszimmer, setzte sich und schrieb den ersten Absatz der neuen Story, die er, seit er überhaupt wußte, was eine Story war, immer wieder vor sich her geschoben hatte. Er schrieb in einfachen Aussagesätzen, sämtliche Probleme vor Augen, die auf ihn zukamen und die er lebendig machen mußte. Der erste Schritt war getan, und jetzt brauchte er nur noch weiterzumachen. Das ist alles, sagte er. Siehst du, wie einfach das ist, was du nicht zu schaffen glaubst? Dann ging er raus auf die Terrasse, setzte sich und bestellte einen Whiskey mit Perrier.

Der junge Neffe des Inhabers brachte die Flaschen und Eis und ein Glas aus der Bar und sagte: „Monsieur hat nicht gefrühstückt."

„Ich habe zu lang gearbeitet."

„C'est dommage", sagte der Junge. „Kann ich Ihnen etwas bringen? Ein Sandwich?"

„In unserem Vorratsraum findest du eine Büchse Maquereau Vin Blanc Capitaine Cook. Mach sie auf und bring mir zwei auf einem Teller."

„Die werden aber nicht kalt sein."

„Das macht nichts. Bring sie mir."

Er saß und aß die Maquereau Vin Blanc und trank den Whiskey mit Mineralwasser. Es machte doch etwas, daß sie nicht kalt waren. Beim Essen las er die Morgenzeitung.

In Le Grau-du-Roi haben wir immer frischen Fisch gegessen, dachte er, aber das ist schon lange her. Er begann an Le Grau-du-Roi zu denken, und dann hörte er den Wagen den Berg heraufkommen.

„Bring das weg", sagte er zu dem Jungen. Er stand auf,

ging in die Bar und goß sich einen Whiskey ein, tat Eis dazu und füllte das Glas mit Perrier auf. Er hatte noch den Geschmack von dem in Wein eingelegten Fisch im Mund und nahm einen Schluck aus der Mineralwasserflasche.

Er hörte ihre Stimmen, und dann kamen sie so glücklich und fröhlich zur Tür herein wie gestern. Er sah Catherines birkenhelles Haar und ihr verliebtes, aufgeregtes dunkles Gesicht, und er sah das andere dunkle Mädchen, die Haare noch windzerzaust, ihre Augen strahlten und wurden dann plötzlich verlegen, als sie näher kam.

„Wir sind durchgefahren, als wir dich nicht im Café gesehen haben", sagte Catherine.

„Ich habe lange gearbeitet. Wie geht's dir, Teufel?"

„Sehr gut. Aber frag mich nicht, wie's der da geht."

„Hast du gut gearbeitet, David?" fragte das Mädchen.

„Das nenn ich eine gute Ehefrau", sagte Catherine. „Ich hab vergessen, danach zu fragen."

„Was habt ihr in Nizza gemacht?"

„Können wir einen Drink bekommen und dann erzählen?"

Sie standen dicht neben ihm, und er spürte sie beide.

„Hast du gut gearbeitet, David?" fragte sie noch einmal.

„Natürlich hat er das", sagte Catherine. „Wie sollte er denn sonst arbeiten, Dummchen."

„Stimmt das, David?"

„Ja", sagte er und fuhr ihr durchs Haar. „Danke."

„Bekommen wir nichts zu trinken?" fragte Catherine. „Wir haben kein bißchen gearbeitet. Bloß Sachen eingekauft und bestellt und Aufsehen erregt."

„Wir haben kein richtiges Aufsehen erregt."

„Na, ich weiß nicht", sagte Catherine. „Ist mir auch egal."

„Was denn für ein Aufsehen?“ fragte David.

„Ach, nichts“, sagte das Mädchen.

„Mich hat's nicht gestört“, sagte Catherine. „Ich hab's genossen.“

„Irgendwer hat in Nizza eine Bemerkung über ihre lange Hose gemacht.“

„Das ist doch kein Aufsehen“, sagte David. „Die Stadt ist groß. Damit mußtest du rechnen, als du da hinfuhrst.“

„Habe ich mich verändert?“ fragte Catherine. „Ich wünschte, sie hätten den Spiegel schon gebracht. Findest du, daß ich mich verändert habe?“

„Nein.“ David sah sie an. Sie war sehr blond und zerzaust und dunkler als je zuvor und wirkte sehr aufgeregt und herausfordernd.

„Dann ist's gut“, sagte sie. „Ich hab's nämlich versucht.“

„Gar nichts hast du“, sagte das Mädchen.

„Doch, und es hat mir gefallen, und jetzt will ich noch einen Drink.“

„Sie hat überhaupt nichts getan, David“, sagte das Mädchen.

„Heute morgen habe ich den Wagen an der langen freien Strecke angehalten und sie geküßt, und sie hat mich auch geküßt, dasselbe auf dem Rückweg von Nizza und jetzt eben, als wir aus dem Wagen stiegen.“ Catherine sah ihn verliebt, aber aufsässig an und sagte dann: „Es hat Spaß gemacht, und es hat mir gefallen. Gib ihr auch einen Kuß. Der Junge ist gerade nicht da.“

David wandte sich zu dem Mädchen, und sie schmiegte sich plötzlich an ihn, und dann küßten sie sich. Weder hatte er beabsichtigt, sie zu küssen, noch hatte er geahnt, daß es dann gleich ein solcher Kuß werden würde.

„Das reicht“, sagte Catherine.

„Und?“ fragte David das Mädchen. Sie war wieder verlegen und glücklich.

„Ich bin glücklich, wie du’s gesagt hast“, sagte das Mädchen zu ihm.

„Alle sind jetzt glücklich“, sagte Catherine. „Wir haben die ganze Schuld durch drei geteilt.“

Sie aßen sehr gut zu Mittag und tranken kalten Tavel zu allen Gängen: Hors d’œuvres, poulet und ratatouille, Salat und Obst und Käse. Sie waren alle hungrig und machten Witze, und keiner war ernst.

„Zum Abendessen oder schon vorher gibt’s eine tolle Überraschung“, sagte Catherine. „Sie wirft mit dem Geld um sich wie ein betrunkener indianischer Ölquellenpächter, David.“

„Sind die nett?“ fragte das Mädchen. „Oder eher wie Maharadschas?“

„David wird dir von ihnen erzählen. Er stammt aus Oklahoma.“

„Ich dachte aus Ostafrika.“

„Nein. Einige seiner Vorfahren sind aus Oklahoma abgehauen und haben ihn nach Ostafrika mitgenommen, als er noch ganz klein war.“

„Das muß sehr aufregend gewesen sein.“

„Er hat als Junge einen Roman über das Leben in Ostafrika geschrieben.“

„Ich weiß.“

„Du hast ihn gelesen?“ fragte David sie.

„Ja“, sagte sie. „Willst du mich darüber ausfragen?“

„Nein“, sagte er. „Ich bin damit vertraut.“

„Er hat mich zu Tränen gerührt“, sagte das Mädchen. „War diese eine Figur dein Vater?“

„In gewisser Hinsicht.“

„Du mußt ihn sehr geliebt haben.“

„Stimmt.“

„Du hast nie von ihm gesprochen“, sagte Catherine.

„Du hast mich nie darum gebeten."
„Hättest du's dann getan?"
„Nein", sagte er.
„Mir hat das Buch sehr gefallen", sagte das Mädchen.
„Übertreib mal nicht", sagte Catherine.
„Hab ich nicht."
„Als du ihn geküßt hast . . ."
„Du hast mich aufgefordert."
„Was ich sagen wollte, als du mich unterbrochen hast", sagte Catherine, „was hast du von ihm als Schriftsteller gehalten, als du ihn küßtest und es dir so gut gefiel?"
David goß sich ein Glas Tavel ein und nahm einen Schluck.
„Ich weiß nicht", sagte das Mädchen. „Ich habe gar nichts dabei gedacht."
„Das freut mich", sagte Catherine. „Ich fürchtete schon, es käme jetzt so was wie in diesen Zeitungsausschnitten."
Das Mädchen machte ein ziemlich verwirrtes Gesicht, und Catherine erklärte: „Die Presserczensionen über das zweite Buch. Er hat nämlich zwei geschrieben."
„Ich kenne nur ‚Der Riß'."
„Das zweite handelt vom Fliegen. Im Krieg. Es ist das einzige gute Buch, das jemals übers Fliegen geschrieben wurde."
„Blödsinn", sagte David.
„Warte, bis du's gelesen hast", sagte Catherine. „Das ist ein Buch, das man nur unter Todesqualen und in vollkommen kaputtem Zustand schreiben konnte. Bilde dir bloß nicht ein, ich wüßte über seine Bücher nicht Bescheid, nur weil ich nicht daran denke, daß er Schriftsteller ist, wenn ich ihn küsse."
„Ich denke, wir sollten Siesta machen", sagte David. „Du solltest ein bißchen schlafen, Teufel. Du bist müde."
„Ich habe zuviel geredet", sagte Catherine. „Es war so

ein schönes Essen, und wenn ich zuviel geredet und herumgeprahlt habe, tut's mir leid."

„Es gefiel mir, wie du über die Bücher gesprochen hast", sagte das Mädchen. „Du warst bewundernswert."

„Ich fühle mich nicht bewundernswert, sondern müde", sagte Catherine. „Hast du noch genug zu lesen, Marita?"

„Ich habe noch zwei Bücher", sagte das Mädchen. „Danach leih ich mir was aus, wenn ich darf."

„Darf ich dich nachher besuchen kommen?"

„Wenn du willst", sagte das Mädchen.

David sah das Mädchen nicht an, und sie sah ihn nicht an.

„Störe ich dich dann auch nicht?" fragte Catherine.

„Ich tue ja nichts Wichtiges", sagte das Mädchen.

Catherine und David lagen Seite an Seite auf dem Bett in ihrem Zimmer, draußen wehte der Wind seinen letzten Tag, und es war keine Siesta wie in alten Zeiten.

„Kann ich's dir jetzt erzählen?"

„Ich würd's lieber nicht hören."

„Nein, laß mich erzählen. Als ich heute morgen mit dem Wagen losfuhr, hatte ich Angst und bemühte mich, ordentlich zu fahren, und innerlich fühlte ich mich ganz leer. Dann, auf dem Berg, sah ich Cannes vor mir liegen, die Küstenstraße war frei, so weit das Auge reichte, hinter mir war auch alles frei, und da bin ich von der Straße ins Gebüsch abgebogen. Da wo dieser Beifuß wächst. Ich küßte sie, sie küßte mich, wir saßen im Wagen, und ich hatte ein komisches Gefühl, und dann fuhren wir nach Nizza, und ich weiß nicht, ob die Leute es uns anmerken konnten oder nicht. Aber da war's mir schon egal, und wir liefen durch alle möglichen Straßen und kauften ein, was wir konnten. Sie kauft gerne ein. Irgend jemand machte eine böse Bemerkung, aber das hatte wirklich nichts zu sagen. Auf dem Rückweg hielten wir wieder an, und sie sagte, es wäre besser, wenn ich ihr Mädchen wäre, und ich sagte, mir sei es egal, wie herum wir's halten würden, und im Grunde war ich sogar froh, weil ich ja nun mal ein Mädchen bin und gar nicht wußte, was ich eigentlich tun sollte. So unwissend habe ich mich noch nie gefühlt. Aber sie war nett und wollte mir wohl helfen. Ich weiß auch nicht. Jedenfalls war sie nett, und ich fuhr, und sie war so schön und glücklich und streichelte mich einfach, wie wir es manchmal machen, oder wie ich dich oder wir uns, und ich sagte, so könne ich nicht fahren, wenn sie das mache, und dann hielt ich an. Ich habe sie nur geküßt, aber ich weiß, da war's um mich geschehen. Wir blieben eine Weile da, dann fuhr ich geradewegs nach Hause. Bevor wir reingingen, habe ich sie geküßt, und wir waren glücklich, und es hat mir gefallen und gefällt mir noch immer."

„Jetzt hast du's also getan", sagte David behutsam, „und hast es hinter dir."

„Aber eben nicht. Es hat mir gefallen, und jetzt will ich's auch richtig machen."

„Nein. Das brauchst du nicht."

„Tu ich wohl, und ich werd's machen, bis ich's hinter mir habe und es nicht mehr will."

„Wer sagt, daß du's mal nicht mehr willst?"

„Ich sage das. Aber ich muß es wirklich machen, David. Ich hätte nicht gedacht, daß ich je so sein würde."

Er erwiderte nichts.

„Ich werde zurückkommen", sagte sie. „Ich bin mir absolut sicher, daß ich das überwinden werde. Vertrau mir bitte."

Er erwiderte nichts.

„Sie wartet auf mich. Hast du nicht gehört, wie ich sie gefragt habe? Ich kann doch nicht mitten in einer Sache aufhören."

„Ich fahr nach Paris“, sagte David. „Du kannst mich über die Bank erreichen.“

„Nein“, sagte sie. „Nein. Du mußt mir helfen.“

„Ich kann dir nicht helfen.“

„Kannst du wohl. Du darfst dich nicht drücken. Ich könnte es nicht ertragen, wenn du wegfahren würdest. Ich will nicht mit ihr allein sein. Ich muß es einfach machen. Verstehst du das denn nicht? Bitte, versteh mich doch. Du verstehst mich doch sonst immer.“

„Aber das nicht.“

„Bitte versuch's. Früher hast du mich immer verstanden. Das weißt du doch. Alles. Oder?“

„Ja. Früher.“

„Mit uns hat es angefangen, und es wird auch nur uns beide geben, wenn ich das hinter mich gebracht habe. Ich liebe nur dich allein.“

„Tu es nicht.“

„Ich muß. Seit meiner Schulzeit hatte ich immer die Möglichkeit, es zu tun, und Leute, die es mit mir tun wollten. Aber ich wollte nie und hab es nie getan. Aber jetzt muß ich es tun.“

Er sagte nichts.

„Bitte, versteh mich doch.“

Er erwiderte nichts.

„Jedenfalls liebt sie dich, und du kannst sie haben und auf diese Weise alles wegwaschen.“

„Du redest irre, Teufel.“

„Ich weiß“, sagte sie. „Ich bin schon still.“

„Schlaf ein bißchen“, sagte er. „Sei still, kuschel dich an mich, und dann schlafen wir beide.“

„Ich liebe dich so“, sagte sie. „Und du bist mein einzig wahrer Partner, so wie ich es ihr gesagt habe. Ich habe ihr zuviel von dir erzählt, aber über was anderes will sie ja gar nicht sprechen. Jetzt habe ich mich beruhigt, und nun werde ich gehen.“

„Nein. Tu's nicht."

„Doch", sagte sie. „Warte auf mich. Ich werde nicht lange bleiben."

Als sie ins Zimmer zurückkam, war David nicht mehr da; sie stand lange vor dem Bett, ging dann zur Badezimmertür, öffnete sie und blickte in den hohen Spiegel. Mit ausdrucksloser Miene betrachtete sie sich von Kopf bis Fuß, mit vollkommen ausdrucksloser Miene. Es war fast völlig dunkel geworden, als sie ins Badezimmer ging und hinter sich die Tür abschloß.

13

David fuhr durch die Dämmerung von Cannes zurück. Der Wind hatte sich gelegt, er ließ den Wagen am gewohnten Platz stehen und ging den Pfad hoch auf das Licht zu, das aus dem Haus auf Veranda und Garten fiel. Marita kam ihm aus der Eingangstür entgegen.

„Catherine fühlt sich schrecklich", sagte sie. „Bitte sei nett zu ihr."

„Zum Teufel mit euch beiden", sagte David.

„Mit mir ja. Aber nicht mit ihr. Nimm's ihr nicht übel, David."

„Sag mir nicht, was ich zu tun oder lassen habe."

„Willst du dich denn nicht um sie kümmern?"

„Nicht unbedingt."

„Ich aber."

„Hast du ja auch schon."

„Sei nicht so dumm", sagte sie. „Du bist doch nicht dumm. Ehrlich, es ist ernst."

„Wo ist sie?"

„Sie wartet drinnen auf dich."

David trat durch die Tür. Catherine saß an der leeren Theke.

„Hallo“, sagte sie. „Sie haben den Spiegel noch immer nicht gebracht.“

„Hallo, Teufel“, sagte er. „Tut mir leid, daß ich so spät komme.“ Er war entsetzt über ihre Grabesmiene und ihre tonlose Stimme.

„Ich dachte, du wärst abgehauen“, sagte sie.

„Hast du nicht bemerkt, daß ich nichts mitgenommen hatte?“

„Ich habe nicht nachgesehen. Du müßtest ja auch gar nichts mitnehmen, um abzuhauen.“

„Nein“, sagte David. „Ich war bloß in der Stadt.“

„Ach“, sagte sie und starrte die Wand an.

„Der Wind läßt nach“, sagte er. „Morgen wird ein schöner Tag.“

„Ist mir egal, was morgen ist.“

„Gar nicht wahr.“

„Doch. Laß mich damit in Ruhe.“

„Ich laß dich ja in Ruhe“, sagte er. „Hast du schon was getrunken?“

„Nein.“

„Ich mix dir einen Drink.“

„Das wird nichts nützen.“

„Vielleicht doch. Wir sind immer noch wir.“ Er mixte den Drink, und sie sah ihm zu, wie er umrührte und dann die Gläser füllte.

„Tu eine Knoblauch-Olive rein“, sagte sie.

Er reichte ihr eins der Gläser, hob seins und stieß mit ihr an. „Auf uns.“

Sie kippte ihren Drink auf die Theke und sah zu, wie er über das Holz floß. Dann nahm sie die Olive und steckte sie sich in den Mund. „Wir, das gibt's nicht mehr“, sagte sie. „Jetzt nicht mehr.“

David zog ein Taschentuch aus seiner Tasche, wischte die Theke ab und mixte einen neuen Drink.

„Ist doch alles Scheiße“, sagte Catherine. David

reichte ihr den Drink, sie starrte ihn an und kippte ihn auf die Theke. David wischte ihn wieder auf und wrang sein Taschentuch aus. Dann trank er seinen Martini und machte zwei neue.

„Den trinkst du jetzt aber“, sagte er bestimmt. „Trink einfach.“

„Einfach trinken“, sagte sie. Sie hob das Glas und sagte: „Auf dich und dein gottverdammtes Taschentuch.“

Sie trank das Glas aus, behielt es in der Hand und starrte es an, und David war sicher, daß sie es ihm gleich ins Gesicht schleudern würde. Dann stellte sie es ab, fischte die Knoblauch-Olive raus, aß sie sehr bedächtig und reichte David den Kern.

„Halbedelstein“, sagte sie. „Steck ihn dir in die Tasche. Ich trink noch einen, wenn du einen machst.“

„Aber den trinkst du langsamer.“

„Oh, mit mir stimmt jetzt alles wieder“, sagte Catherine. „Du wirst den Unterschied wohl nicht merken. So was passiert doch bestimmt jedem mal.“

„Fühlst du dich besser?“

„Ja, viel besser. Man verliert bloß etwas, und dann ist es weg, das ist alles. Wir haben ja bloß alles verloren. Aber wir bekommen was Neues dafür. Wo soll da das Problem sein?“

„Hast du Hunger?“

„Nein. Aber es wird bestimmt alles wieder gut werden. Hast du doch selbst gesagt, oder?“

„Natürlich wird es das.“

„Wenn ich mich nur erinnern könnte, was wir eigentlich verloren haben. Aber ist ja auch egal, oder? Du hast gesagt, es würde nichts ausmachen.“

„Stimmt.“

„Dann wollen wir fröhlich sein. Es ist eben weg, was es auch immer war.“

„Es muß was sein, was wir vergessen haben“, sagte er. „Wir werden’s schon wiederfinden.“

„Ich habe etwas getan, das weiß ich. Aber jetzt ist es weg.“

„Gut so.“

„Was es auch war, keiner hatte Schuld daran.“

„Sprechen wir nicht über Schuld.“

„Jetzt weiß ich, was es war“, lächelte sie. „Aber ich bin nicht untreu gewesen. Wirklich, David. Wie sollte ich? Das war unmöglich. Das weißt du. Wie konntest du so was behaupten? Warum hast du das gesagt?“

„Du warst nicht untreu.“

„Natürlich nicht. Ach, hättest du’s bloß nicht gesagt.“

„Ich hab es nicht gesagt, Teufel.“

„Jemand hat es gesagt. Aber ich war nicht untreu. Ich habe nur getan, was ich angekündigt habe. Wo ist Marita?“

„Ich nehme an, auf ihrem Zimmer.“

„Ich bin froh, daß ich mich gefangen habe. Gleich als du es zurückgenommen hast, ging’s mir wieder gut. Ich wünschte, *du* hättest es getan, damit ich es zurücknehmen könnte. Wir sind doch wieder wir? Ich hab nichts kaputtgemacht.“

„Nein.“

Sie lächelte wieder. „Das ist schön. Ich geh sie holen. Hast du was dagegen? Sie hat sich Sorgen um mich gemacht. Bevor du zurückgekommen bist.“

„Tatsächlich?“

„Ich habe viel geredet“, sagte Catherine. „Ich rede ja immer zuviel. Wenn du nur wüßtest, wie ungeheuer nett sie ist, David. Sie war sehr lieb zu mir.“

„Zum Teufel mit ihr.“

„Nein. Du hast alles zurückgenommen. Weißt du nicht mehr? Fang nicht wieder von vorn an damit. Bitte. Das bringt mich ganz durcheinander. Wirklich.“

„Also gut, geh sie holen. Sie wird sich freuen, dich wieder bei guter Laune zu sehen.“

„Ganz bestimmt, und sieh zu, daß auch sie sich wieder besser fühlt.“

„Sicher. Geht's ihr denn nicht gut?“

„Nur als es mir nicht gut ging. Als mir klar wurde, daß ich untreu gewesen war. Du weißt, das war ich noch nie. Geh du sie holen, David. Dann wird sie sich nicht schlecht fühlen. Ach, laß nur, ich gehe.“

Catherine ging durch die Tür, und David sah ihr nach. Ihre Bewegungen waren weniger mechanisch, auch ihre Stimme klang besser. Als sie zurückkam, lächelte sie, und ihre Stimme war fast normal.

„Sie kommt sofort“, sagte sie. „Sie ist reizend, David. Ich bin so froh, daß du sie mitgebracht hast.“

Das Mädchen kam herein, und David sagte: „Wir haben auf dich gewartet.“

Sie sah ihn an, dann blickte sie weg. Schließlich sah sie ihn wieder an, hielt sich sehr aufrecht und sagte: „Tut mir leid, daß ich so spät komme.“

„Du siehst sehr schön aus“, sagte David, und das stimmte auch, aber so traurige Augen wie ihre jetzt hatte er noch nie gesehen.

„Mach ihr bitte einen Drink, David. Ich hab schon zwei getrunken“, sagte Catherine zu dem Mädchen.

„Freut mich, daß es dir besser geht“, sagte das Mädchen.

„David hat mich wieder beruhigt“, sagte Catherine. „Ich habe ihm alles erzählt, und wie schön es war, und er hat Verständnis dafür. Er akzeptiert es, wirklich.“

Das Mädchen blickte David an, und er sah, wie sie sich auf die Oberlippe biß und was sie ihm mit ihren Augen sagte.

„Es war langweilig in der Stadt. Ich habe das Schwimmen vermißt“, sagte er.

„Du weißt ja gar nicht, was du verpaßt hast", sagte Catherine. „Alles hast du verpaßt. Mein ganzes Leben lang habe ich das tun wollen, und jetzt habe ich es getan, und es hat mir sehr gefallen."

Das Mädchen starrte in sein Glas.

„Und das tollste daran ist, daß ich mich jetzt so erwachsen fühle. Aber anstrengend ist es. Natürlich habe ich es gewollt, und jetzt habe ich es getan; ich weiß, ich bin bloß eine Anfängerin, aber nicht mehr lange."

„Antrag auf Lehrstelle gesucht", sagte David, dann riskierte er es und sagte aufgeräumt: „Sprichst du eigentlich niemals von etwas anderem? Perversion ist doch ein langweiliges und altmodisches Thema. Ich wußte gar nicht, daß Leute wie wir sich überhaupt mit so was aufhalten."

„Ich glaube, so richtig interessant ist es nur beim erstenmal", sagte Catherine.

„Und dann auch nur für denjenigen, der es macht; für jeden anderen ist es stinklangweilig", sagte David. „Findest du nicht auch, Erbin?"

„Du nennst sie Erbin?" fragte Catherine. „Was für ein netter, lustiger Name."

„Ich kann sie ja wohl nicht mit Ma'am oder Hoheit anreden", sagte David. „Stimmst du mir zu, Erbin? In dem, was ich über Perversion gesagt habe?"

„Ich fand immer, daß zu viel Aufhebens davon gemacht wird und daß es albern ist", sagte sie. „So was machen Mädchen schon mal, wenn sie nichts Besseres zu tun haben."

„Aber alles, was man zum erstenmal macht, ist interessant", sagte Catherine.

„Ja", sagte David. „Aber würdest du auch gern andauernd von deinem ersten Ritt beim Hindernisrennen reden oder davon, wie du, du allein, du persönlich, ganz mutterseelenallein auf dich gestellt, weit über der Erde und hoch am Himmel mal einen Alleinflug absolviert hast?"

„Ich schäme mich", sagte Catherine. „Sieh mich an, ob ich mich nicht schäme."

David legte den Arm um sie.

„Du brauchst dich nicht zu schämen", sagte er. „Weißt du nicht mehr, wie gern du unserer lieben Erbin hier immer zugehört hast, wenn sie von ihrem Flug in dieser Maschine erzählt hat, nur sie allein in diesem Flugzeug, nichts zwischen ihr und der Erde – stell dir vor: Erde groß geschrieben – außer ihrem *Flugzeug*, und wie sie hätte *umkommen*, sie und ihre Maschine entsetzlich hätten *zerschmettert* werden können, und wie sie ihr Geld und ihre Gesundheit und ihren Verstand und ihr Leben – Leben groß geschrieben – und ihre Lieben und mich oder dich oder Jesus – alles groß geschrieben – hätte verlieren können, wenn sie ‚abgestürzt' wäre – *abgestürzt* in Anführungszeichen."

„Bist du schon mal allein geflogen, Erbin?"

„Nein", sagte das Mädchen. „Habe ich jetzt nicht nötig. Aber ich hätte gern noch einen Drink. Ich liebe dich, David."

„Küß sie noch mal so wie heute mittag", sagte Catherine.

„Später", sagte David. „Jetzt mix ich die Drinks."

„Ich bin so froh, daß wir wieder Freunde sind und alles gut ist", sagte Catherine. Sie war jetzt ziemlich aufgekratzt, und ihre Stimme klang natürlich und fast entspannt.

„Ich habe die Überraschung vergessen, die Erbin heute vormittag gekauft hat. Ich werde sie holen."

Als Catherine gegangen war, nahm das Mädchen Davids Hand, drückte sie ganz fest und küßte sie. Sie saßen da und sahen sich an. Sie streifte wie geistesabwesend seine Hand mit ihren Fingern. Dann legte sie ihre Finger um seine, gab sie wieder frei und sagte: „Wir brauchen nicht zu reden. Du willst doch wohl nicht, daß ich eine Rede halte?“

„Nein. Aber irgendwann müssen wir mal reden.“

„Möchtest du, daß ich abreise?“

„Das wäre nicht unklug.“

„Küßt du mich, damit ich weiß, daß ich bleiben kann?“

Catherine war inzwischen mit dem jungen Kellner zurückgekommen; er trug auf einem Tablett eine große Dose Kaviar in einer Schale mit Eis und einen Teller mit Toastbrot. „Das war ein wunderbarer Kuß. Und jeder hat ihn gesehen, also brauchen wir vor Skandalen und so was keine Angst mehr zu haben“, sagte Catherine. „Man macht uns noch ein paar hartgekochte Eier und Zwiebeln zurecht.“

Es war sehr großkörniger, fester grauer Kaviar, und Catherine stippte ihn auf die dünnen Toastscheiben.

„Erbin hat dir eine Kiste Bollinger Brut 1915 gekauft und etwas davon kalt stellen lassen. Meinst du nicht, wir sollten dazu eine Flasche davon trinken?“

„Sicher“, sagte David. „Trinken wir ihn zur ganzen Mahlzeit.“

„Ist es nicht ein Glück, daß Erbin und ich so reich sind, daß du dir um gar nichts Sorgen zu machen brauchst? Wir werden uns gut um ihn kümmern, Erbin, ja?“

„Wir müssen uns sehr anstrengen“, sagte das Mädchen. „Ich versuche, hinter seine Bedürfnisse zu kommen. Mehr konnten wir heute nicht finden.“

14

Er hatte etwa zwei Stunden geschlafen, als die Morgensonne ihn weckte; er sah Catherine an, die unbekümmert und mit glücklicher Miene neben ihm schlief. Er ließ sie liegen, schön und jung und unverdorben, wie sie war, ging ins Badezimmer, duschte, zog sich Shorts an und ging barfuß durch den Garten zu seinem Arbeitszimmer. Der Himmel war jetzt nach dem Wind reingewaschen, es war der frische Morgen eines neuen Tags gegen Ende des Sommers.

Er machte sich wieder an die neue und schwierige Story und ging all das an, wovor er sich jahrelang gedrückt hatte. Er arbeitete bis kurz vor elf Uhr, und als er für diesen Tag fertig war, schloß er das Zimmer ab, ging raus und fand die beiden Mädchen an einem Tisch im Garten beim Schachspielen. Sie sahen beide frisch und jung aus und so verlockend wie der vom Wind gereinigte Morgenhimmel.

„Sie schlägt mich schon wieder“, sagte Catherine. „Wie geht's dir, David?“

Das Mädchen lächelte ihn sehr verlegen an. Reizendere Mädchen als die beiden habe ich noch nie im Leben gesehen, dachte David. Was wird dieser Tag nur wieder bringen? „Wie geht's euch beiden?“ fragte er.

„Ganz prima“, sagte das Mädchen. „Bist du gut vorangekommen?“

„Ist ziemlich mühsam, aber es läuft nicht schlecht“, sagte er.

„Du hast noch gar nicht gefrühstückt.“

„Dazu ist es jetzt zu spät.“

„Unsinn“, sagte Catherine. „Heute bist du seine Frau, Erbin. Sorg dafür, daß er was ißt.“

„Möchtest du nicht einen Kaffee und etwas Obst, David?“ fragte das Mädchen. „Du solltest etwas essen.“

„Ich nehme schwarzen Kaffee", sagte David.

„Ich bring dir was", sagte das Mädchen und verschwand ins Hotel.

David setzte sich neben Catherine an den Tisch, und sie stellte die Schachfiguren und das Brett auf einen Stuhl. Sie fuhr ihm durchs Haar und sagte: „Hast du vergessen, daß du genauso silbernes Haar hast wie ich?"

„Ja", sagte er.

„Und es wird immer noch heller, und ich werde immer noch blonder, und meine Haut wird immer dunkler."

„Das wird wunderbar."

„Ja, und ich bin auch über alles hinweg."

Das hübsche dunkle Mädchen brachte ein Tablett mit einem kleinen Schälchen Kaviar, einer halben Zitrone, einem Löffel und zwei Scheiben Toast, und der junge Kellner trug einen Kübel mit einer Flasche Bollinger und ein Tablett mit drei Gläsern.

„Das wird David guttun", sagte das Mädchen. „Danach können wir vor dem Mittagessen noch schwimmen gehen."

Nach dem Schwimmen und Sonnenbaden am Strand und einem ausführlichen Mittagessen mit noch mehr Bollinger sagte Catherine: „Ich bin ganz schön müde und schlapp."

„Du bist ja auch weit geschwommen", sagte David. „Wir sollten Siesta machen."

„Ich will richtig schlafen", sagte Catherine.

„Fühlst du dich gut, Catherine?" fragte das Mädchen.

„Ja. Ich bin bloß todmüde."

„Wir bringen dich ins Bett", sagte David. „Hast du ein Thermometer?" fragte er das Mädchen.

„Ich habe bestimmt kein Fieber", sagte Catherine. „Ich will einfach nur lange schlafen."

Als sie im Bett lag, kam das Mädchen mit dem Thermometer rein, und David nahm Catherines Temperatur und zählte ihren Puls. Die Temperatur war normal, der Puls war hundertfünf.

„Der Puls ist etwas hoch", sagte er. „Aber deinen normalen Puls kenne ich gar nicht."

„Ich auch nicht, aber er wird wohl etwas zu schnell sein."

„Der Puls dürfte nicht viel zu sagen haben, wenn die Temperatur normal ist", sagte David. „Aber wenn du Fieber hast, werde ich aus Cannes einen Arzt holen."

„Ich brauche keinen Arzt", sagte Catherine. „Ich will nur schlafen. Kann ich jetzt schlafen?"

„Ja, meine Schönste. Ruf mich, wenn du mich brauchst."

Sie standen da und sahen sie einschlafen, dann gingen sie ganz leise hinaus, und David lief über die Steinplatten und sah durchs Fenster hinein. Catherine schlief ruhig, und ihr Atem ging regelmäßig. Er holte zwei Stühle und einen Tisch, und sie setzten sich bei Catherines Fenster in den Schatten und sahen durch die Pinien auf das blaue Meer hinaus.

„Was denkst du?" fragte David.

„Ich weiß nicht. Heute morgen war sie glücklich. So wie du sie gesehen hast, als du vom Schreiben kamst."

„Und jetzt?"

„Vielleicht noch eine Nachwirkung von gestern. Sie ist ein sehr natürliches Mädchen, David, und das ist natürlich."

„Gestern, das war, als ob man jemanden lieben würde, wenn jemand gestorben ist", sagte er. „Es war nicht richtig." Er stand auf, ging ans Fenster und sah hinein. Catherine schlief noch in derselben Haltung und atmete ruhig. „Sie schläft fest", berichtete er dem Mädchen. „Willst du kein Nickerchen machen?"

„Ich glaube schon."

„Ich geh jetzt in mein Arbeitszimmer", sagte er. „Da gibt's eine Tür zu deinem, die sich von beiden Seiten verschließen läßt." Er ging den Plattenweg runter, schloß die Tür zu seinem Zimmer auf und entriegelte dann die Tür zwischen den beiden Zimmern. Er stand und wartete, und dann hörte er, wie auf der anderen Seite der Riegel fortgeschoben wurde, und dann ging die Tür auf. Sie setzten sich nebeneinander aufs Bett, und er legte seinen Arm um sie. „Küß mich", sagte David.

„Ich küsse dich gern", sagte sie. „Ich tu's so gern. Aber das andere geht nicht."

„Nicht?"

„Nein, ich kann nicht."

Dann sagte sie: „Kann ich denn jetzt nichts für dich tun? Ich schäme mich so wegen des anderen, aber du weißt, was das für Schwierigkeiten geben könnte."

„Leg dich einfach neben mich."

„Gern."

„Tu, was dir gefällt."

„Mach ich", sagte sie. „Du bitte auch. Tun wir unser Bestes."

Catherine schlief den ganzen Nachmittag und frühen Abend. David und das Mädchen saßen zusammen an der Theke und tranken, und das Mädchen sagte: „Den Spiegel bringen die wohl nicht mehr."

„Hast du den alten Aurol mal deswegen gefragt?"

„Ja. Er hat sich gefreut."

„Für diesen Bollinger sollte ich ihm wohl Korkengeld oder so was zahlen."

„Ich habe ihm vier Flaschen davon und zwei Flaschen sehr gute Fine geschenkt. Er hat sie unter Verschluß genommen. Ich hatte eher befürchtet, Madame würde Schwierigkeiten machen."

„Da hattest du vollkommen recht."

„Ich will aber keine Schwierigkeiten machen, David."

„Nein", sagte er. „Ich glaube auch nicht, daß du das tust."

Der junge Kellner war mit frischem Eis gekommen, und David mixte zwei Martinis und gab ihr einen. Der Kellner tat die Knoblauch-Oliven rein und ging dann wieder in die Küche zurück.

„Ich seh mal nach, wie's Catherine geht", sagte das Mädchen. „Es wird schon alles werden, oder auch nicht."

Das Mädchen blieb etwa zehn Minuten weg, er tippte an ihr Glas und beschloß, es auszutrinken, bevor es warm wurde. Er nahm es in die Hand, hob es an die Lippen, und als es seine Lippen berührte, merkte er, daß ihn das erregte, weil es ihr Glas war. Ein klares Gefühl, nicht abzuleugnen. Das fehlt dir gerade noch, dachte er. Das fehlt dir gerade noch zu deinem Glück. In alle beide verliebt zu sein. Was ist seit dem letzten Mal mit dir passiert? Was ist überhaupt noch von dir übrig? Aber er führte das Glas noch einmal an die Lippen und empfand dieselbe Reaktion wie zuvor. Na schön, dachte er, denk an deine Arbeit. Die Arbeit hast du wenigstens noch. Also halt dich an die Arbeit.

Das Mädchen kam zurück, und als er sie mit ihrem glücklichen Gesicht hereinkommen sah, da wußte er, was er für sie empfand.

„Sie zieht sich gerade an", sagte das Mädchen. „Es geht ihr gut. Ist das nicht wunderbar?"

„Ja", sagte er, denn seine Liebe zu Catherine war unvermindert.

„Was ist mit meinem Drink?"

„Ich habe ihn ausgetrunken", sagte er. „Weil es deiner war."

„Wirklich, David?" Sie errötete vor Glück.

„Besser kann ich's nicht ausdrücken", sagte er. „Hier hast du einen neuen."

Sie nippte daran, ließ ihre Lippen sachte über den Glasrand gleiten, dann gab sie ihm das Glas, und er tat dasselbe und nahm einen langen Schluck. „Du bist sehr schön“, sagte er. „Und ich liebe dich.“

15

Er hörte den Bugatti anspringen, ein überraschendes und störendes Geräusch, da es in dem Land, in dem er gerade lebte, keine Motorengeräusche gab. Alles außerhalb der Story, die er jetzt schrieb, war von ihm abgefallen; nur in ihr lebte er, während er daran arbeitete. Die schwierigen Stellen, vor denen er Angst gehabt hatte, nahm er jetzt eine nach der andern in Angriff, und solange er schrieb, waren die Leute, das Land, die Tage und Nächte und das Wetter alle da. Er arbeitete weiter und fühlte sich so erschöpft, als habe er tatsächlich die Nacht mit der Durchquerung der zerklüfteten Lavawüste verbracht und als sei jetzt die Sonne über ihm und den anderen aufgegangen und die ausgetrockneten grauen Seen lägen noch vor ihnen. Er konnte das Gewicht der schweren doppelläufigen Flinte auf seiner Schulter spüren, seine Hand auf der Mündung, und er schmeckte den Kiesel in seinem Mund. Hinter dem Geflimmer über den ausgetrockneten Seen sah er das ferne Blau des Steilhangs. Vor ihm war niemand, und hinter ihm zog die lange Reihe der Träger, die wußten, daß sie die Stelle mit drei Stunden Verspätung erreicht hatten.

Natürlich war nicht er es gewesen, der an diesem Morgen da gestanden hatte; noch hatte er jene geflickte, fast weiß gebleichte Kordjacke mit den vom Schweiß durchgefaulten Achseln getragen, die er jetzt auszog und seinem Kamba-Diener und Bruder übergab, dem neben ihm Mitschuldigen und Mitwisser an dieser Verzögerung; er sah ihn den sauren, essigartigen Geruch einatmen, angewidert den Kopf schütteln und dann grinsend die Jacke an den Ärmel fassen und über seine schwarze Schulter schwingen, als sie sich auf den Weg über das trockengebackene Grau machten, die rechte Hand auf den Gewehrmündungen, die Läufe auf den Schultern, die schweren Schäfte nach hinten auf die Reihe der Träger zeigend.

Er war das nicht, aber während er schrieb, war er es, und wenn es schließlich jemand las, wäre er es, wer auch immer es lesen mochte, und alles, was sie entdecken würden, wenn sie den Steilhang erreichten, wäre real, falls sie ihn erreichten, und er würde sie am Mittag dieses Tages an seinem Fuß ankommen lassen; dann würde, wer auch immer es las, entdecken, was da war, und es für immer besitzen.

Alles, was dein Vater entdeckt hat, hat er auch für dich entdeckt, dachte er, das Gute, das Wunderbare, das Schlechte, das ganz Schlechte, das wirklich ganz Schlechte, das durchweg Schlechte und dann das noch viel Schlechtere. Es war eine Schande, daß ein Mann mit einer solchen Begabung für Verhängnis und Vergnügen einen solchen Weg einschlagen mußte, dachte er. Es machte ihn immer glücklich, an seinen Vater zu denken, und er wußte, seinem Vater hätte die Story gefallen.

Es war schon fast Mittag, als er aus dem Zimmer kam und barfuß über die Steinplatten der Veranda zum Eingang des Hotels ging. In dem großen Raum stellten Arbeiter an der Wand hinter der Theke einen Spiegel auf. Monsieur Aurol und der junge Kellner sahen zu, und er sprach mit ihnen und ging dann raus in die Küche zu Madame.

„Haben Sie Bier da, Madame?“ fragte er sie.

„Mais certainement, Monsieur Bourne“, sagte sie und holte ihm eine kalte Flasche aus dem Eisschrank.

„Ich trink's aus der Flasche", sagte er.

„Wie Monsieur wünschen", sagte sie. „Die Damen sind wohl nach Nizza gefahren. Hat Monsieur gut gearbeitet?"

„Sehr gut."

„Monsieur arbeitet zuviel. Es ist nicht gut, das Frühstück auszulassen."

„Ist noch ein wenig Kaviar in der Dose übrig?"

„Aber sicher doch."

„Dann nehm ich ein paar Löffel voll."

„Monsieur ist komisch", sagte Madame. „Gestern haben Sie ihn zum Champagner gegessen, heute zum Bier."

„Heute bin ich allein", sagte David. „Wissen Sie, ob mein bicyclette noch in der Remise steht?"

„Müßte eigentlich", sagte Madame.

David nahm einen Löffel Kaviar und bot Madame die Dose an. „Nehmen Sie, Madame. Er ist ausgezeichnet."

„Lieber nicht", sagte sie.

„Seien Sie nicht albern", sagte er. „Nehmen Sie. Hier ist etwas Toast. Trinken Sie auch ein Glas Champagner. Im Kühlfach ist noch welcher."

Madame nahm einen Löffel Kaviar, strich ihn auf ein vom Frühstück übriggebliebenes Stück Toastbrot und schenkte sich ein Glas Rosé ein. „Ausgezeichnet", sagte sie. „Und jetzt müssen wir ihn wegstellen."

„Merken Sie, wie gut das tut?" fragte David. „Ich werde noch einen Löffel nehmen."

„Ach, Monsieur. Sie dürfen nicht solche Scherze machen."

„Warum nicht?" sagte David. „Meine Scherzpartner sind nicht da. Falls diese zwei schönen Frauen mal zurückkommen, sagen Sie ihnen, ich sei schwimmen gegangen, ja?"

„Natürlich. Die Kleine ist eine Schönheit. Selbstverständlich nicht so schön wie Madame.“

„Ich finde sie nicht allzu häßlich“, sagte David.

„Sie ist eine Schönheit, Monsieur, und sehr charmant.“

„Bis was anderes kommt, wird sie reichen“, sagte David. „Wenn Sie meinen, daß sie hübsch ist.“

„Monsieur“, sagte sie mit tiefster Mißbilligung.

„Was sollen diese ganzen architektonischen Neuerungen?“ fragte David.

„Der neue Spiegel für die Bar? Ein sehr charmantes Geschenk an das Haus.“

„Wir alle haben Charme“, sagte David. „Charme und Störeier. Bitten Sie den Jungen, nach meinen Reifen zu sehen, während ich mir etwas an die Füße tue und eine Mütze suche; sind Sie so freundlich?“

„Monsieur geht gerne barfuß. Ich auch, im Sommer.“

„Dann werden wir mal zusammen barfuß gehen.“

„Monsieur“, sagte sie mit aller Inbrunst.

„Ist Aurol eifersüchtig?“

„Sans blague“, sagte sie. „Ich werde den beiden schönen Damen sagen, daß Sie schwimmen gegangen sind.“

„Lassen Sie Aurol nicht an den Kaviar“, sagte David. „À bientôt, chère Madame.“

„À tout à l'heure, Monsieur.“

Vom Hotel aus führte die schwarz glänzende Straße bergauf durch die Pinien; als er sie in der heißen Sonne hochfuhr, umweht vom Duft der Pinien und einer leichten Brise, die vom Meer herkam, spürte er, wie es ihn in Armen und Schultern zog, während seine Füße kreisend in die Pedale traten. Er krümmte den Rücken, stemmte sich ein wenig nach vorn, und allmählich wurden seine anfangs noch holprigen Bewegungen regelmäßiger, nachdem er die ersten Hundert-Meter-Markierungen, dann den ersten roten Kilometerstein und dann den zweiten passiert hatte. An der Landspitze fiel die Straße ab und führte weiter am Meer entlang; er bremste, stieg ab, hob das Fahrrad auf die Schulter und kletterte damit den Pfad zum Strand hinab. Er lehnte es an eine Pinie, die den Harzgeruch des heißen Tages ausströmte, dann ließ er sich auf die Felsen hinab, zog sich aus, legte Shorts, Hemd und Mütze zusammen und obendrauf seine Espadrilles und sprang von dem Felsen in das tiefe, klare, kalte Wasser. Er tauchte durch das flimmernde Licht wieder nach oben, und als er mit dem Kopf herauskam, schüttelte er sich die Ohren frei und schwamm ins Meer hinaus. Dann ließ er sich auf dem Rücken treiben und beobachtete die ersten weißen Wolken am Himmel, die mit der Brise herankamen.

Schließlich schwamm er zurück in die Bucht, kletterte auf die dunkelroten Felsen, setzte sich in die Sonne und blickte ins Wasser. Er war froh, allein zu sein und seine Arbeit für heute getan zu haben. Dann überfiel ihn wie immer nach der Arbeit die Einsamkeit, und er begann an die Mädchen zu denken und sie zu vermissen – nicht die eine oder die andere, sondern beide zugleich. Er dachte ganz arglos an die beiden, ohne irgendwelche Probleme mit Liebe oder Zuneigung oder Verpflichtung zu wälzen oder über Geschehenes oder Zukünftiges, über gegenwärtige oder zukünftige Schwierigkeiten nachzudenken, sondern er dachte einfach nur, wie sehr er sie vermißte. Er sehnte sich nach ihnen beiden, einzeln und zusammen, und er wollte sie beide haben.

Er saß auf dem Felsen in der Sonne, blickte ins Wasser und wußte, daß es falsch war, sie beide haben zu wollen, aber genau das wollte er. Mit keiner von beiden kann es gutgehen, dachte er, und mit dir auch nicht. Aber fang bloß nicht an, die zu beschuldigen, die du liebst, oder die Schuld zu verteilen. Die wird noch früh genug verteilt werden, und bestimmt nicht von dir.

Er blickte ins Wasser und versuchte, sich über die Situation klarzuwerden, aber es ging nicht. Am schlimmsten war das, was mit Catherine passiert war. Das zweitschlimmste war, daß er sich in das Mädchen verknallt hatte. Er brauchte gar nicht sein Gewissen zu prüfen, um sich zu bestätigen, daß er Catherine liebte und daß es falsch war, zwei Frauen zu lieben, und daß das nicht gut ausgehen konnte. Noch wußte er nicht, wie furchtbar das sein konnte. Er wußte bloß, daß es angefangen hatte. Ihr drei seid jetzt schon ineinander verzahnt wie die drei Gänge an einem Fahrrad, dachte er, und er dachte auch, daß ein Gang bereits ausgerastet oder zumindest schwer beschädigt war. Er tauchte tief in das klare kalte Wasser, wo er niemanden vermißte, kam hoch, schüttelte den Kopf, schwamm noch weiter hinaus, dann kehrte er um und schwamm an den Strand zurück.

Noch naß vom Meer zog er sich an, steckte die Mütze in die Tasche, kletterte mit dem Fahrrad zur Straße hoch, stieg auf und fuhr die Maschine den kleinen Hügel rauf; er spürte das mangelnde Training in seinen Schenkeln, als er, vom gleichmäßigen Tritt seiner Fußballen in die Pedale getragen, die schwarze Straße hinauffuhr, als seien er und das Rennrad ein berädertes Tier. Dann ließ er sich abwärts rollen, die Hände an den Bremsen, schnell durch die Kurven fahrend, die glänzende dunkle Straße runter bis zu der Ausfahrt am rückwärtigen Hof des Hotels, von wo sommerlich blau das Meer durch die Bäume schimmerte.

Die Mädchen waren noch nicht zurück, er ging aufs Zimmer und duschte sich ab, zog ein frisches Hemd und Shorts an und ging in die Bar mit dem schönen neuen Spiegel. Er rief den Jungen und bat ihn, eine Zitrone, ein Messer und etwas Eis zu bringen, und zeigte ihm, wie man einen Tom Collins machte. Dann setzte er sich auf einen Barhocker und sah sich im Spiegel dabei zu, wie er den großen Drink an die Lippen hob. Ich weiß wahrhaftig nicht, ob ich mit dir einen trinken würde, wenn ich dich vor vier Monaten kennengelernt hätte, dachte er. Der Junge brachte ihm den „Éclaireur de Nice", und er vertrieb sich die Warterei mit Lektüre. Er war enttäuscht gewesen, daß die Mädchen noch nicht zurück waren, und er vermißte sie und begann sich Sorgen zu machen.

Als sie dann endlich kamen, wirkte Catherine sehr fröhlich und aufgeregt, das Mädchen zerknirscht und ziemlich schweigsam.

„Hallo, Darling", sagte Catherine. „Ah, sieh dir den Spiegel an. Haben sie ihn doch noch aufgestellt. Wie schön er ist. Allerdings auch furchtbar bedrohlich. Ich geh mal rein und mach mich zum Essen frisch. Tut mir leid, daß wir so spät kommen."

„Wir haben in der Stadt noch einen getrunken", sagte das Mädchen zu David. „Tut mir leid, daß wir dich haben warten lassen."

„*Einen* getrunken?" fragte David.

Das Mädchen hielt zwei Finger hoch. Sie hob das Gesicht, gab ihm einen Kuß und war verschwunden.

David machte sich wieder an die Zeitungslektüre.

Als Catherine herauskam, trug sie eine lange Hose und das dunkelblaue Leinenhemd, das David so gern hatte, und sagte: „Ich hoffe, du bist nicht sauer, Darling. Es war wirklich nicht unsere Schuld. Ich habe Jean getroffen und ihn zu einem Drink mit uns eingeladen; es war sehr nett mit ihm."

„Der Friseur?"

„Jean. Natürlich. Was für einen Jean kenne ich wohl sonst noch in Cannes? Er war ja so nett und hat auch nach dir gefragt. Kann ich einen Martini haben, Darling? Ich hatte erst einen."

„Das Essen wird schon fertig sein."

„Nur einen, Darling. Schließlich sind wir die einzigen, die hier essen."

David machte gemächlich zwei Martinis, und das Mädchen kam herein. Sie trug ein weißes Kammgarnkleid und sah frisch und kühl aus.

„Bekomme ich auch einen, David? Es war ein sehr heißer Tag. Wie war's denn hier?"

„Du hättest hierbleiben und dich um ihn kümmern sollen", sagte Catherine.

„Ich bin schon gut zurechtgekommen", sagte David. „Im Wasser war's sehr schön."

„Was für interessante Adjektive du benutzt", sagte Catherine. „Die machen alles so lebendig."

„Verzeihung", sagte David.

„Noch so ein dandyhafter Ausdruck", sagte Catherine. „Erklär deinem neuen Mädchen, was dandy bedeutet. Ist ein Amerikanismus."

„Ich glaub, ich weiß es", sagte das Mädchen. „Es ist das dritte Wort in ‚Yankee Doodle Dandy'. Sei nicht sauer, bitte, Catherine."

„Ich bin nicht sauer", sagte Catherine. „Aber als du dich vor zwei Tagen an mich rangemacht hast, war das bloß dandy, während du heute, wenn ich mich nur halbwegs so fühlen würde, schon so tun müßtest, als wäre ich eine ich weiß nicht was."

„Tut mir leid, Catherine", sagte das Mädchen.

„Noch so ein leidiges Tut-mir-leid", sagte Catherine. „Als ob ich das bißchen, was ich weiß, nicht von dir gelernt hätte."

„Sollen wir essen?" fragte David. „Es war ein heißer Tag, Teufel, und du siehst geschafft aus."

„Ihr schafft mich auch", sagte Catherine. „Bitte verzeiht mir."

„Da gibt es nichts zu verzeihen", sagte das Mädchen.

„Tut mir leid, wenn ich spießig war. Dazu bin ich nicht hergekommen.“ Sie ging zu Catherine und gab ihr einen ganz leichten und zarten Kuß. „Und jetzt sei lieb“, sagte sie. „Sollen wir essen gehen?“

„Haben wir nicht schon gegessen?“ fragte Catherine.

„Nein, Teufel“, sagte David. „Wir sind gerade dabei, essen zu gehen.“

Als sie das Mittagessen beendet hatten, sagte Catherine, die die ganze Zeit zwar etwas geistesabwesend, sonst aber recht vernünftig gewesen war: „Bitte entschuldigt mich, aber ich glaube, ich sollte mich ein wenig hinlegen.“

„Laß mich mitkommen, ich will dir beim Einschlafen zusehen“, sagte das Mädchen.

„Ich glaube, ich habe einfach zuviel getrunken“, sagte Catherine.

„Ich komme mit und mache auch ein Nickerchen“, sagte David.

„Bitte nein, David. Wenn du willst, komm rein, aber erst wenn ich eingeschlafen bin“, sagte Catherine.

Nach einer halben Stunde kam das Mädchen aus dem Zimmer. „Alles in Ordnung mit ihr“, sagte sie. „Aber wir müssen auf sie aufpassen und gut zu ihr sein und dürfen nur an sie denken.“

Als David ins Zimmer kam, war Catherine wach; er ging rüber und setzte sich aufs Bett.

„Ich bin nicht krank, verdammt“, sagte sie. „Ich habe bloß zuviel getrunken. Ich weiß, tut mir leid, daß ich dich deswegen angelogen habe. Wie konnte ich nur, David?“

„Du hattest es vergessen.“

„Nein. Es war Absicht. Versuchst du’s noch mal mit mir? Ich bin auch kein blödes Weibsstück mehr.“

„Ist ja schon gut.“

„Ich will ja nur, daß du’s noch mal mit mir versuchst.

Ich will dein einzig wahres Mädchen sein, und das bin ich auch. Wie gefällt dir das?“

Er gab ihr einen Kuß.

„Küß mich richtig.“

„Oh“, sagte sie. „Nicht so stürmisch.“

Sie schwammen in der Bucht, in der sie am ersten Tag gewesen waren. David hatte eigentlich vorgehabt, die beiden Mädchen schwimmen zu schicken und dann den alten Isotta nach Cannes zu bringen, um die Bremsen reparieren und die Zündung neu einstellen zu lassen. Aber Catherine hatte ihn gebeten, doch bitte mit ihnen schwimmen zu gehen und die Sache mit dem Wagen auf morgen zu verschieben, und sie machte nach ihrem Mittagsschlaf einen so glücklichen und gesunden und heiteren Eindruck, und auch Marita hatte ganz ernst gesagt: „Bitte, komm doch mit“, so daß er sie zu dem kleinen Parkplatz bei der Bucht gefahren und ihnen dabei unterwegs vorgeführt hatte, wie schlecht die Bremsen funktionierten.

„Mit diesem Wagen kannst du dich umbringen“, erklärte er Marita. „Kriminell, mit so was rumzufahren.“

„Müßte ich mir einen neuen kaufen?“ fragte sie.

„Gott, nein. Laß mich fürs erste nur mal die Bremsen reparieren.“

„Wir brauchen einen größeren Wagen, in dem wir alle gut Platz haben“, sagte Catherine.

„Dies ist ein guter Wagen“, sagte David. „Es muß nur verdammt viel dran gemacht werden. Aber für dich ist er zu groß.“

„Finde heraus, ob sie ihn vernünftig reparieren können“, sagte das Mädchen. „Wenn’s nicht geht, schaffen wir uns die Marke an, die du haben willst.“

Dann bräunten sie sich am Strand, und David sagte träge: „Kommt mit schwimmen.“

„Gieß mir Wasser über den Kopf", sagte Catherine. „Ich habe im Rucksack einen Sandeimer mitgebracht."

„Ah, herrlich", sagte sie. „Holst du mir noch einen? Schütt auch welches über mein Gesicht."

Sie lag auf ihrer weißen Decke in der Sonne auf dem festen Sand, und David und das Mädchen schwammen ins Meer hinaus und um die Felsen am Eingang der Bucht herum. Das Mädchen schwamm voraus, und David holte sie ein. Er packte sie am Fuß, zog sie dicht an sich und küßte sie, während sie wassertraten. Sie fühlte sich schlüpfrig und fremd an im Wasser, und als sie sich eng umschlungen und wassertretend küßten, schien sie genauso groß zu sein wie er. Dann ging ihr Kopf unter, er lehnte sich zurück, und sie kam lachend wieder hoch, schüttelte ihren robbenglatten Kopf, brachte ihre Lippen wieder an seine, und sie küßten sich, bis sie beide untergingen. Sie ließen sich nebeneinander treiben, streichelten sich, küßten sich leidenschaftlich und glücklich und gingen wieder unter.

„Jetzt mach ich mir um nichts mehr Sorgen", sagte sie, als sie wieder auftauchten. „Und du mach dir auch keine mehr."

„Tu ich auch nicht", sagte er, dann schwammen sie zurück.

„Du solltest mal reingehen", sagte er zu Catherine. „Sonst wird dein Kopf zu heiß."

„Gut. Gehen wir rein", sagte sie. „Soll Erbin sich jetzt bräunen. Ich werd sie vorher noch einölen."

„Nicht zuviel", sagte das Mädchen. „Kann ich auch einen Eimer Wasser über den Kopf bekommen?"

„Davon kann dein Kopf auch nicht mehr nasser werden", sagte Catherine.

„Ich will nur wissen, wie sich das anfühlt", sagte das Mädchen.

„Dann wate raus, David, und hol schön kaltes", sagte

Catherine. Und nachdem er Marita das klare, kühle Meerwasser über den Kopf gegossen hatte, ließen sie sie liegen, das Gesicht auf den Armen, und schwammen weit hinaus. Sie ließen sich behaglich treiben, wie Meerestiere, und Catherine sagte: „Wäre es nicht wunderbar, wenn ich nicht verrückt wäre?"

„Du bist nicht verrückt."

„Heute nachmittag nicht", sagte sie. „Bis jetzt jedenfalls. Können wir noch weiter rausschwimmen?"

„Wir sind schon ganz schön weit draußen, Teufel."

„Na schön. Schwimmen wir wieder zurück. Aber das tiefe Wasser hier draußen ist herrlich."

„Willst du mal tauchen, bevor wir zurückschwimmen?"

„Nur einmal", sagte sie. „Hier an dieser tiefen Stelle."

„Tauchen wir so tief, bis wir's gerade noch schaffen, wieder raufzukommen."

16

Als er aufwachte, war es draußen noch kaum hell genug, um die Stämme der Pinien sehen zu können; vorsichtig stieg er aus dem Bett, um Catherine nicht zu wecken, nahm seine Shorts und ging, die Fußsohlen naß vom Tau auf den Steinplatten, an der langen Front des Hotels vorbei zur Tür seines Arbeitszimmers. Als er die Tür aufmachte, spürte er auf der Haut wieder die Meeresluft, die einen schönen Tag versprach.

Die Sonne war noch nicht aufgegangen, als er sich hinsetzte, und er hatte das Gefühl, einiges von der Zeit aufgeholt zu haben, die er in der Story verloren hatte. Aber als er seine sorgfältige, leserliche Handschrift von vorne zu lesen begann und die Worte ihn fort und in das andere Land entführten, büßte er diesen Vorsprung ein und stand wieder vor demselben Problem, und als die

Sonne sich aus dem Meer erhob, war sie für ihn schon längst aufgegangen, und er befand sich mitten auf dem Marsch über die grauen, ausgetrockneten Salzseen, und seine Stiefel waren weiß mit Salz überkrustet. Schwer lastete die Sonne ihm auf Kopf, Nacken und Rücken. Sein Hemd war durchnäßt, und er fühlte den Schweiß über seinen Rücken und zwischen seine Schenkel laufen. Als er aufrecht stehenblieb, langsam atmend Pause machte und sein Hemd ihm locker von den Schultern hing, da spürte er, wie es in der Sonne trocknete, und sah, wie die Salze seines Körpers sich beim Trocknen zu weißen Flecken ausbildeten. Er konnte sich da stehen sehen und wußte, ihm blieb keine Wahl als weiterzugehen.

Um halb elf hatte er die Seen überquert und weit hinter sich gelassen. Inzwischen hatte er das große Feigengehölz an dem Fluß erreicht, wo sie ihr Lager aufschlagen würden. Die Rinde der Bäume war grün und gelb, ihre Zweige waren schwer beladen. Paviane hatten sich über die wilden Feigen hergemacht, der Boden war mit Pavianlosung und angebrochenen Feigen übersät. Es roch nach Fäulnis.

Aber halb elf war es nur auf der Uhr an seinem Handgelenk in dem Zimmer, wo er an seinem Tisch saß und jetzt die Brise vom Meer her spürte; in Wirklichkeit war es Abend und er saß mit einem Glas Whiskey und Wasser am gelbgrauen Fuß eines Baums, die abgefallenen Feigen waren weggekehrt, und er sah den Trägern dabei zu, wie sie das Kongoni ausweideten, das er in der ersten grasbewachsenen Senke, durch die sie vor Erreichen des Flusses gekommen waren, geschossen hatte.

Mit Fleisch sind sie versorgt, und dabei laß ich's, dachte er, dann ist das Lager heute nacht zufrieden, was auch immer später kommen mag. Also verstaute er seine Bleistifte und Schreibhefte im Koffer, schloß ab, ging aus der Tür und über die jetzt warmen und trockenen Steinplatten auf die Terrasse des Hotels.

Das Mädchen saß an einem der Tische und las in einem Buch. Sie trug ein gestreiftes Fischerhemd, einen Tennisrock und Espadrilles, und als sie ihn bemerkte, sah sie auf, und David meinte, sie würde rot werden, aber das schien sie unter Kontrolle zu haben; sie sagte: „Guten Morgen, David. Hast du gut gearbeitet?"

„Ja, Schöne", sagte er.

Da stand sie auf, gab ihm einen Gutenmorgenkuß und sagte: „Das freut mich sehr. Catherine ist nach Cannes gefahren. Sie hat gesagt, ich soll mit dir schwimmen gehen."

„Wollte sie nicht, daß du sie in die Stadt begleitest?"

„Nein. Sie wollte, daß ich hierbleibe. Sie sagte, du seist schrecklich früh aufgestanden, um zu arbeiten, und du könntest dich einsam fühlen, wenn du fertig wärst. Kann ich dir was zum Frühstück bestellen? Du solltest das Frühstück nicht dauernd ausfallen lassen."

Das Mädchen ging in die Küche und kam zurück mit œufs au plat avec jambon, englischem Senf und Savora.

„War's schwierig heute?" fragte sie ihn.

„Nein", sagte er. „Schwierig ist es immer, aber auch leicht. Es ging sehr gut."

„Ich wünschte, ich könnte dir helfen."

„Da kann einem niemand helfen", sagte er.

„Aber bei anderen Sachen kann ich dir doch helfen?"

Er wollte schon sagen, es gebe nichts anderes, aber er hielt sich zurück und sagte: „Das tust du doch die ganze Zeit."

Er wischte mit einem kleinen Stück Brot die Ei- und Senfreste von dem flachen Teller, dann nahm er einen Schluck Tee. „Wie hast du geschlafen?" fragte er.

„Sehr gut", sagte das Mädchen. „Ich hoffe, das ist nicht illoyal."

„Nein. Das ist intelligent."

„Können wir diese Höflichkeitsfloskeln nicht lassen?" fragte das Mädchen. „Alles war so einfach und gut bis jetzt."

„Ja, lassen wir das. Und lassen wir auch diesen Quatsch von wegen ‚Ich kann nicht, David'", sagte er.

„In Ordnung", sagte sie und stand auf. „Wenn du schwimmen gehen willst, ich bin auf meinem Zimmer."

Er stand auf. „Bitte, geh nicht", sagte er. „Ich will auch kein Arschloch mehr sein."

„Meinetwegen bleib eins", sagte sie. „Ach, David, wie konnten wir nur in so was reingeraten? Armer David. Was die Frauen mit dir machen." Sie streichelte seinen Kopf und lächelte ihn an. „Wenn du schwimmen willst, geh ich die Sachen holen."

„Gut", sagte er. „Und ich hole meine Espadrilles."

Sie lagen auf dem Sand, wo David die Stranddecken und Handtücher im Schatten eines roten Felsens ausgebreitet hatte, und das Mädchen sagte: „Geh du zuerst rein, ich komme nach."

Er stützte sich ganz langsam und sachte auf, rollte weg von ihr, watete dann über den Strand hinein und da, wo das Wasser kalt war, tauchte er runter bis auf den Grund. Er kam wieder hoch, schwamm gegen die leichte Brandung hinaus und dann zurück zu der Stelle, wo das Mädchen auf ihn wartete; sie stand bis zur Hüfte im Wasser, ihr schwarzer Kopf war glatt und naß, ihr hellbrauner Körper triefte. Er umschlang sie fest, und die Wellen umspülten sie.

Sie küßten sich, und sie sagte: „Alles von uns wird in den Ozean gespült."

„Wir müssen zurück."

„Tauchen wir noch einmal unter, ohne uns loszulassen."

Zurück im Hotel, war Catherine noch nicht da, und nachdem sie geduscht und sich umgezogen hatten, setzten David und Marita sich mit zwei Martinis an die Bar. Sie betrachteten einander im Spiegel. Sie musterten sich sehr eingehend; dann sah David sie an und fuhr sich dabei mit einem Finger über die Oberlippe, und sie errötete.

„Ich möchte noch mehr solche Sachen haben", sagte sie. „Sachen, die nur uns gehören, damit ich nicht eifersüchtig werde."

„Ich würde nicht zu viele Anker auswerfen", sagte er. „Sonst bringst du noch die Trossen durcheinander."

„Nein. Ich werde schon was finden, was dich an mich fesselt."

„Wie schön praktisch du denkst, Erbin", sagte er.

„Könntest du mir nicht einen anderen Namen geben?"

„Namen zielen aufs Wesentliche", sagte er.

„Dann gib mir erst recht einen anderen", sagte sie. „Oder kommt das für dich gar nicht in Frage?"

„Doch . . . *Haya*."

„Sag das noch einmal, bitte."

„Haya."

„Ist das ein guter Name?"

„Und ob. Ein kleiner Name, nur unter uns beiden. Für keinen anderen bestimmt."

„Was bedeutet Haya?"

„Eine, die errötet. Die Bescheidene."

Er nahm sie fest in den Arm, und sie schmiegte sich an ihn und legte ihren Kopf an seine Schulter.

„Gib mir noch einen Kuß", sagte sie.

Catherine kam in das große Zimmer, sie war zerzaust, aufgeregt und beschwingt von einer vollbrachten Leistung.

„Du *bist* mit ihm schwimmen gegangen", sagte sie. „Ihr

beide seht wirklich prima aus, obwohl noch naß von der Dusche. Laßt mich euch ansehen."

„Laß mich *dich* ansehen", sagte das Mädchen. „Was hast du mit deinem Haar gemacht?"

„Cendre nennt man das", sagte Catherine. „Aschfarben. Gefällt's dir? Mit dieser Tönung experimentiert Jean zur Zeit."

„Sieht gut aus", sagte das Mädchen.

Catherines Haar bildete einen seltsamen und aufregenden Kontrast zu ihrem dunklen Gesicht. Sie nahm Maritas Drink, nippte daran und betrachtete sich im Spiegel. „Habt ihr euch beim Schwimmen schön amüsiert?" fragte sie.

„Das Schwimmen hat Spaß gemacht", sagte das Mädchen. „Wir waren aber nicht so lange wie gestern."

„Dieser Drink ist ja so gut", sagte Catherine. „Was macht deine Martinis besser als alle anderen?"

„Gin", sagte David.

„Mixt du mir bitte auch einen?"

„Du brauchst jetzt keinen, Teufel. Wir essen doch gleich."

„Ich will aber einen", sagte sie. „Nach dem Essen geh ich schlafen. Du mußtest ja nicht die ganze Bleicherei und das alles über dich ergehen lassen. So was macht müde."

„Was für eine Farbe hat dein Haar denn jetzt eigentlich?" fragte David.

„Beinah wie Weiß", sagte sie. „Es wird dir gefallen. Aber so soll's jetzt bleiben, damit wir sehen, wie es hält."

„Was für ein Weiß?" fragte David.

„Ungefähr so wie der Seifenschaum", sagte sie. „Weißt du noch?"

Am Abend hatte Catherine sich gegenüber dem Mittag vollkommen verändert. Sie saß an der Bar, als sie vom

Schwimmen zurückkamen. Das Mädchen war kurz auf ihr Zimmer gegangen, und als David den großen Hauptraum betrat, sagte er: „Was hast du jetzt schon wieder mit dir angestellt, Teufel?"

„Ich habe diesen ganzen Mist rausgewaschen", sagte sie. „Er hat graue Flecken auf dem Kopfkissen gemacht."

Sie sah umwerfend aus, ihre Haarfarbe war ein sehr helles, fast tonloses Silber, wodurch ihr Gesicht noch viel dunkler wirkte als je zuvor.

„Du bist ungeheuer schön", sagte er. „Aber ich wünschte, man hätte dein Haar niemals angerührt."

„Dazu ist es jetzt zu spät. Darf ich dir was anderes erzählen?"

„Sicher."

„Ab morgen werde ich nichts mehr trinken, sondern Spanisch lernen, wieder mit Lesen anfangen und aufhören, nur immer an mich zu denken."

„Mein Gott", sagte David. „Du hattest einen großartigen Tag. Hier, laß mich einen trinken und mich dann schnell umziehen gehen."

„Ich warte hier", sagte Catherine. „Zieh dein dunkelblaues Hemd an, ja? Das zu meinem passende, das ich dir mitgebracht habe."

David ließ sich Zeit beim Duschen und Umziehen; als er zurückkam, saßen die beiden Mädchen zusammen an der Theke, und er wünschte, er könnte sie so malen lassen.

„Ich habe Erbin alles von meinem Neuanfang erzählt", sagte Catherine. „Daß ich mit dem Alten fertig bin und daß ich will, daß du sie liebst und sie heiraten kannst, wenn sie dich haben will."

„In Afrika ließe sich das machen, wenn ich eingetragener Mohammedaner wäre. Dann stehen einem drei Frauen zu."

„Ich glaube, es wäre wirklich viel besser, wenn wir alle

drei verheiratet wären“, sagte Catherine. „Dann könnte uns niemand kritisieren. Willst du ihn wirklich heiraten, Erbin?“

„Ja“, sagte das Mädchen.

„Wie mich das freut“, sagte Catherine. „Alles, worüber ich mir Sorgen gemacht habe, wird dadurch so einfach.“

„Würdest du wirklich?“ fragte David das dunkle Mädchen.

„Ja“, sagte sie. „Frag mich.“

David sah sie an. Sie wirkte sehr ernst und erregt. Er dachte an ihr Gesicht, wie sie mit geschlossenen Augen in der Sonne gelegen hatte, und an ihr schwarzes Haar auf dem Weiß des Badehandtuchs auf dem gelben Sand, als sie endlich miteinander geschlafen hatten. „Ich werde dich fragen“, sagte er. „Aber nicht in irgendeiner verdammten Bar.“

„Das hier ist nicht irgendeine verdammte Bar“, sagte Catherine. „Die Bar gehört uns ganz allein, und den Spiegel haben wir gekauft. Ich wünschte, wir könnten euch noch heute abend verheiraten.“

„Red keinen Scheiß“, sagte David.

„Tu ich ja nicht“, sagte Catherine. „Ich meine das ernst. Wirklich.“

„Willst du einen Drink?“ fragte David.

„Nein“, sagte Catherine. „Erst mal will ich das loswerden. Sieh mich an.“ Das Mädchen blickte zu Boden, David sah Catherine an. „Ich habe den ganzen Nachmittag darüber nachgedacht“, sagte sie. „Ehrlich. Hab ich dir's nicht erzählt, Marita?“

„Ja, doch“, sagte das Mädchen.

David merkte, daß sie es ernst meinte und daß sie irgendeine Abmachung getroffen hatten, von der er nichts wußte.

„Noch bin ich deine Frau“, sagte Catherine. „Davon

gehen wir mal aus. Ich möchte, daß auch Marita deine Frau wird, um mir auszuhelfen, und dann wird sie mich beerben."

„Wieso beerben?"

„Man macht doch Testamente", sagte sie. „Und das hier ist noch wichtiger als ein Testament."

„Und was ist mit dir?" fragte David das Mädchen.

„Ich will, wenn du es willst."

„Gut", sagte er. „Was dagegen, wenn ich einen trinke?"

„Bedien dich nur", sagte Catherine. „Sieh mal, ich will dich nicht kaputtmachen, falls ich verrückt werde und nicht mehr entscheiden kann. Aber einsperren werde ich mich auch nicht lassen. Das habe ich ebenfalls beschlossen. Sie liebt dich, und du liebst sie ein bißchen. Das sehe ich ja. So was wie sie findest du nicht noch einmal, und ich will nicht, daß du zu irgendwelchen Nutten gehst oder einsam bist."

„Na komm, Kopf hoch", sagte David. „Du bist doch völlig in Ordnung."

„Gut, tun wir's also", sagte Catherine. „Wir werden alles ganz genau planen."

17

Die Sonne schien jetzt hell ins Zimmer, es war ein neuer Tag. Du solltest dich an die Arbeit machen, sagte er sich. Rückgängig machen kannst du nichts mehr davon. Nur eine kann das rückgängig machen, und die kann nicht wissen, wie sie aufwachen wird oder ob sie überhaupt da sein wird, wenn sie aufwacht. Wie du dich fühlst, spielt keine Rolle. Mach dich lieber an die Arbeit. Da mußt du Ordnung reinbringen. In dieser anderen Sache schaffst du das doch nicht. Da wird dir nichts helfen. Da hätte dir von Anfang an nichts geholfen.

Als er schließlich wieder in die Story einstieg, stand die Sonne schon ziemlich hoch, und die beiden Mädchen hatte er vergessen. Er hatte sich überlegen müssen, was sein Vater gedacht haben würde, als er an jenem Abend an dem grüngelben Stamm des Feigenbaums saß, in der Hand den Emaillebecher mit Whiskey und Wasser. Sein Vater war so leicht mit allem Unheil fertig geworden, ohne ihm je eine Chance zu geben, so daß es weder Gewicht noch Form oder Würde genug besaß, um irgendwie von Belang zu sein. Er ging mit dem Unheil um wie mit einem alten Freund, dachte David, und wenn das Unheil ihn einmal überfiel, ließ er es seinen Erfolg nicht spüren. Sein Vater war unverwundbar, das war ihm klar, und anders als bei den meisten Leuten, die er kennengelernt hatte, konnte nur der Tod ihn umbringen. Am Ende wußte er, was sein Vater gedacht hatte, und als er es wußte, ließ er nichts davon in die Story einfließen. Er schrieb nur, was sein Vater tat und wie er sich fühlte, und indem er das tat, wurde er zu seinem Vater, und was sein Vater zu Molo sagte, das sagte er selbst. Er schlief auf dem Boden unter dem Baum, wachte auf und hörte den Leoparden husten. Später hörte er den Leoparden nicht mehr im Lager, wußte aber, daß er noch da war, und schlief wieder ein. Der Leopard war hinter dem Fleisch her, und davon war eine Menge da, das war also kein Problem. Als er im Morgengrauen mit seinem Tee in dem angeschlagenen Emaillebecher an der Asche des Lagerfeuers saß, fragte er Molo, ob der Leopard sich Fleisch geholt habe, und Molo sagte: „Ndiyo“, und er sagte: „Wo wir hingehen, gibt's jede Menge. Bring sie auf Trab, damit wir uns an den Aufstieg machen können.“

Sie marschierten den zweiten Tag durch das hochgelegene, parkähnliche Waldland über dem Steilhang, als er schließlich aufhörte; er war zufrieden mit dem Land, dem Tag und der Strecke, die sie zurückgelegt hatten. Er besaß jetzt die Fähigkeit seines Vaters zu vergessen, und fürchtete nichts von dem, was vor ihm lag. Vor ihm lagen ein neuer Tag und eine neue Nacht in diesem unbekannten Hochland, als er jetzt aufhörte, und heute hatte er zwei Tage und eine Nacht gelebt.

Jetzt, da er das Land verlassen hatte, war sein Vater noch immer bei ihm, als er die Tür verschloß und an die Bar in dem großen Zimmer ging.

Er sagte dem Jungen, er wolle kein Frühstück, sondern bloß einen Whiskey mit Perrier und die Morgenzeitung. Es war schon nach zwölf, und eigentlich hatte er den alten Isotta nach Cannes zur Reparatur fahren wollen, aber er wußte, daß die Werkstätten jetzt geschlossen waren, dazu war es zu spät. Statt dessen stand er an der Bar, denn dort hätte er zu dieser Stunde auch seinen Vater getroffen, und da er das Hochland gerade erst verlassen hatte, vermißte er ihn. Der Himmel draußen war so ziemlich der Himmel, den er verlassen hatte. Er war tiefblau, mit weißen Haufenwolken, und er begrüßte die Anwesenheit seines Vaters an der Bar, bis er einmal flüchtig in den Spiegel blickte und sah, daß er allein war. Er hatte seinen Vater nach zwei Dingen fragen wollen. Sein Vater, der sich katastrophaler durchs Leben schlug als jeder andere, den er kannte, war ein wunderbarer Ratgeber. Er destillierte den Rat aus der bitteren Maische all seiner früheren Fehler, versetzte ihn mit dem belebenden Zusatz neuer Fehler, die zu begehen er gerade im Begriff war, und gab ihn mit einer Genauigkeit und Präzision, die von der Autorität eines Mannes zeugte, der auch mit allen bedrohlicheren Aspekten seines Urteils vertraut war und ihm nicht mehr Bedeutung zumaß als dem hübschen Stempel auf dem Ticket eines Transatlantikdampfers.

Er bedauerte, daß sein Vater nicht geblieben war, aber

seinen Rat konnte er deutlich genug hören, und er lächelte. Sein Vater hätte sich genauer ausgedrückt, aber er, David, hatte mit Schreiben aufgehört, weil er müde war, und müde konnte er dem Stil seines Vaters nicht gerecht werden. Das konnte eigentlich niemand, und manchmal konnte es nicht einmal sein Vater selbst. Ihm war jetzt bewußter denn je, warum er diese Story immer wieder aufgeschoben hatte, und er wußte, daß er jetzt, wo er sich davon erholte, nicht darüber nachdenken durfte, wenn er seine Fähigkeit, sie zu schreiben, nicht einbüßen wollte.

Bevor du anfängst, oder in den Pausen, darfst du dir keine Sorgen darüber machen, redete er sich zu. Sei froh, daß du die Story hast, und fang jetzt nicht an, sie zu vermasseln. Wenn du schon keine Achtung vor deinem Lebenswandel haben kannst, dann achte wenigstens deinen Beruf. Zumindest in deinem Beruf kennst du dich aus. Aber die Story konnte einen auch wirklich das Gruseln lehren. Bei Gott, das konnte sie.

Er nippte wieder an seinem Whiskey mit Perrier und sah durch die Tür in den Spätsommertag hinaus. Wie immer beruhigte er sich allmählich, und der Rachenputzer ließ die Dinge in besserem Licht erscheinen. Er fragte sich, wo die Mädchen blieben. Sie waren wieder mal spät dran, und er hoffte, daß es diesmal nichts Schlimmes zu bedeuten hatte. Er war kein tragischer Charakter; daß er seinen Vater hatte und er Schriftsteller war, ließ das nicht zu; und als er den Whiskey mit Perrier austrank, fühlte er sich noch weniger so. Noch nie hatte er einen Morgen erlebt, an dem er nicht glücklich aufgewacht war, bis die Wucht des Tages ihn erfaßt hatte, und er akzeptierte jetzt auch diesen Tag, so wie er all die anderen für sich akzeptiert hatte. Er hatte die Fähigkeit, an sich selbst zu leiden, verloren, jedenfalls meinte er das, und richtig mitnehmen konnte ihn nur noch, was anderen zustieß. Daran glaubte er, natürlich ohne Grund, denn da wußte er noch nicht, wie die eigenen Fähigkeiten sich wandeln konnten, oder wie andere sich wandeln konnten; aber es war ein tröstender Glaube. Er dachte an die beiden Mädchen und wünschte, sie würden endlich auftauchen. Zum Schwimmen vor dem Mittagessen wurde es zu spät, aber er wollte sie sehen. Er dachte an sie beide. Dann ging er in sein und Catherines Zimmer, duschte und rasierte sich. Beim Rasieren hörte er den Wagen vorfahren, und plötzlich hatte er ein ganz leeres Gefühl im Bauch. Dann hörte er ihre Stimmen, hörte sie lachen, er nahm frische Shorts und ein Hemd, zog sich an und ging raus, um zu sehen, wie die Dinge stünden.

Die drei nahmen schweigsam einen Drink und dann ein gutes, aber leichtes Mittagessen zu sich, wozu sie Tavel tranken, und als sie bei Käse und Obst angelangt waren, sagte Catherine: „Soll ich's ihm sagen?"

„Wenn du willst", sagte das Mädchen. Sie nahm ihren Wein und trank ihn halb aus.

„Ich weiß nicht mehr, wie ich's sagen soll", sagte Catherine. „Wir haben zu lange gewartet."

„Erinnerst du dich nicht mehr?" fragte das Mädchen.

„Nein, ich hab's vergessen, dabei war es so gut. Wir hatten alles durchgeplant, und es war wunderbar."

David schenkte sich noch ein Glas Tavel ein.

„Versuch's doch einfach mal mit den Fakten", schlug David vor.

„Die Fakten kenne ich", sagte Catherine. „Die sehen so aus, daß du gestern mit mir Siesta gemacht hast und dann zu Marita ins Zimmer gegangen bist, während du heute gleich dahin gehen kannst. Aber jetzt hab ich's verdorben und wünsch mir nur noch, wir könnten alle zusammen Siesta machen."

„Keine Siesta", hörte David sich sagen.

„Wahrscheinlich“, sagte Catherine. „Also, es tut mir leid, ich hab mich ganz falsch ausgedrückt und mußte einfach sagen, wozu ich gerade Lust hatte.“

Im Zimmer sagte er zu Catherine: „Zum Teufel mit ihr.“

„Nein, David. Sie wollte ja tun, worum ich sie gebeten habe. Vielleicht kann sie es dir erklären.“

„Scheiß auf sie.“

„Na, immerhin hast du sie gefickt“, sagte sie. „Aber darum geht's nicht. Geh und rede mit ihr, David. Und wenn du sie ficken willst, dann fick sie gut für mich.“

„Sei nicht so grob.“

„Du hast angefangen. Ich hab nur zurückgeschlagen. Wie beim Tennis.“

„Na schön“, sagte David. „Was sollte sie mir sagen?“

„Meine Rede“, sagte Catherine. „Die, die ich vergessen habe. Mach nicht so ein ernstes Gesicht, sonst laß ich dich nicht gehen. Du bist ungeheuer attraktiv, wenn du ernst bist. Geh lieber, bevor sie die Rede auch noch vergißt.“

„Ich scheiß auch auf dich.“

„Schön. Jetzt reagierst du schon besser. So unbekümmert hab ich dich gern. Gib mir einen Abschiedskuß. Ich meine einen Gutentagkuß. Du solltest jetzt wirklich gehen, bevor sie die Rede tatsächlich vergißt. Siehst du denn nicht, wie vernünftig und gut ich bin?“

„Du bist weder vernünftig noch gut.“

„Aber du magst mich trotzdem.“

„Sicher.“

„Soll ich dir ein Geheimnis verraten?“

„Ein neues?“

„Ein altes.“

„In Ordnung.“

„Es ist nicht sehr schwer, dich zu verführen, und es macht ungeheuer Spaß, dich zu verführen.“

„Du mußt es ja wissen."

„War ja nur ein Scherz-Geheimnis. Wer wird denn hier verführt? Wir vergnügen uns doch bloß. Und jetzt geh und laß sie meine Rede halten, bevor sie sie auch noch vergißt. Sei ein guter Junge und geh, David."

In dem Zimmer am anderen Ende des Hotels lag David auf dem Bett und sagte: „Was soll eigentlich das Ganze?"

„Es geht bloß um das, was sie gestern abend gesagt hat", sagte das Mädchen. „Sie meint es ernst. Du weißt ja gar nicht, wie ernst sie es meint."

„Hast du ihr erzählt, daß wir miteinander geschlafen haben?"

„Nein."

„Sie wußte es."

„Spielt das eine Rolle?"

„Scheint nicht so."

„Trink ein Glas Wein, David, und entspann dich. Ich bin nicht gleichgültig", sagte sie. „Ich hoffe, du weißt das."

„Ich bin's auch nicht", sagte er.

Dann trafen sich ihre Lippen, und er spürte ihren Körper an seinem und ihre Brüste an seiner Brust und ihre Lippen, die sich auf seinen öffneten, spürte, wie ihr Kopf sich hin und her bewegte, und ihren Atem und den Druck seiner Gürtelschnalle auf seinem Bauch und in seinen Händen.

Sie lagen am Strand, und David beobachtete die Bewegungen der Wolken am Himmel und dachte an gar nichts. Denken war nutzlos, und als er sich hinlegte, hatte er gedacht, wenn er nicht dächte, würde all das, was nicht in Ordnung war, vielleicht verschwinden. Die Mädchen redeten, aber er hörte nicht hin. Er lag und sah in den Septemberhimmel, und als sie verstummt waren, fing er an zu denken, und ohne das Mädchen anzusehen, fragte er: „Was denkst du gerade?“

„Nichts“, sagte sie.

„Frag mich“, sagte Catherine.

„Was du denkst, kann ich mir denken.“

„Kannst du nicht. Ich habe an den Prado gedacht.“

„Warst du da schon mal?“ fragte David das Mädchen.

„Noch nicht“, sagte sie.

„Dann fahren wir hin“, sagte Catherine. „Wann können wir los, David?“

„Jederzeit“, sagte David. „Ich will bloß vorher diese Story zu Ende schreiben.“

„Wirst du hart daran zu arbeiten haben?“

„Bin schon dabei. Härter kann man gar nicht arbeiten.“

„Ich wollte dich ja nicht hetzen.“

„Laß ich mich auch nicht“, sagte er. „Wenn ihr zwei euch hier langweilt, fahrt doch vor, und ich treffe euch dann da.“

„Das will ich auf keinen Fall“, sagte Marita.

„Sei nicht albern“, sagte Catherine. „Er spielt ja bloß den Großzügigen.“

„Nein. Ihr könnt wirklich fahren.“

„Ohne dich würde es keinen Spaß machen“, sagte Catherine. „Das weißt du. Wir zwei in Spanien, das wäre gar nicht lustig.“

„Aber er ist am Arbeiten, Catherine“, sagte Marita.

„In Spanien könnte er auch arbeiten“, sagte Catherine. „Viele spanische Schriftsteller müssen in Spanien gearbeitet haben. Ich wette, ich könnte gut in Spanien schreiben, wenn ich Schriftsteller wäre.“

„Ich kann auch in Spanien schreiben“, sagte David. „Wann sollen wir fahren?“

„Du spinnst, Catherine“, sagte Marita. „Er ist mitten in einer Story.“

„Er schreibt schon seit über sechs Wochen", sagte Catherine. „Warum sollen wir nicht nach Madrid fahren?"

„Ich sagte ja, wir können fahren", sagte David.

„Wag das bloß nicht", sagte das Mädchen zu Catherine. „Wag es bloß nicht, das zu versuchen. Hast du denn überhaupt kein Gewissen?"

„Du bist gerade die Richtige, von Gewissen zu reden", sagte Catherine.

„Bei manchen Sachen habe ich ein Gewissen."

„Wie schön. Freut mich zu hören. Dann versuch jetzt mal höflich zu sein und dich nicht einzumischen, wenn jemand was planen will, was für alle am besten ist."

„Ich geh schwimmen", sagte David.

Das Mädchen stand auf und folgte ihm, und als sie vor der Bucht wassertraten, sagte sie: „Sie ist verrückt."

„Dann mach ihr keine Vorwürfe."

„Aber was wirst du machen?"

„Die Story zu Ende schreiben und eine neue anfangen."

„Und du und ich, was sollen wir tun?"

„Was wir können."

18

Er schrieb die Story in vier Tagen zu Ende. Er hatte den ganzen Druck darin, der sich beim Schreiben in ihm aufgestaut hatte, und die bescheidenere Hälfte seines Wesens fürchtete, sie sei womöglich gar nicht so gut, wie er sich einbildete. Die kühle, nüchterne Hälfte wußte, daß sie sogar noch besser war.

„Wie war's heute?" fragte ihn das Mädchen.

„Ich bin fertig."

„Kann ich sie lesen?"

„Wenn du willst."

„Hast du wirklich nichts dagegen?“

„Sie ist in den beiden Heften im Kofferdeckel.“ Er gab ihr den Schlüssel, dann setzte er sich an die Bar, trank einen Whiskey mit Perrier und las die Morgenzeitung. Sie kam zurück, setzte sich etwas von ihm entfernt auf einen Hocker und las die Story.

Als sie fertig war, fing sie noch einmal von vorn an, und er machte sich einen zweiten Whiskey mit Soda und sah ihr beim Lesen zu. Nachdem sie zum zweitenmal durch war, fragte er: „Gefällt sie dir?“

„Das ist keine Story, die einem gefällt oder nicht gefällt“, sagte sie. „Das ist dein Vater, oder?“

„Sicher.“

„War das die Zeit, wo du aufgehört hast, ihn zu lieben?“

„Nein. Ich habe ihn immer geliebt. Das war, als ich ihn kennengelernt habe.“

„Die Story ist schrecklich und wunderbar zugleich.“

„Freut mich, daß sie dir gefällt“, sagte er.

„Ich bring sie jetzt zurück“, sagte sie. „Ich gehe gern in das Zimmer, wenn die Tür abgeschlossen ist.“

„Na prima“, sagte David.

Als sie vom Strand zurückkamen, trafen sie Catherine im Garten.

„Ihr kommt also auch noch mal?“ sagte sie.

„Ja“, sagte David. „Das Schwimmen war schön. Du hättest mitkommen sollen.“

„Bin ich aber nicht“, sagte sie. „Falls dich das überhaupt interessiert.“

„Wo bist du gewesen?“ fragte David.

„Ich war in Cannes, geschäftlich“, sagte sie. „Ihr kommt reichlich spät zum Mittagessen.“

„Tut mir leid“, sagte David. „Möchtest du noch irgend etwas vor dem Essen?“

„Bitte entschuldige mich, Catherine“, sagte Marita. „Bin sofort zurück.“

„Du trinkst immer noch vor dem Mittagessen?“ fragte Catherine.

„Ja“, sagte David. „Das wird wohl auch nichts ausmachen, wenn man sich körperlich fit hält.“

„In der Bar stand ein leeres Whiskeyglas, als ich reinkam.“

„Ja“, sagte David. „Genaugenommen habe ich sogar zwei Whiskeys getrunken.“

„Genaugenommen“, äffte sie ihn nach. „Was bist du heute so britisch?“

„Bin ich das?“ sagte er. „Britisch komme ich mir gar nicht vor. Eher wie ein bescheuerter Tahitianer.“

„Ich meinte ja auch nicht, daß mir deine Aussprache auf die Nerven geht“, sagte sie, „sondern deine Wortwahl.“

„Verstehe“, sagte er. „Willst ’n Schnaps, bevor die Fressalien angekarrt werden?“

„Du brauchst nicht den Clown zu spielen.“

„Die besten Clowns reden nicht“, sagte er.

„Niemand hat dich beschuldigt, der beste Clown zu sein“, sagte sie. „Ja. Ich hätte gern einen Drink, falls es dir nicht zuviel Arbeit macht.“

Er machte drei Martinis, maß jeden einzeln ab und goß sie in den Krug mit den dicken Eisklumpen, dann rührte er um.

„Für wen ist der dritte?“

„Marita.“

„Deine Buhlin?“

„Meine was?“

„Deine Buhlin.“

„Also hab ich mich nicht verhört“, sagte David. „Ich habe dieses Wort noch nie von jemandem sagen hören und inständig gehofft, es nie im Leben hören zu müssen. Du bist wirklich wunderbar.“

„Das ist ein völlig gebräuchliches Wort."

„Stimmt schon", sagte David. „Aber daß jemand den schieren, nackten Mut besitzt, es im Gespräch zu gebrauchen. Sei bitte jetzt lieb, Teufel. Hättest du nicht sagen können: ‚Deine dunkle Buhlin'?"

Catherine sah weg, als sie ihr Glas hob.

„Und früher fand ich so 'n Geplänkel mal amüsant", sagte sie.

„Willst du . . . ich meine, sollen wir uns nicht mal zusammenreißen?" fragte David.

„Nein", sagte sie. „Da kommt deine, wie auch immer du sie nennst, süß und unschuldig wie immer. Ich muß schon sagen, ich bin froh, daß ich sie vor dir hatte. *Liebe* Marita – sag mal, hat David heute gearbeitet, bevor er zu trinken begann?"

„Hast du, David?" fragte Marita.

„Ich habe eine Story zu Ende geschrieben", sagte David.

„Und ich nehme an, Marita hat sie schon gelesen?"

„Ja, das habe ich."

„Sieh mal, ich habe noch nie eine Story von David gelesen. Ich mische mich nicht ein. Ich habe mich nur bemüht, es ihm ökonomisch möglich zu machen, so gut zu arbeiten, wie er kann."

David nippte an seinem Drink und sah sie an. Sie war dasselbe wunderbar braune und schöne Mädchen wie immer, und das elfenbeinhelle Haar lag ihr wie ein Kopftuch auf der Stirn. Nur ihre Augen hatten sich verändert und ihre Lippen, die Dinge sagten, zu denen sie gar nicht fähig waren.

„Ich fand die Story sehr gut", sagte Marita. „Sie fing so fremdartig an und, wie sagt man, pastorale. Und dann wurde sie auf eine Weise, die ich nicht erklären kann, ganz schrecklich. Ich fand sie magnifique."

„Nun ja . . .", sagte Catherine. „Französisch sprechen

wir alle. Du hättest deinen Gefühlsausbruch auch gleich ganz auf französisch ablassen können."

„Die Story hat mich tief bewegt", sagte Marita.

„Weil David sie geschrieben hat, oder weil sie wirklich erstklassig ist?"

„Beides", sagte das Mädchen.

„Nun", sagte Catherine, „steht dem dann irgendwas entgegen, daß ich diese außerordentliche Story auch mal zu Gesicht bekommen kann? Schließlich habe ich sie finanziert."

„Was hast du?" fragte David.

„Vielleicht nicht direkt. Du hattest ja eintausendfünfhundert Dollar, als du mich geheiratet hast, und dieses Buch mit diesen ganzen verrückten Fliegern verkauft sich doch, nicht? Du sagst mir ja nie, wie gut. Aber ich habe trotzdem eine beträchtliche Summe dazugeschossen, und du mußt zugeben, du lebst, seit du mich geheiratet hast, in besseren Verhältnissen als vorher."

Das Mädchen schwieg, und David sah dem Kellner zu, wie er den Tisch auf der Terrasse deckte. Er sah auf die Uhr. Es war etwa zwanzig Minuten vor der Zeit, zu der sie gewöhnlich zu Mittag aßen.

„Ich würde gern reingehen und mich frischmachen, wenn ich darf", sagte er.

„Laß diese verdammte falsche Höflichkeit", sagte Catherine. „Warum kann ich die Story nicht lesen?"

„Sie ist bloß mit Bleistift geschrieben. Ich habe noch nicht mal eine Abschrift. In dem Zustand wirst du sie nicht lesen wollen."

„Marita hat sie in diesem Zustand gelesen."

„Dann lies sie nach dem Essen."

„Ich will sie jetzt lesen, David."

„Ehrlich, ich würde sie nicht vor dem Essen lesen."

„Ist sie ekelhaft?"

„Die Story spielt vor dem Krieg 1914 in Afrika. In der

Zeit des Maji-Maji-Kriegs. Der Eingeborenenaufstand anno 1905 in Tanganjika."

„Ist mir neu, daß du historische Romane schreibst."

„Laß es lieber sein", sagte David. „Die Story spielt in Afrika, als ich ungefähr acht Jahre alt war."

„Ich will sie lesen."

David war ans andere Ende der Theke gegangen und würfelte mit einem Lederbecher. Das Mädchen saß auf einem Hocker neben Catherine. Er beobachtete sie, wie sie Catherine beim Lesen beobachtete.

„Der Anfang ist sehr gut", sagte sie. „Obwohl deine Handschrift einfach grauenhaft ist. Die Landschaft ist großartig. Der Marsch. Das was Marita fälschlicherweise mit pastorale betitelt hat."

Sie legte das erste Schreibheft hin, und das Mädchen nahm es und hielt es auf seinem Schoß, dabei immer Catherine im Blick behaltend.

Catherine las weiter und sagte jetzt nichts mehr. Sie hatte den zweiten Teil zur Hälfte gelesen. Plötzlich riß sie das Heft auseinander und warf es auf den Boden.

„Das ist gräßlich", sagte sie. „Bestialisch. So einer war also dein Vater."

„Nein", sagte David. „So war nur ein Teil von ihm. Du hast es nicht zu Ende gelesen."

„Nichts wird mich dazu bringen, es zu Ende zu lesen."

„Ich wollte ja sowieso nicht, daß du es liest."

„Nein. Ihr beide habt euch verschworen, mich dazu zu bringen, es zu lesen."

„Gibst du mir den Schlüssel, David, damit ich es einschließen kann?" fragte das Mädchen. Sie hatte die auseinandergerissenen Hälften des Schreibhefts vom Boden aufgehoben. Es war nur längs in zwei Teile gerissen, nicht quer durch. David gab ihr den Schlüssel.

„In diesem Kinderschulheft wirkt es noch gräßlicher“, sagte Catherine. „Du bist ein Ungeheuer.“

„Es war ein sehr merkwürdiger Aufstand“, sagte David.

„Und du bist ein sehr merkwürdiger Mensch, daß du darüber schreibst“, sagte sie.

„Ich habe dich gebeten, die Story nicht zu lesen.“

Jetzt weinte sie. „Ich hasse dich“, sagte sie.

Sie waren in ihrem Zimmer im Bett, und es war spät.

„Sie wird fortgehen, und du wirst mich abholen und einsperren lassen“, sagte Catherine.

„Nein. Das ist nicht wahr.“

„Aber du hast davon gesprochen, daß wir in die Schweiz fahren sollten.“

„Wenn du beunruhigt bist, könnten wir dort einen guten Arzt aufsuchen. Genauso wie wir zum Zahnarzt gehen würden.“

„Nein. Sie würden mich einsperren. Bestimmt. Alles, was wir harmlos finden, nennen die doch verrückt. Da kenn ich mich aus.“

„Die Strecke ist angenehm und schön zu fahren; über Aix und Saint-Rémy und dann ab Lyon die Rhône hoch bis nach Genf. Wir würden ihn konsultieren und uns von ihm beraten lassen, ansonsten wär’s eine reine Vergnügungsfahrt.“

„Ich will aber nicht.“

„Ein sehr guter, intelligenter Arzt . . .“

„Ich will aber nicht. Hörst du schlecht? Ich will nicht. Ich will nicht. Willst du, daß ich schreie?“

„Na schön. Denk jetzt nicht mehr daran. Versuch zu schlafen.“

„Nur wenn ich nicht dahin muß.“

„Wir müssen ja nicht.“

„Dann schlafe ich. Wirst du morgen früh arbeiten?“

„Ja. Könnte ich eigentlich."

„Du wirst gut arbeiten", sagte sie. „Das weiß ich. Gute Nacht, David. Schlaf auch gut."

Er schlief lange nicht ein. Und dann träumte er von Afrika. Es waren schöne Träume, bis einer ihn aus dem Schlaf fahren ließ. Da stand er auf und ging direkt von diesem Traum an die Arbeit. Noch ehe die Sonne aus dem Meer aufgetaucht war, war er schon mitten in der neuen Story, und er sah nicht auf von seinem Platz, um zu sehen, wie rot die Sonne war. In der Story wartete er darauf, daß der Mond aufging, unter seiner Hand sträubte sich das Fell seines Hundes, während er ihn beruhigend streichelte, und sie wachten und lauschten, während der Mond aufging und erste Schatten warf. Sein Arm lag jetzt um den Hals des Hundes, und er spürte, wie er zitterte. Alle Geräusche der Nacht waren verstummt. Sie konnten den Elefanten nicht hören, und David sah ihn erst, als der Hund den Kopf wandte und sich an ihn zu drängen schien. Dann fiel der Schatten des Elefanten über sie, ohne jedes Geräusch ging er an ihnen vorbei, und sie rochen ihn in dem leichten Wind, der vom Berg herabwehte. Er roch kräftig, aber alt und säuerlich, und als er an ihnen vorbei war, sah David seinen linken Stoßzahn, der so lang war, daß er den Boden zu berühren schien. Sie warteten, aber es kamen keine weiteren Elefanten mehr, und dann liefen David und der Hund im Mondlicht los. Der Hund blieb dicht hinter ihm, und als David anhielt, drängte der Hund ihm seine Schnauze in die Kniekehle. David wollte den Bullen unbedingt noch einmal sehen, und am Waldrand hatten sie ihn eingeholt. Er bewegte sich auf den Berg zu, schritt jetzt langsam dem stetigen Nachtwind entgegen. David kam ihm so nahe, daß er ihn wieder den Mond verfinstern sah und seinen säuerlichen Altersgeruch wittern konnte, nur seinen rechten Stoßzahn konnte er auch diesmal nicht sehen. Da er Angst hatte, sich mit dem Hund noch weiter vorzuarbeiten, führte er ihn mit dem Wind ein Stück zurück, ließ ihn sich am Fuß eines Baums setzen und versuchte ihm das begreiflich zu machen. Er dachte, der Hund würde dableiben, und das tat er auch, aber als David sich aufs neue an den riesigen Elefanten heranschlich, spürte er die feuchte Schnauze wieder an seiner Kniekehle.

Die beiden verfolgten den Elefanten, bis er an eine freie Stelle zwischen den Bäumen kam. Da blieb er stehen und bewegte seine riesigen Ohren. Sein massiger Körper war im Schatten, aber sein Kopf mußte vom Mond beschienen sein. David tastete nach hinten, schloß dem Hund sachte mit einer Hand die Schnauze und schlich dann leise und mit angehaltenem Atem nach rechts, hielt sich dabei immer gegen den Nachtwind, den er auf der Wange spürte, und ließ den Wind nicht zwischen sich und den Elefanten kommen, bis er dessen Kopf und die sich langsam bewegenden Ohren sehen konnte. Der rechte Stoßzahn war so dick wie sein Oberschenkel und schwang sich fast bis auf den Boden.

Er zog sich mit dem Hund zurück, den Wind jetzt im Nacken, und sie entfernten sich aus dem Wald und kamen wieder in die offene Parklandschaft. Der Hund war jetzt vor ihm und blieb an der Stelle stehen, wo David die beiden Jagdspeere am Weg hatte liegenlassen, als sie zur Verfolgung des Elefanten aufgebrochen waren. Er schwang sie sich in ihrem Ledergeschirr über die Schulter, und dann, seinen besten Speer, den er die ganze Zeit dabei gehabt hatte, in der Hand, machten sie sich auf den Weg zum Shamba. Der Mond stand jetzt hoch, und er fragte sich, warum aus dem Shamba kein Getrommel zu hören war. Da stimmte etwas nicht, wenn sein Vater da war und niemand die Trommel schlug.

19

Sie lagen auf dem festen Sand in der kleinsten der drei Buchten, wo sie immer hingingen, wenn sie allein waren, und das Mädchen sagte: „In die Schweiz will sie nicht."

„Und nach Madrid sollte sie auch nicht. Spanien ist kein guter Ort zum Durchdrehen."

„Es kommt mir vor, als wären wir unser Leben lang verheiratet und hätten immer nur Probleme gehabt." Sie strich ihm das Haar aus der Stirn und küßte ihn. „Möchtest du jetzt schwimmen?"

„Ja. Springen wir von dem hohen Felsen rein. Von dem ganz hohen."

„Mach du mal", sagte sie. „Ich schwimme raus, und du springst über mich hinweg rein."

„In Ordnung. Aber halt still, wenn ich reinspringe."

„Versuch, möglichst nah ranzukommen."

Sie sah hoch und beobachtete ihn, wie er da oben auf dem Felsen stand, ein brauner Bogen vor dem blauen Himmel. Dann kam er auf sie zu, und hinter ihrer Schulter schoß eine Fontäne aus einem Loch im Wasser. Er wendete unter Wasser, kam vor ihr hoch und schüttelte den Kopf. „Ganz schön knapp", sagte er.

Sie schwammen zur Landspitze und wieder zurück, dann trockneten sie einander am Strand ab und zogen sich an.

„Es hat dir wirklich gefallen, daß ich so nah an dich rangekommen bin?"

„Es war wunderbar."

Er küßte sie, und sie fühlte sich kühl und frisch an vom Schwimmen und schmeckte noch nach Meer.

Catherine kam herein, als sie noch an der Bar saßen. Sie war erschöpft, schweigsam und höflich.

Am Tisch sagte sie: „Ich war in Nizza und bin von da aus über die kleine Corniche bis oberhalb von Villefranche gefahren, und da habe ich einem Schlachtschiff beim Einlaufen zugesehen, und schon war's zu spät."

„Du bist nicht allzu spät gekommen", sagte Marita.

„Aber es war wirklich sehr seltsam", sagte Catherine. „Sämtliche Farben waren viel zu hell. Sogar das Grau war hell. Und die Olivenbäume glitzerten."

„Das macht das Mittagslicht", sagte David.

„Nein. Ich glaube nicht", sagte sie. „Es war nicht sonderlich schön, aber hübsch, als ich anhielt, um das Schiff zu beobachten. Es sah gar nicht groß genug aus, um so einen großen Namen zu haben."

„Iß bitte etwas Steak", sagte David. „Du hast doch kaum was gegessen."

„Tut mir leid", sagte sie. „Schmeckt gut. Ich mag Tournedos."

„Möchtest du lieber was anderes statt des Fleischs?"

„Nein. Ich werde den Salat essen. Meinst du, wir könnten eine Flasche von dem Perrier-Jouët bekommen?"

„Na klar."

„Das war immer so ein guter Wein", sagte sie. „Und wir waren immer so glücklich damit."

Als sie danach auf ihrem Zimmer waren, sagte Catherine: „Mach dir bitte keine Sorgen, David. In letzter Zeit geht's nur plötzlich so viel schneller."

„Was?" fragte er. Er streichelte ihr die Stirn.

„Weiß auch nicht. Heute morgen war ich auf einmal ganz alt, und es war nicht mal die richtige Jahreszeit. Dann wurden die Farben unecht. Ich machte mir Sorgen und wollte, daß jemand sich um dich kümmert."

„Du kümmerst dich wundervoll um alle."

„Ich wollte, aber ich war so müde und es war so wenig Zeit, und ich wußte doch, wie es dich demütigen würde, wenn dir das Geld ausginge und du dir was leihen müßtest, und ich hatte nichts geregelt oder irgendwas unterschrieben und bin halt einfach schlampig gewesen. Außerdem hat mir dein Hund Sorgen gemacht."

„Mein Hund?"

„Ja, dein Hund in Afrika, in der Story. Ich bin in dein Zimmer gegangen, um nachzusehen, ob du was brauchst, und da habe ich die Story gelesen. Während du in dem anderen Zimmer mit Marita gesprochen hast. Ich habe nicht gelauscht. Du hattest deinen Schlüssel in den Shorts gelassen, die du gewechselt hast."

„Ist erst etwa halb fertig", sagte er.

„Sie ist wunderbar", sagte sie. „Aber sie macht mir angst. Der Elefant war so seltsam, und dein Vater auch. Ich habe ihn ja nie gemocht, aber abgesehen von dir, David, gefällt mir der Hund am besten, und ich mach mir solche Sorgen um ihn."

„Es war ein wunderbarer Hund. Du brauchst dir keine Sorgen um ihn zu machen."

„Darf ich lesen, was heute mit ihm in der Story passiert ist?"

„Sicher, wenn du willst. Aber er ist jetzt im Shamba, und du brauchst dich nicht um ihn zu ängstigen."

„Wenn es ihm gut geht, werde ich erst weiterlesen, wenn du wieder zu ihm zurückkommst. Kibo. Ein süßer Name."

„So heißt ein Berg. Der andere Teil heißt Mawenzi."

„Du und Kibo. Ich liebe euch so sehr. Ihr wart einander sehr ähnlich."

„Es geht dir besser, Teufel."

„Kann sein", sagte Catherine. „Hoffentlich. Aber das wird nicht anhalten. Als ich heute morgen gefahren bin, war ich so glücklich, und dann war ich plötzlich alt, so alt, daß mir alles egal war."

„Du bist nicht alt."

„Bin ich doch. Ich bin älter als die alten Kleider meiner Mutter, und deinen Hund werde ich nicht überleben. Nicht mal in einer Story."

20

David war mit dem Schreiben fertig, er fühlte sich leer und ausgehöhlt, nachdem er sich weit über den Punkt hinaus, an dem er hätte aufhören sollen, vorangetrieben hatte. Aber heute machte das nichts, denn dies war die Erschöpfungsphase der Story, und demnach war er, sobald er die Fährte wiederaufgenommen hatte, von der Müdigkeit überfallen worden. Lange Zeit war er frischer und in besserer Verfassung gewesen als die beiden Männer, war ungeduldig gewesen über ihr langsames Spurenlesen und die regelmäßigen Halte, die sein Vater zu jeder vollen Stunde einlegte. Er hätte viel schneller als Juma und sein Vater voraneilen können, doch als er dann müde wurde, zeigten die beiden unvermindert Ausdauer, und um zwölf machten sie nur die üblichen fünf Minuten Pause, und ihm war aufgefallen, daß Juma das Tempo ein wenig angezogen hatte. Vielleicht auch nicht. Vielleicht war es ihm bloß schneller vorgekommen, aber der Dung war jetzt frischer, wenn auch bei Berührung nicht mehr warm. Als sie zum letzten Dunghaufen gekommen waren, gab Juma ihm die Büchse zum Tragen, aber nach einer Stunde sah er ihn an und nahm sie wieder an sich. Sie waren ständig bergauf gezogen, aber jetzt ging die Fährte wieder abwärts, und durch eine Lücke im Wald sah er die zerklüftete Landschaft vor sich liegen.

„Ab hier wird's erst richtig hart, Davey", sagte sein Vater.

An dieser Stelle wurde ihm klar, daß er zum Shamba hätte zurückkehren sollen, nachdem er sie einmal auf die Fährte gesetzt hatte. Juma wußte das schon seit langem. Jetzt wußte es auch sein Vater, und dagegen war nichts zu machen. Wiederum hatte er einen Fehler begangen, und jetzt blieb ihm nichts anderes übrig, als das Schicksal herauszufordern. David betrachtete den großen, flachen, runden Abdruck des Elefantenfußes und sah den niedergetretenen Farn und auch den abgebrochenen Stengel einer Blütenpflanze, der hinter der Bruchstelle schon vertrocknete. Er hob ihn auf und sah nach der Sonne. Juma gab den abgebrochenen Stengel Davids Vater, und der rollte ihn zwischen den Fingern. David bemerkte, daß die weißen Blüten herabhingen und schon zu trocknen begannen. Aber die Blütenblätter waren noch dran und nicht vollständig von der Sonne getrocknet.

„Das wird 'ne haarige Sache", sagte sein Vater. „Gehen wir weiter."

Spät am Nachmittag zogen sie noch immer durch die zerklüftete Landschaft. Er war lange Zeit schläfrig gewesen, und als er die beiden Männer beobachtete, wußte er, daß sein wahrer Feind die Müdigkeit war, und er hielt mit ihrem Tempo mit und versuchte die Schläfrigkeit zu überwinden, die ihn ganz stumpf machte. Die beiden Männer lösten sich stündlich beim Spurenlesen ab, und der, der jeweils gerade hinten ging, sah sich in regelmäßigen Abständen nach ihm um, um zu kontrollieren, ob er noch bei ihnen war. Als sie bei Einbruch der Dunkelheit, wieder im Wald, ein trockenes Lager aufschlugen, schlief er ein, sobald er sich hingesetzt hatte, und erwachte, als Juma, seine Mokassins in der Hand, ihm die nackten Füße nach Blasen abtastete. Sein Vater hatte ihn mit seinem Mantel zugedeckt und saß mit einem Stück kalten gekochtem Fleisch und zwei

Zwiebäcken neben ihm. Er reichte ihm eine Wasserflasche mit kaltem Tee.

„Er muß ja auch fressen, Davey", sagte sein Vater. „Deine Füße sind in gutem Zustand. Genauso gesund wie die von Juma. Hier, iß das langsam, trink etwas Tee und schlaf wieder. Wir haben keinerlei Probleme."

„Tut mir leid, daß ich so müde war."

„Du bist mit Kibo die ganze Nacht unterwegs gewesen. Warum solltest du da nicht müde sein? Du kannst noch ein bißchen Fleisch haben, wenn du willst."

„Ich hab keinen Hunger."

„Gut. Wir haben noch Vorrat für drei Tage. Morgen stoßen wir wieder auf Wasser. Kommen 'ne Menge Bäche aus dem Berg."

„Wo geht er hin?"

„Juma glaubt es zu wissen."

„Ist das nicht schlimm, was wir da machen?"

„Es geht so, Davey."

„Ich schlaf dann mal wieder", hatte David gesagt. „Deinen Mantel brauch ich nicht."

„Juma und ich sind gut versorgt", sagte sein Vater. „Weißt du, mir ist's beim Schlafen immer warm."

David war schon eingeschlafen, noch ehe sein Vater gute Nacht gesagt hatte. Dann wachte er einmal auf, der Mond schien ihm ins Gesicht, und er dachte an den Elefanten, wie er im Wald stand, seine großen Ohren bewegte, den Kopf vom Gewicht seiner Stoßzähne nach unten gezogen. Damals, in dieser Nacht, glaubte David, die innere Leere, mit der er sich an ihn erinnerte, käme daher, daß er vom Hunger aufgewacht sei. Aber das war es nicht, wie er in den nächsten drei Tagen herausfand.

Er hatte versucht, den Elefanten in der Story wieder so lebendig werden zu lassen, wie er und Kibo ihn in jener Nacht, nachdem der Mond aufgegangen war, gesehen hatten. Vielleicht kann ich das, dachte David, vielleicht kann ich das. Aber als er sein Tagewerk wegräumte, aus dem Zimmer ging und die Tür abschloß, sagte er zu sich: Nein, du kannst es nicht. Der Elefant war alt, und wenn dein Vater es nicht getan hätte, hätte jemand anders es getan. Dir bleibt nichts übrig, als zu versuchen, es so zu beschreiben, wie es war. Also mußt du jeden Tag besser schreiben, als du überhaupt kannst, und die Sorgen, die du jetzt hast, dazu benutzen, dir darüber klarzuwerden, wie diese früheren Sorgen entstanden sind. Und du darfst nie die Dinge vergessen, an die du damals geglaubt hast, denn solange du die im Kopf hast, fließen sie auch in das Schreiben mit ein, und du wirst keinen Verrat an ihnen begehen. Das einzige, worin du Fortschritte machst, ist das Schreiben.

Er ging hinter die Theke, holte sich eine Flasche Haig und eine angebrochene kalte Flasche Perrier, mixte sich einen Drink und ging damit in die große Küche zu Madame. Er sagte ihr, er führe nach Cannes und werde zum Mittagessen nicht zurück sein. Sie schimpfte mit ihm, weil er auf leeren Magen Whiskey trinke, und er fragte sie, ob sie irgendwas Kaltes da habe, das er zusammen mit dem Whiskey in den leeren Magen füllen könne. Sie holte ein kaltes Huhn, schnitt es auf, legte es auf einen Teller und machte einen Endiviensalat, und er ging in die Bar, mixte sich noch einen Drink, kam zurück und setzte sich an den Küchentisch.

„Trinken Sie das jetzt nicht, bevor Sie nicht was gegessen haben, Monsieur", sagte Madame.

„Mir tut das gut", erklärte er ihr. „Im Krieg haben wir das im Offizierskasino getrunken wie Wein."

„Ein Wunder, daß Sie nicht alle Säufer geworden sind."

„Wie die Franzosen", sagte er, dann diskutierten sie über die Trinkgewohnheiten der französischen Arbeiterklasse, über die sie sich einig waren, und sie zog ihn damit auf, daß seine Frauen ihn verlassen hätten. Er sagte, er habe sie beide satt, und ob sie jetzt nicht bereit wäre, ihren Platz einzunehmen? Nein, sagte sie, da müsse er schon deutlichere Beweise dafür liefern, daß er ein Mann sei, bevor er eine Frau aus dem Midi erobern könne. Er sagte, er werde nach Cannes fahren, wo er was Anständiges zu essen bekäme, und dann werde er stark wie ein Löwe zurückkommen und sich von den Frauen aus dem Süden verwöhnen lassen. Sie küßten sich herzlich, so wie der Lieblingsgast und die stattliche femme sich küssen, und dann ging David rein, um zu duschen, sich zu rasieren und umzuziehen.

Das Duschen tat ihm gut, auch das Gespräch mit Madame hatte ihn aufgeheitert. Ich möchte mal wissen, was sie sagen würde, wenn sie erst mal richtig Bescheid wüßte, dachte er. Seit dem Krieg hatten sich die Dinge geändert, und Monsieur und Madame besaßen Sinn für Stil und wünschten an der Veränderung teilzuhaben. Wir drei Gäste sind alle des gens très bien. Solange es sich rentiert und ohne Gewalt abgeht, ist nichts Schlimmes daran. Die Russen sind weg, die Briten werden allmählich arm, die Deutschen sind kaputt, und jetzt gibt's diese Mißachtung der überkommenen Regeln, die durchaus die Rettung für die ganze Küste sein könnte. Wir sind Pioniere, wir erschließen die Sommersaison, was noch immer als Wahnsinn betrachtet wird. Er sah sein Gesicht im Spiegel, erst eine Seite war rasiert. Trotzdem, sagte er sich, brauchst du nicht ein solcher Pionier zu sein, daß du dir nicht auch noch die andere Seite rasieren könntest. Und dann bemerkte er mit gründlichem kritischem, Widerwillen das nahezu silbrige Weiß seines Haars.

Er hörte den Bugatti den langgezogenen Hang hochkommen, auf dem Kies wenden und anhalten.

Catherine kam ins Zimmer. Sie trug ein Kopftuch und

eine Sonnenbrille, nahm sie ab und gab David einen Kuß. Er hielt sie fest im Arm und fragte: „Wie geht's dir?"

„Nicht so gut", sagte sie. „Es war zu warm." Sie lächelte ihn an und legte ihre Stirn an seine Schulter. „Ich bin froh, zu Hause zu sein."

Er ging raus, mixte einen Tom Collins und brachte ihn Catherine, die kalt geduscht hatte. Sie nahm das große kalte Glas, trank etwas und drückte es dann auf die glatte dunkle Haut ihres Bauchs. Sie berührte die Spitzen ihrer Brüste mit dem Glas, so daß sie sich aufrichteten, nahm einen langen Schluck und hielt das kalte Glas wieder an ihren Bauch. „Wunderbar", sagte sie.

Er küßte sie, und sie sagte: „Oh, wie hübsch. Ich wußte gar nicht mehr, was das ist. Ich wüßte wirklich nicht, warum ich das aufgeben sollte. Du?"

„Nein."

„Na, ich tu's ja auch nicht", sagte sie. „Ich werde dich nicht voreilig jemand anderem überlassen. Das war eine blöde Idee."

„Zieh dich an und komm mit raus", sagte David.

„Nein. Ich will Spaß mit dir haben wie in alten Zeiten."

„Wie denn?"

„Du weißt schon. Um dich glücklich zu machen."

„Wie glücklich?"

„So."

„Sei vorsichtig", sagte er.

„Bitte."

„Na gut, wenn du willst."

„So wie beim erstenmal in Le Grau-du-Roi?"

„Wenn du willst."

„Ich danke dir für diese Zeit, weil . . ."

„Sprich nicht."

„Genau wie in Le Grau-du-Roi, nur schöner, weil es

Tag ist und wir uns mehr lieben, weil ich weg gewesen bin. Bitte, machen wir's ganz langsam, langsam, langsam . . ."

„Ja, langsam."

„Wirklich?"

„Ja."

„Ganz bestimmt?"

„Ja, wenn du willst."

„Ach, ich will so sehr und du auch und ich schon immer. Bitte, mach langsam, und laß es mich behalten."

„Du hast es ja schon."

„Ja, ich hab es wirklich. Ja, das stimmt. Das stimmt. Bitte, komm jetzt. Bitte, kannst du jetzt . . ."

Sie lagen auf dem Laken, Catherines braunes Bein lag auf seinem, ihre Zehen berührten leise seinen Spann, sie stützte sich auf die Ellbogen, nahm ihren Mund von seinem und sagte: „Freust du dich, mich wiederzuhaben?"

„Du", sagte er. „Du bist zurückgekommen."

„Das hättest du wohl nicht gedacht. Gestern war alles weg, alles war vorbei, und jetzt bin ich wieder da. Bist du glücklich?"

„Ja."

„Weißt du noch, wie ich immer nur braun werden wollte, und jetzt bin ich das braunste weiße Mädchen auf der Welt."

„Und das blondeste. Hell wie Elfenbein. Das muß ich immer denken. Du bist auch glatt wie Elfenbein."

„Ich bin so glücklich, und ich will Spaß mit dir haben wie früher immer. Aber was mir gehört, gehört mir. So wie in letzter Zeit werde ich dich ihr nicht überlassen, ohne selbst was übrigzubehalten. Das ist vorbei."

„Das verstehe ich nicht ganz", sagte David. „Aber du bist jedenfalls wieder in Ordnung, ja?"

„Ganz bestimmt", sagte Catherine. „Ich bin nicht mehr trübsinnig oder krank oder zu bedauern."

„Du bist nett und reizend."

„Alles ist wunderbar und neu. Wir werden uns abwechseln", sagte Catherine. „Heute und morgen gehörst du mir. Und die zwei Tage danach gehörst du Marita. Mein Gott, hab ich Hunger. Seit einer Woche das erste Mal, daß ich Hunger habe."

Als David und Catherine am späten Nachmittag vom Schwimmen zurück waren, fuhren sie nach Cannes, um die Pariser Zeitungen zu kaufen, dann setzten sie sich ins Café und lasen und unterhielten sich, bevor sie nach Hause fuhren. Nachdem David sich umgezogen hatte, traf er Marita beim Lesen an der Bar. Er erkannte das Buch als sein eigenes. Das, was sie noch nicht gelesen hatte.

„Na, war's schön beim Schwimmen?" fragte sie.

„Ja. Wir sind weit rausgeschwommen."

„Bist du von den hohen Felsen gesprungen?"

„Nein."

„Das freut mich", sagte sie. „Wie geht's Catherine?"

„Schon besser."

„Ja. Sie ist sehr intelligent."

„Und du? Geht's dir auch gut?"

„Prima. Ich lese dieses Buch."

„Wie gefällt's dir?"

„Das kann ich dir erst übermorgen sagen. Ich lese sehr langsam, um mehr davon zu haben."

„Etwa wegen der Abmachung?"

„Kann sein. Aber ich an deiner Stelle würde mir weder Sorgen um das Buch noch um meine Gefühle zu dir machen. Daran hat sich nichts geändert."

„Na, schön", sagte David. „Aber heute vormittag habe ich dich sehr vermißt."

„Übermorgen", sagte sie. „Kopf hoch."

Der nächste Tag in der Story war ganz schlimm, denn schon lange vor Mittag war ihm klar, daß der Unterschied zwischen einem Jungen und Männern nicht bloß im Bedürfnis nach Schlaf bestand. Die ersten drei Stunden war er frischer als sie, und er bat Juma, die .303-Büchse tragen zu dürfen, aber Juma schüttelte nur ohne zu lächeln den Kopf; dabei war er immer Davids bester Freund gewesen und hatte ihm das Jagen beigebracht. Gestern hat er sie mir gegeben, dachte David, und heute bin ich viel besser in Form als gestern. Das stimmte auch, aber um zehn Uhr wußte er, daß dieser Tag noch schlimmer werden würde als der Tag zuvor. Zu denken, er könne mit seinem Vater eine Fährte verfolgen, war genauso dumm wie zu denken, daß er mit ihm kämpfen könnte. Außerdem merkte er, daß es nicht nur daran lag, daß sie Männer waren. Sie waren Berufsjäger, und jetzt wußte er, daß Juma aus ebendiesem Grund nicht einmal ein Lächeln verschwendete. Sie wußten alles, was der Elefant getan hatte, zeigten sich wortlos die Indizien, und wenn die Verfolgung der Spur schwierig wurde, verließ sein Vater sich immer auf Juma. Als sie an einem Bach haltmachten, um die Wasserflaschen aufzufüllen, sagte sein Vater: „Durchhalten, Davey, nur noch diesen Tag." Als sie dann endlich die zerklüftete Gegend hinter sich hatten und wieder zum Wald hin anstiegen, bog die Fährte des Elefanten nach rechts auf einen alten Elefantenweg ab. Er sah seinen Vater und Juma reden, und als er sie einholte, spähte Juma zurück über den Weg, den sie gekommen waren, und wandte dann seinen Blick einer fernen Felseninsel in dem trockenen Land zu; daran und an den Gipfeln von drei weit entfernten blauen Hügeln am Horizont schien er sich zu orientieren.

„Juma weiß jetzt, wo er hingeht", erklärte sein Vater. „Er glaubte es schon früher zu wissen, aber dann hat er es sich auf einmal anders überlegt." Er blickte zurück über das Land, durch das sie den ganzen Tag gezogen waren. „Da, wo er jetzt hin will, geht sich's gut, auch wenn wir klettern müssen."

Sie waren bis zum Einbruch der Dunkelheit aufgestiegen und schlugen dann wieder ein trockenes Lager auf. David hatte mit seiner Steinschleuder zwei Feldhühner erlegt, die ihnen kurz vor Sonnenuntergang in einer kleinen Schar über den Weg gelaufen waren. Die Vögel hatten sich auf den alten Elefantenweg begeben, um ein Staubbad zu nehmen, sie liefen in einer ordentlichen Reihe schnurgeradeaus, und als der Stein einem das Rückgrat zerschmetterte und der Vogel auffuhr und wie wild mit den Flügeln flatterte, stieß ein anderer Vogel vor und hackte nach ihm, und David legte noch einen Stein ein, spannte und jagte ihn dem zweiten Vogel in die Rippen. Als er hinlief, um ihn zu pakken, schwirrten die anderen Vögel davon. Juma hatte sich umgeschaut, und diesmal lächelte er, und David hob die beiden warmen, fetten und glatt gefiederten Vögel auf und schlug ihre Köpfe gegen den Griff seines Jagdmessers.

Als sie ihr Nachtlager aufgeschlagen hatten, sagte sein Vater: „So weit oben habe ich diese Art von Frankolin-Hühnern noch nie gesehen. Das war prima, wie du gleich zwei davon erwischt hast."

Juma spießte die Vögel auf einen Stecken und briet sie über der Glut eines sehr kleinen Feuers. Sein Vater trank Whiskey mit Wasser aus der Verschlußkappe seiner Flasche, während sie dalagen und Juma beim Braten zusahen. Dann gab Juma jedem von ihnen eine Brust, in der noch das Herz steckte, und aß selbst Hälse, Rücken und Keulen.

„Das macht schon was aus, Davey", sagte sein Vater. „Mit unseren Rationen sind wir jetzt gut dran."

„Wie weit sind wir hinter ihm?" fragte David.

„Wir sind ihm ziemlich nah", sagte sein Vater. „Alles hängt davon ab, ob er weiterzieht, wenn der Mond aufgeht. Heute nacht geht er eine Stunde später auf als gestern, und zwei Stunden später als in der Nacht, wo du ihn entdeckt hast."

„Wieso weiß Juma, wo er hingeht?"

„Er hat ihn mal unweit von hier verwundet und seinen askari getötet."

„Wann?"

„Vor fünf Jahren, sagt er. Das kann jederzeit gewesen sein. Als du noch ein toto warst, sagt er."

„Und seitdem ist er allein?"

„Das behauptet er. Gesehen hat er ihn nicht. Nur von ihm gehört."

„Was sagt er denn, wie groß er ist?"

„Knapp zweihundert. Größer als alle, die ich je gesehen habe. Er sagt, es hätte nur einmal einen größeren Elefanten gegeben, und der sei auch hier aus der Gegend gekommen."

„Ich leg mich schlafen", sagte David. „Hoffentlich bin ich morgen besser."

„Du warst großartig heute", sagte sein Vater. „Ich war sehr stolz auf dich. Juma übrigens auch."

In der Nacht, als er nach Aufgang des Mondes aufwachte, war er davon überzeugt, daß sie nicht stolz auf ihn waren, von seiner Geschicklichkeit beim Töten der beiden Vögel vielleicht einmal abgesehen. Er hatte den Elefanten damals in der Nacht entdeckt und war ihm gefolgt, um zu sehen, ob er seine beiden Stoßzähne noch besitze, dann war er umgekehrt, um die beiden Männer auf seine Spur zu setzen. Darauf waren sie stolz, das wußte David. Aber seitdem die tödliche Verfolgungsjagd begonnen hatte, gefährdete er ihren Erfolg, war für sie nutzlos, genau wie Kibo es für ihn gewesen war, als er sich in der Nacht nahe an den Elefanten herangeschlichen hatte, und ihm war klar, daß die beiden sich dafür verwünschten, daß sie ihn nicht zurückgeschickt hatten, als noch Zeit dazu gewesen war. Die Stoßzähne des Elefanten wogen je zweihundert Pfund. Seitdem sie über das normale Maß hinausgewachsen waren, hatte man den Elefanten gejagt, um sie zu bekommen, und jetzt würden sie drei ihn töten. David wußte, daß sie ihn jetzt töten würden, da er, David, den Tag durchgestanden und nicht schlappgemacht hatte, nachdem das Tempo ihn gegen Mittag umzubringen drohte. Wahrscheinlich war es das, worauf sie stolz waren. Aber er hatte sich bei der Jagd kein bißchen nützlich gemacht, und ohne ihn wären sie wesentlich besser dran gewesen. Im Verlauf des Tages hatte er mehrmals gewünscht, den Elefanten nie verraten zu haben, und am Nachmittag, so fiel ihm ein, hatte er gewünscht, ihn nie gesehen zu haben. Jetzt, wach im Mondlicht liegend, wußte er, daß dies die Unwahrheit war.

Den ganzen Vormittag hatte er sich während des Schreibens bemüht, sich seine Gefühle und die Ereignisse jenes Tages genau ins Gedächtnis zu rufen. Am schwierigsten war es, seine Gefühle von damals genau wiederzugeben, ohne etwas von seinen späteren Empfindungen darauf abfärben zu lassen. Die Schilderung der landschaftlichen Einzelheiten war ihm scharf und deutlich gelungen, ebenso der Vormittag bis zu den durch seine Erschöpfung hervorgerufenen perspektivischen Verkürzungen und Verlängerungen. Das Schwierigste war das, was er für den Elefanten empfunden hatte, und er wußte, daß er das jetzt erst einmal liegen lassen und später noch einmal darangehen mußte, wenn er sicherstellen wollte, daß es genau das wiedergab, was er an jenem Tag, und nicht später, empfunden hatte. Dieses Gefühl hatte schon teilweise Gestalt angenommen, doch war er zu erschöpft gewesen, um sich genau daran zu erinnern.

Mit diesem Problem beschäftigt und noch in der Story lebend, verschloß er seinen Koffer und ging aus dem Zimmer und über den Plattenweg zur Terrasse, wo Marita mit dem Rücken zu ihm auf einem Stuhl unter einer Pinie saß. Sie las, und da er barfuß war, hörte sie ihn nicht kommen. David betrachtete sie und freute sich, sie zu sehen. Dann fiel ihm die absurde Abmachung wieder ein, er wandte sich zum Hotel und lief zu seinem und Catherines Zimmer. Sie war nicht da, und er ging, Afrika noch immer als vollkommen real und seine tatsächliche Umgebung als unwirklich und unecht empfindend, auf die Terrasse, um mit Marita zu sprechen.

„Guten Morgen“, sagte er. „Hast du Catherine gesehen?“

„Sie ist irgendwo hingefahren“, sagte das Mädchen. „Ich soll dir ausrichten, daß sie zurückkommt.“

Plötzlich war es überhaupt nicht mehr unwirklich.

„Du weißt nicht, wo sie hingefahren ist?“

„Nein“, sagte das Mädchen. „Sie ist mit dem Fahrrad weg.“

„Mein Gott“, sagte David. „Seit wir den Bug gekauft haben, ist sie nicht mehr radgefahren.“

„Das hat sie auch gesagt. Sie fängt wieder damit an. Warst du erfolgreich heute morgen?“

„Ich weiß nicht. Morgen werd ich's wissen.“

„Frühstückst du noch?“

„Ich weiß nicht. Es ist schon spät.“

„Bitte, tu's doch.“

„Ich geh rein und wasch mich“, sagte er.

Er hatte geduscht und rasierte sich gerade, als Catherine hereinkam. Sie trug eins der alten Hemden aus Le

Grau-du-Roi und eine Leinenhose, die unterhalb der Knie abgeschnitten war; sie war erhitzt und ihr Hemd war naß bis auf die Haut.

„Es war herrlich“, sagte sie. „Aber ich hatte vergessen, wie das beim Bergauffahren in den Schenkeln zieht.“

„Bist du sehr weit gefahren, Teufel?“

„Sechs Kilometer“, sagte sie. „Nicht der Rede wert, aber ich hatte die Steigungen vergessen.“

„Zur Zeit ist es zu warm zum Fahren, es sei denn ganz früh am Morgen“, sagte David. „Aber es freut mich, daß du wieder angefangen hast.“

Sie stand jetzt unter der Dusche, und als sie herauskam, sagte sie: „Jetzt sieh mal, wie braun wir zusammen sind. Genau, wie wir es geplant haben.“

„Du bist dunkler.“

„Nicht viel. Du bist auch furchtbar braun. Sieh uns beide an.“

Sie betrachteten sich, wie sie dicht aneinander vor dem großen Spiegel an der Tür standen.

„Oh, du magst uns“, sagte sie. „Das ist schön. Ich auch. Faß mal hier an, dann merkst du's.“

Sie stand kerzengerade, und er legte seine Hand auf ihre Brüste.

„Ich werde eins meiner engen Hemden anziehen, damit du immer sehen kannst, was ich gerade denke“, sagte sie. „Ist es nicht komisch, daß unsere Haare überhaupt keine Farbe haben, wenn sie naß sind? Sie sind bleich wie Tang.“

Sie nahm einen Kamm und kämmte sich das Haar glatt zurück, so daß es aussah, als sei sie soeben aus dem Meer gestiegen.

„Ich werde es jetzt wieder so tragen“, sagte sie. „Wie im Frühling in Le Grau-du-Roi und hier.“

„Ich mag's, wenn es dir in die Stirn fällt.“

„Ich hab es satt. Aber wenn du willst, kann ich's ja ma-

chen. Meinst du, wir könnten in die Stadt fahren und im Café frühstücken?"
„Hast du noch nicht gefrühstückt?"
„Ich wollte auf dich warten."
„In Ordnung", sagte er. „Fahren wir frühstücken. Ich habe auch Hunger."
Sie frühstückten ausgezeichnet, café au lait, brioche und Erdbeermarmelade, dazu œufs au plat avec jambon, und als sie fertig waren, sagte Catherine: „Begleitest du mich zu Jean, bitte? Heute sind meine Haare mal wieder mit Waschen dran, und schneiden lassen werde ich sie mir."
„Ich warte hier auf dich."
„Bitte, komm doch mit. Du warst doch schon einmal mit, und das hat auch niemand geschadet."
„Nein, Teufel. Einmal hab ich's gemacht, und dabei bleibt es auch. So wie beim Tätowieren oder dergleichen. Bitte nicht darum."
„Es hat nur für mich was zu sagen, sonst nichts. Ich möchte doch nur, daß wir beide gleich aussehen."
„Das ist unmöglich."
„Nicht, wenn du mitmachen würdest."
„Ich will wirklich nicht."
„Auch nicht, wenn ich sage, daß ich mir nichts anderes wünsche?"
„Warum kannst du dir nicht was Vernünftiges wünschen?"
„Tu ich ja. Aber ich will, daß wir beide gleich aussehen; du siehst mir ja sowieso schon ziemlich ähnlich, und es wäre ganz einfach. Das Meer hat schon kräftig vorgearbeitet."
„Dann soll das Meer auch weitermachen."
„Ich will's aber heute."
„Und dann bist du glücklich, nehm ich an."
„Ich bin jetzt glücklich, weil du es nämlich tun wirst,

und ich werde glücklich bleiben. Du magst, wie ich aussehe. Das weißt du genau. Sieh es mal von der Seite."

„Es ist albern."

„Nein, ist es nicht. Nicht, wenn du es tust, um mir eine Freude zu machen."

„Wie schlecht wird's dir gehen, wenn ich's nicht mache?"

„Keine Ahnung. Aber sehr."

„Also gut", sagte er. „Dir liegt wirklich so viel daran?"

„Ja", sagte sie. „Oh, danke. Diesmal wird's nicht so lange dauern. Ich habe Jean gesagt, daß wir kommen, und er hält für uns den Laden auf."

„Bist du immer so zuversichtlich, daß ich so was mitmache?"

„Ich wußte, daß du es tun würdest, wenn du wüßtest, wieviel mir daran liegt."

„Ich wollte es ganz und gar nicht. Du hättest es nicht verlangen sollen."

„Mach dir nichts daraus. Es ist nichts, hinterher lachst du darüber. Wegen Marita mach dir keine Sorgen."

„Was ist mit ihr?"

„Sie hat gesagt, wenn du es nicht für mich tätest, würde sie dich bitten, es für sie zu tun."

„Erzähl doch keine Geschichten."

„Nein. Das hat sie heute morgen gesagt."

„Ich wünschte, du könntest dich sehen", sagte Catherine.

„Ich bin froh, daß ich das nicht kann."

„Du hättest in den Spiegel sehen sollen."

„Ich konnte nicht."

„Dann sieh einfach mich an. Genauso siehst du auch aus, und jetzt kannst du nichts mehr daran ändern. Genau wie ich siehst du aus."

„Wir hätten das wirklich nicht tun sollen", sagte David. „Ich kann doch nicht so aussehen wie du."

„Aber wir haben's getan", sagte Catherine. „Und du siehst so aus. Also fang besser an, Gefallen daran zu finden."

„Wir können das nicht getan haben, Teufel."

„Haben wir aber. Das wußtest du auch. Du wolltest bloß nicht hinsehen. Und jetzt sind wir verdammt. Ich war's schon, und jetzt bist du's auch. Schau mich an und sieh, wie sehr es dir gefällt."

David sah in ihre Augen, die er liebte, sah ihr dunkles Gesicht und die unglaublich matte Elfenbeinfarbe ihres Haars, sah, wie glücklich sie war, und langsam dämmerte ihm, was für einer ungeheuer dummen Sache er da zugestimmt hatte.

22

An diesem Morgen glaubte er nicht, an der Story weiterschreiben zu können, und lange Zeit konnte er es auch nicht. Aber er wußte, er mußte es tun, und schließlich fing er an, und sie folgten der Fährte des Elefanten auf einem alten Elefantenweg, der eine richtige, fest ausgetretene Straße durch den Wald war. Es hatte den Anschein, als seien Elefanten seit den Zeiten, da die Lava vom Berg abgekühlt und der erste hohe, dichte Wald herangewachsen war, hier entlanggezogen. Juma war sehr zuversichtlich, und sie bewegten sich rasch vorwärts. Sowohl sein Vater als auch Juma schienen sich ihrer Sache sehr sicher zu sein, und auf dem Elefantenweg ging es sich so bequem, daß Juma ihm die .303 zum Tragen gab, während sie durch das gebrochene Licht des Waldes voranschritten. Dann verlor sich die Spur in den frischen, dampfenden Dunghaufen und flachen runden Fußabdrücken einer Elefantenherde, die von links aus dem dichten Wald auf den Elefantenweg gekommen war. Juma hatte David wütend die .303 abgenommen.

Erst am Nachmittag hatten sie die Herde eingeholt und umgangen, durch die Bäume waren ihre massigen grauen Körper zu sehen gewesen, die Bewegungen ihrer großen Ohren und das Auf- und Einrollen ihrer tastenden Rüssel; Knacken von Ästen, Krachen umgestoßener Bäume, das Rumpeln in den Bäuchen der Elefanten und das dumpfe Aufklatschen von Dung.

Schließlich hatten sie die Spur des alten Bullen wiedergefunden, und als sie auf einen schmaleren Elefantenweg abbog, hatte Juma Davids Vater angesehen und grinsend seine abgefeilten Zähne entblößt, und sein Vater hatte mit dem Kopf genickt. Sie sahen aus, als ob sie ein schmutziges Geheimnis teilten, genau wie in jener Nacht, als er sie im Shamba aufgesucht hatte.

Es dauerte nicht mehr sehr lange, bis sie auf das Geheimnis stießen. Es befand sich rechts von ihnen im Wald, und die Spuren des alten Bullen führten sie hin. Es war ein Schädel, so groß, daß er David bis an die Brust reichte, von Sonne und Regen gebleicht. In der Stirn war eine tiefe Delle, und von den Knochen zwischen den kahlen weißen Augenhöhlen gingen Risse aus, die sich zu leeren, zackigen Löchern erweiterten, wo die Stoßzähne abgehackt worden waren. Juma zeigte auf die Stelle, wo der große Elefant, den sie verfolgten, gestanden und den Schädel angesehen hatte, wo er ihn mit seinem Rüssel ein Stück von seinem alten Ruheplatz weggeschoben hatte und wo daneben die Spitzen seiner Stoßzähne den Boden berührt hatten. Er zeigte David das einzelne Loch in der tiefen Delle in dem weißen Stirnknochen, und dann die vier nah beieinander liegenden Löcher im Knochen um den Gehöreingang. Er grinste David und seinen Vater an, nahm eine .303-Patrone aus seiner Tasche und steckte ihre Spitze in das Loch im Stirnknochen; sie paßte genau.

„Hier hat Juma den großen Bullen verwundet", sagte

sein Vater. „Und das da war sein askari. Eigentlich sein Freund, denn auch der war ein großer Bulle. Er griff an, Juma streckte ihn nieder und tötete ihn durch einen Schuß ins Ohr."

Juma wies auf die verstreuten Knochen und zeigte, wie der große Bulle um sie herumgegangen war. Juma und Davids Vater freuten sich beide sehr über ihren Fund.

„Was meinst du, wie lange er und sein Freund zusammen gewesen sind?" fragte David seinen Vater.

„Ich habe nicht die leiseste Ahnung", sagte sein Vater. „Frag Juma."

„Frag du ihn bitte."

Sein Vater sprach mit Juma, und Juma hatte David angesehen und gelacht.

„Vermutlich vier- oder fünfmal so lang, wie du lebst, sagt er", berichtete ihm sein Vater. „Er weiß es nicht, und es ist ihm auch egal."

Mir ist es nicht egal, dachte David. Ich habe ihn im Mondlicht gesehen, und er hatte niemanden, während ich Kibo hatte. Und Kibo hat mich. Der Bulle hat keinem was getan, und jetzt haben wir ihn bis zu der Stelle verfolgt, wo er seinen toten Freund besucht hat, und jetzt werden wir ihn töten. Das ist meine Schuld. Ich habe ihn verraten.

Inzwischen hatte Juma die Fährte wiedergefunden, er gab seinem Vater ein Zeichen, und sie zogen weiter.

Mein Vater hat es gar nicht nötig, Elefanten zu töten, dachte David. Juma hätte ihn nicht gefunden, wenn ich ihn nicht gesehen hätte. Er hat ihn früher schon einmal vor sich gehabt, und da hat er ihn bloß verwundet und seinen Freund getötet. Kibo und ich haben ihn entdeckt, und ich hätte es ihnen nie erzählen, sondern für mich allein behalten und geheimhalten sollen, ich hätte sie mit ihren bibis in dem Bier-Shamba weitersaufen lassen sollen. Ab jetzt werde ich alles für mich behalten. Nie mehr werde ich denen was erzählen. Wenn sie ihn töten, wird Juma seinen Anteil an dem Elfenbein vertrinken oder sich noch eine gottverdammte Frau dazukaufen. Warum hast du dem Elefanten nicht geholfen, solange du es noch konntest? Du hättest bloß am zweiten Tag nicht mehr weiterzugehen brauchen. Du hättest es ihnen nie sagen dürfen. Nie, nie hättest du das tun dürfen. Versuch dir das einzuhämmern. Nie wirst du irgendwem irgendwas erzählen. Nie mehr wirst du irgendwem irgendwas erzählen.

Sein Vater wartete, bis er zu ihm aufgeschlossen hatte, und sagte sehr freundlich: „Hier hat er sich ausgeruht. Er wandert nicht mehr wie vor kurzem noch. Wir können jetzt jederzeit auf ihn stoßen."

„Scheiß-Elefantenjagd", hatte David ganz ruhig gesagt.

„Wie bitte?" fragte sein Vater.

„Scheiß-Elefantenjagd", sagte David leise.

„Paß auf, daß du keinen Mist machst", hatte sein Vater gesagt und ihn unmißverständlich angesehen.

Das ist das eine, hatte David gedacht. Dumm ist er nicht. Jetzt weiß er genau Bescheid und wird mir nie mehr vertrauen. Das ist gut. Das soll er auch nicht, denn ich werde weder ihm noch sonstwem jemals mehr irgendwas erzählen, nie mehr. Niemals mehr, nie.

Hier machte er an diesem Vormittag Schluß mit der Jagd. Er wußte, daß er das noch nicht richtig hinbekommen hatte. Es fehlte die Riesenhaftigkeit des Schädels, als sie im Wald darauf gestoßen waren, es fehlten die Gänge im Erdreich darunter, die von Käfern stammten und die wie verlassene Stollen oder Katakomben freigelegt worden waren, als der Elefant den Schädel verschoben hatte. Es fehlte die enorme Größe der gebleichten Knochen und die Beschreibung der Spuren, die der Elefant am Schauplatz der tödlichen Schüsse hinterlassen hatte, es fehlte, wie er diesen Spuren nachgegangen war, und dabei den Elefanten und das, was der Elefant gesehen hatte, gewissermaßen hatte sehen können. Es fehlte die Breite dieses Elefantenwegs, der eine regelrechte Straße durch den Wald gewesen war, es fehlten die blankpolierten Bäume, an denen sich die Elefanten scheuerten, und die Kreuzungen mit anderen Wegen, die insgesamt so etwas wie einen Plan der Métro von Paris bildeten. Es fehlte eine Schilderung des Lichts im Wald, wo die Bäume sich mit ihren Wipfeln berührten, und gewisse Dinge hatte er nicht deutlich gemacht, die so dargestellt werden mußten, wie sie damals waren, und nicht so, wie er sich jetzt an sie erinnerte. Die Entfernungen spielten keine Rolle, da Entfernungen sich immer ändern, und so, wie man sie in Erinnerung hat, so waren sie auch. Während der Wandel seiner Gefühle für Juma und seinen Vater und den Elefanten noch durch die Erschöpfung, die ihn hervorgerufen hatte, kompliziert wurde. Die Müdigkeit hatte den Anstoß zum Begreifen gegeben. Er hatte angefangen zu begreifen, das wurde ihm beim Schreiben klar. Aber das furchtbare, echte Begreifen kam erst noch, und er durfte es nicht durch willkürliche rhetorische Bemerkungen vorwegnehmen, sondern mußte sich die tatsächlichen Begebenheiten, die es bewirkt hatten, ins Gedächtnis zurückrufen. Morgen würde er das alles richtigstellen und dann weitermachen.

Er packte die Manuskripthefte in den Koffer, verschloß ihn, trat aus seinem Zimmer und ging an der Front des Hotels entlang zu Marita, die lesend auf der Terrasse saß.

„Möchtest du frühstücken?“ fragte sie.

„Ich könnte einen Drink vertragen.“

„Nehmen wir einen an der Bar“, sagte sie. „Da ist es kühler.“

Sie gingen rein und setzten sich, David schenkte sich einen Haig Pinch ein und füllte das Glas mit kaltem Perrier auf.

„Was ist mit Catherine?"

„Sie ist sehr glücklich und fröhlich weggefahren."

„Und wie fühlst du dich?"

„Glücklich und verlegen und ziemlich schweigsam."

„Zu verlegen, um mich zu küssen?"

Sie umarmten sich, und er spürte, wie er allmählich wieder zu sich kam. Er hatte gar nicht bemerkt, wie weit weg er von allem gewesen war, denn wenn er erst einmal angefangen hatte zu arbeiten, schrieb er aus einem inneren Kern heraus, der weder gespalten noch auch nur äußerlich angekratzt werden konnte. Das wußte er, das war ja seine Stärke, während alles andere an ihm durchaus spaltbar war.

Sie saßen an der Bar, während der Junge den Tisch deckte; mit der Brise vom Meer wehte die erste Herbstkühle zu ihnen, und als sie dann am Tisch unter den Pinien aßen und tranken, spürten sie sie wieder.

„Diese kühle Brise kommt von Kurdistan hierhergeweht", sagte David. „Bald werden die Äquinoktialstürme losgehen."

„Aber nicht heute", sagte das Mädchen. „Heute müssen wir uns noch keine Sorgen darüber machen."

„Seit wir uns in dem Café in Cannes kennengelernt haben, hat sich kein Lüftchen geregt."

„An so lange Vergangenes kannst du dich noch erinnern?"

„Mir kommt's vor, als sei das länger her als der Krieg."

„Den Krieg hatte ich in den letzten drei Tagen", sagte das Mädchen. „Erst heute morgen bin ich herausgekommen."

„Ich denke nie daran", sagte David.

„Jetzt hab ich's gelesen", erzählte Marita ihm, „aber

ich begreife dich einfach nicht. Nirgendwo machst du deutlich, an was du eigentlich geglaubt hast."

Er füllte ihr Glas und dann seins.

„Das wußte ich auch erst hinterher", sagte er. „Also habe ich nicht versucht, so zu tun, als ob ich's da schon gewußt hätte. Während des Kriegs habe ich nicht darüber nachgedacht. Ich habe nur taktisch gefühlt, gesehen, gehandelt, gedacht. Deswegen ist das Buch auch nicht besonders. Ich war einfach weniger intelligent."

„Es ist ein sehr gutes Buch. Die Stellen mit den Fliegern sind wunderbar, und auch dein Gefühl für die anderen Leute und für die Flugzeuge selbst."

„Bei anderen Leuten, bei technischen und taktischen Sachen bin ich gut", sagte David. „Ich will kein dummes Zeug reden oder angeben. Aber, Marita, mit sich selbst kennt sich niemand aus, wenn er mittendrin steckt. Da denkt man nicht an sich. Das wäre unanständig."

„Aber hinterher kommt die Erkenntnis."

„Sicher. Manchmal."

„Kann ich auch den Bericht lesen?"

David füllte die Gläser wieder mit Wein.

„Wieviel hat sie dir erzählt?"

„Angeblich alles. Sie kann sehr gut erzählen, wie du weißt."

„Mir wär's lieber, du würdest ihn nicht lesen", sagte David. „Das gäbe nur Ärger. Als ich das schrieb, wußte ich ja nicht, daß du mal auftauchen würdest; wenn sie dir was erzählt, kann ich's nicht ändern, aber ich brauche dich das nicht auch noch lesen zu lassen."

„Also darf ich's nicht lesen?"

„Es wäre mir lieber. Aber ich will dir nichts befehlen."

„Dann muß ich's dir sagen."

„Sie hat dich ihn lesen lassen?"

„Ja. Sie hat es mir nahegelegt."

„Verfluchtes Weibsstück."

„Sie hat sich nichts Böses dabei gedacht. Es war, als sie so beunruhigt war."

„Du hast also alles gelesen?"

„Ja. Es ist wunderbar und soviel besser als das letzte Buch, und die Stories jetzt sind noch viel besser als das und alles andere."

„Und die Kapitel über Madrid?" Er sah sie an, und sie blickte zu ihm auf, befeuchtete ihre Lippen, ohne den Blick von ihm zu wenden, und sagte ganz vorsichtig: „Das war mir alles schon klar, denn ich bin ganz genau wie du."

Als sie beieinander lagen, sagte Marita: „Denkst du eigentlich an sie, wenn du mit mir schläfst?"

„Nein, Dummchen."

„Und du möchtest nicht, daß ich es so mache wie sie? Ich weiß nämlich alles, und ich kann es auch."

„Hör auf zu reden und fühl einfach."

„Ich kann's sogar besser als sie."

„Hör auf zu reden."

„Du brauchst nicht zu denken, du . . ."

„Still."

„Aber du brauchst nicht . . ."

„Keiner braucht irgendwas zu tun, nur wir . . ."

Sie lagen und hielten sich fest umschlungen, dann sanfter, und schließlich sagte Marita:

„Ich muß gehen, aber ich komme wieder. Schlaf bitte für mich mit."

Sie gab ihm einen Kuß, und als sie zurückkam, schlief er. Eigentlich hatte er auf sie warten wollen, war aber beim Warten eingeschlafen. Sie legte sich zu ihm, küßte ihn, und als er nicht wach wurde, blieb sie ganz still neben ihm liegen und versuchte ebenfalls zu schlafen. Aber sie war nicht müde, und sie küßte ihn noch einmal sehr sanft, dann begann sie zärtlich mit ihm zu spielen, während sie ihre Brüste an ihn preßte. Er bewegte sich im Schlaf, und sie lag jetzt mit ihrem Kopf unterhalb seiner Brust, streichelte ihn leise und wißbegierig und machte allerlei kleine intime Entdeckungen.

Es war ein langer, kühler Nachmittag; David schlief, und als er aufwachte, war Marita nicht mehr da, und er hörte die Stimmen der beiden Mädchen auf der Terrasse. Er zog sich an, entriegelte die Tür zu seinem Arbeitszimmer und trat dann aus der Tür dieses Zimmers auf die Steinplatten. Auf der Terrasse war nur noch der Kellner, der die Teesachen wegräumte, und er fand die Mädchen an der Bar.

23

Die beiden Mädchen saßen mit einer Flasche Perrier-Jouët, die in einem Eiskübel stand, an der Bar, und beide sahen sie frisch und reizend aus.

„Als träfe man einen Ex-Ehemann wieder", sagte Catherine. „Ich komme mir so richtig mondän vor." So heiter und anziehend hatte sie noch nie ausgesehen. „Ich muß sagen, es bekommt dir." Sie musterte David mit gespielt kritischem Blick.

„Meinst du, er ist in Ordnung?" fragte Marita. Sie sah David an und wurde rot.

„Du hast auch Grund, rot zu werden", sagte Catherine. „Sieh sie an, David."

„Sie sieht sehr gut aus", sagte David. „Und du auch."

„Sie sieht aus wie sechzehn", sagte Catherine. „Sie hat dir also erzählt, daß sie den Bericht gelesen hat."

„Ich finde, du hättest mich fragen sollen", sagte David.

„Das weiß ich", sagte Catherine. „Aber ich begann, ihn für mich allein zu lesen, und dann wurde er so interessant, daß ich dachte, Erbin müßte ihn auch lesen."

„Ich hätte nein gesagt."

„Aber der Witz dabei ist“, sagte Catherine, „wenn er mal zu etwas nein sagt, Marita, dann mußt du einfach weitermachen. Das hat gar nichts zu sagen.“

„Das glaube ich nicht“, sagte Marita. Sie lächelte David an.

„Das sagt er doch bloß, weil er mit dem Bericht nicht auf dem neuesten Stand ist. Wenn er mal soweit ist, wirst du es schon sehen.“

„Ich habe die Nase voll von diesem Bericht“, sagte David.

„Das ist gemein“, sagte Catherine. „Wir haben ihn gemeinsam geplant, und er sollte ein Geschenk für mich sein.“

„Du mußt weiterschreiben, David“, sagte das Mädchen. „Und das wirst du auch, nicht?“

„Sie will nämlich auch darin vorkommen, David“, sagte Catherine. „Das Ganze wird bestimmt noch viel besser, wenn auch ein dunkles Mädchen darin vorkommt.“

David goß sich ein Glas von dem Champagner ein. Er sah, wie Marita ihm einen Blick zuwarf, eine Warnung, und er sagte zu Catherine: „Ich werde daran weiterschreiben, wenn ich mit den Stories fertig bin. Was hast du heute getrieben?“

„Mir einen schönen Tag gemacht. Entscheidungen gefällt und alles mögliche geplant.“

„O Gott“, sagte David.

„Es sind ganz simple Pläne“, sagte Catherine. „Du brauchst deswegen nicht gleich zu stöhnen. Du hast den ganzen Tag gemacht, was du wolltest, und ich habe mich darüber gefreut. Da werde ich aber auch das Recht haben, ein paar Pläne zu machen.“

„Was für Pläne?“ fragte David. Seine Stimme klang ziemlich matt.

„Als erstes müssen wir uns langsam mal darum kümmern, das Buch herauszubringen. Ich werde das Manuskript bis zum aktuellen Stand abtippen lassen und versuchen, Illustrationen zu besorgen. Ich muß die Künstler aufsuchen und das mit ihnen besprechen."

„Da warst du heute ja sehr beschäftigt", sagte David. „Ist dir eigentlich klar, daß du nicht einfach Manuskripte abtippen lassen kannst, bevor ihr Verfasser sie überarbeitet und druckreif gemacht hat?"

„Das ist nicht erforderlich, da ich den Künstlern doch nur eine Rohfassung zu zeigen brauche."

„Aha. Und wenn ich's jetzt noch nicht abgetippt haben will?"

„Willst du denn nicht, daß es herauskommt? Ich schon. Und irgendwer muß ja mal anfangen, was Praktisches zu tun."

„Und auf welche Künstler bist du heute gekommen?"

„Verschiedene für verschiedene Teile. Marie Laurencin, Pascin, Derain, Dufy und Picasso."

„Derain, du liebe Zeit."

„Kannst du dir keinen schönen Laurencin vorstellen: Marita und ich im Auto, als wir auf dem Weg nach Nizza zum erstenmal am Loup haltgemacht haben?"

„Das hat niemand beschrieben."

„Dann tu es. Das wäre jedenfalls wesentlich interessanter und aufschlußreicher als ein Haufen Eingeborener in irgendeinem Kral, oder wie du das nennst, in Zentralafrika, voller Fliegen und Krätze, zwischen denen dein versoffener Vater, nach saurem Bier stinkend, herumtorkelt und nicht weiß, welche von diesen kleinen Ungeheuern er gezeugt hat."

„Jetzt geht die Kacke los", sagte David.

„Was hast du gesagt, David?" fragte Marita.

„Ich sagte, recht herzlichen Dank, daß du mir beim Essen Gesellschaft geleistet hast", sagte David zu ihr.

„Warum dankst du ihr nicht auch für das andere?"

fragte Catherine. „Sie muß schließlich was sehr Eindrucksvolles mit dir gemacht haben, daß du den ganzen Nachmittag durchschläfst wie ein Toter. Danke ihr wenigstens dafür."

„Danke, daß du mit mir schwimmen gegangen bist", sagte David zu dem Mädchen.

„Ach, ihr wart schwimmen?" sagte Catherine. „Das freut mich aber."

„Wir sind ziemlich weit rausgeschwommen", sagte Marita. „Und haben sehr gut zu Mittag gegessen. Hast du auch gut zu Mittag gegessen, Catherine?"

„Ich nehm's an", sagte Catherine. „Ich weiß nicht mehr."

„Wo warst du denn?" fragte Marita behutsam.

„Saint-Raphaël", sagte Catherine. „Ich weiß noch, daß ich da angehalten habe, aber ans Mittagessen kann ich mich nicht erinnern. Ich bekomme das nie mit, wenn ich allein esse. Aber ich bin ganz sicher, daß ich da gegessen habe. Jedenfalls hatte ich es vor."

„War die Rückfahrt schön?" fragte Marita. „Es war ja so herrlich kühl heute nachmittag."

„Ich weiß nicht", sagte Catherine. „Ich hab's nicht mitbekommen. Ich habe darüber nachgedacht, wie ich das mit dem Buch in die Wege leiten soll. Da muß doch was geschehen. Ich weiß gar nicht, warum David auf einmal so ein Theater gemacht hat, als ich anfing, da ein bißchen Ordnung reinzubringen. Das Ganze zog sich dermaßen planlos hin, daß ich mich plötzlich für uns alle geschämt habe."

„Arme Catherine", sagte Marita. „Aber nachdem du alles geplant hast, mußt du dich doch besser fühlen."

„Stimmt", sagte Catherine. „Ich war so glücklich, als ich zurückkam. Ich wußte, daß ich dich glücklich gemacht und obendrein noch was Praktisches geleistet hatte, und dann kam David und behandelte mich wie eine Idiotin oder Aussätzige. Ich kann doch nichts dafür, daß ich praktisch veranlagt und vernünftig bin."

„Ich weiß, Teufel", sagte David. „Ich wollte bloß nicht mit meiner Arbeit durcheinanderkommen."

„Aber du hast sie doch selbst durcheinandergebracht", sagte Catherine. „Siehst du das denn nicht? Springst hin und her und versuchst Stories zu schreiben, während du nichts anderes hättest tun sollen, als diesen Bericht weiterzuführen, der für uns alle so wichtig ist. Dabei lief es so gut, und wir kamen gerade zu den aufregendsten Stellen. Jemand muß dir klarmachen, daß du dich mit diesen Stories nur deiner Pflicht entziehen willst."

Marita sah ihn wieder an, und er verstand, was sie ihm zu sagen versuchte, und er sagte: „Ich muß mich mal waschen gehen. Erzähl Marita, was du vorhast, bis ich zurückkomme."

„Wir haben noch anderes zu besprechen", sagte Catherine. „Tut mir leid, daß ich so grob zu euch war. Dabei könnte ich wirklich nicht glücklicher sein über euch beide."

David nahm alles, was gesagt worden war, mit sich ins Badezimmer, wo er duschte und sich einen frischgewaschenen Fischerpullover und eine lange Hose anzog. Es war jetzt am Abend ziemlich kühl, und Marita saß an der Bar und blätterte in der „Vogue".

„Sie ist dein Zimmer aufräumen gegangen", sagte Marita.

„Wie geht's ihr?"

„Woher soll ich das wissen, David? Sie ist jetzt eine große Verlegerin. Den Sex hat sie aufgegeben. Das interessiert sie nicht mehr. Kinderkram, sagt sie. Sie weiß nicht, wie ihr das je etwas bedeutet haben kann. Aber vielleicht entschließt sie sich zu einer Affäre mit einer anderen Frau, falls sie je wieder damit anfangen will. Davon redet sie ziemlich oft."

„Meine Güte. Ich hätte nie gedacht, daß es mal so kommen würde.“

„Ach, laß“, sagte Marita. „Ganz gleich, was oder wie es kommt, ich liebe dich, und morgen wirst du weiterschreiben.“

Catherine kam herein und sagte: „Ihr beide seid ein herrliches Paar, ich bin so stolz. Es kommt mir vor, als hätte ich euch erfunden. War er gut heute, Marita?“

„Wir haben schön zu Mittag gegessen“, sagte Marita. „Sei bitte fair, Catherine.“

„Oh, ich weiß, er ist ein zufriedenstellender Liebhaber“, sagte Catherine. „Das ist er immer. Das ist genau wie mit seinen Martinis oder wie er schwimmt oder Ski läuft und wahrscheinlich auch mit seiner Fliegerei. Ich habe ihn nie in einem Flugzeug gesehen. Alle sagen, er sei toll gewesen. Ich vermute, das hat viel mit Akrobatik zu tun, und genauso stumpfsinnig wird es auch sein. Aber danach habe ich nicht gefragt.“

„Es war sehr lieb von dir, daß du uns den Tag zusammen hast verbringen lassen, Catherine“, sagte Marita.

„Ihr könnt den Rest eures Lebens zusammen verbringen“, sagte Catherine. „Falls ihr euch nicht miteinander langweilt. Ich habe für euch beide keine Verwendung mehr.“

David beobachtete sie im Spiegel; sie wirkte ruhig, schön und normal. Er bemerkte, daß Marita sie sehr traurig ansah.

„Aber euer Anblick gefällt mir wirklich sehr, und ich würde euch gerne reden hören, falls ihr noch jemals den Mund aufbekommt.“

„Wie geht es dir?“ sagte David.

„Das war schon mal kein schlechter Anfang“, sagte Catherine. „Mir geht es sehr gut.“

„Hast du irgendwelche neuen Pläne?“ fragte David. Er

kam sich vor, als wollte er ein vorbeiziehendes Schiff auf sich aufmerksam machen.

„Nur was ich dir schon erzählt habe“, fuhr Catherine fort. „Das wird mich vermutlich ganz schön in Trab halten.“

„Was sollte dieser Quatsch von wegen anderer Frauen?“

Marita gab ihm einen Tritt, und er stellte zur Bestätigung seinen Fuß auf ihren.

„Das ist kein Quatsch“, sagte Catherine. „Ich will es noch einmal versuchen, um zu sehen, ob ich irgendwas verpaßt habe. Könnte ja sein.“

„Wir alle sind fehlbar“, sagte David und handelte sich einen weiteren Tritt von Marita ein.

„Ich will es herausfinden“, sagte Catherine. „Ich kenne mich da jetzt ja gut genug aus, also sollte ich das beurteilen können. Mach dir wegen deines dunklen Mädchens keine Sorgen. Die ist gar nicht mein Typ. Sie gehört dir. Sie gefällt dir, und es ist auch sehr nett, aber nichts für mich. Dieses Knabenhafte kann mich nicht reizen.“

„Vielleicht bin ich ja ein Knabe“, sagte Marita.

„Ein sehr vornehmer Ausdruck, wenn du mich fragst.“

„Aber ich bin auch fraulicher als du, Catherine.“

„Zeig David lieber mal, was für ein Knabe du bist. Das wird ihm gefallen.“

„Er weiß, was für eine Frau ich bin.“

„Na prima“, sagte Catherine. „Ich bin froh, daß ihr endlich die Sprache wiedergefunden habt. Es geht doch nichts über Konversation.“

„Du bist im Grunde gar keine Frau“, sagte Marita.

„Ich weiß“, sagte Catherine. „Ich habe oft genug versucht, David das zu erklären. Stimmt’s, David?“

David sah sie an und schwieg.

„Ob das stimmt?“

„Ja“, sagte er.

„Ich habe es versucht; in Madrid habe ich mich in Stücke gerissen, um ein Mädchen zu sein, und alles, was dabei herauskam, war, daß es mich in Stücke gerissen hat“, sagte Catherine. „Jetzt bin ich mit alldem fertig. Du bist Mädchen und Junge zugleich, wirklich, das bist du. Du hast es nicht nötig, dich zu verwandeln, dich bringt das nicht um; aber mich. Und jetzt bin ich nichts mehr. Alles, was ich wollte, war, daß ihr beide, du und David, glücklich seid. Alles andere erfinde ich.“

Marita sagte: „Ich weiß, und ich versuche, David das beizubringen.“

„Das weiß ich ja. Aber du brauchst nicht mir oder irgendeiner Sache treu zu sein. Bloß das nicht. Das tut sowieso niemand, und du wahrscheinlich auch nicht. Ich sage dir trotzdem, tu's nicht. Ich will, daß du glücklich bist und ihn glücklich machst. Du kannst es, ich kann es nicht, und das ist mir bewußt.“

„Du bist das tollste Mädchen auf der Welt“, sagte Marita.

„Bin ich nicht. Mit mir ist es aus, bevor ich überhaupt angefangen habe.“

„Nein. Ich bin schuld“, sagte Marita. „Ich war ganz schrecklich dumm.“

„Du warst nicht dumm. Du hast nur die Wahrheit gesagt. Lassen wir das, wir wollen wieder Freunde sein, ja?“

„Ja, wirklich?“ fragte Marita.

„Ich bin dazu bereit“, sagte Catherine. „Ich gedenke nicht, die tyrannische Nervensäge zu spielen. Bitte laß dir Zeit mit deinem Buch, David. Du weißt doch, nichts ist mir wichtiger, als daß du so gut schreibst, wie du kannst. Damit hat das Ganze angefangen. Ich bin jetzt fertig damit, worum immer es auch gegangen ist.“

„Du warst bloß müde“, sagte David. „Ich glaube auch nicht, daß du überhaupt zu Mittag gegessen hast.“

„Wahrscheinlich nicht“, sagte Catherine. „Vielleicht aber doch. Können wir das alles jetzt nicht mal vergessen und einfach wieder Freunde sein?“

Also waren sie wieder Freunde; was auch immer Freunde sein mochten, dachte David und bemühte sich, nicht zu denken, sondern in dieser Unwirklichkeit, die die Wirklichkeit geworden war, zu reden und zuzuhören. Er hatte jede von beiden über die andere reden hören, und ihm war klar, daß beide wissen mußten, was die andere jeweils von ihr dachte, und vermutlich auch das, was jede von ihnen ihm gesagt hatte. So betrachtet waren sie wirklich Freunde, verständnisvoll trotz grundsätzlicher Uneinigkeit, vertrauensvoll trotz völligen Mißtrauens, und froh darüber, zusammenzusein. Er genoß es auch, mit ihnen zusammenzusein, aber für heute abend reichte es ihm.

Morgen mußte er wieder in sein Land zurück, in das, auf das Catherine eifersüchtig war und das Marita liebte und respektierte. In dem Land seiner Story war er glücklich gewesen; er hatte gewußt, daß dieser Zustand zu schön war, um lange anzuhalten, und jetzt war er aus diesem erstrebten Zustand wieder zurück in der übervölkerten Leere des Wahnsinns, der nun also die Form hektischer Betriebsamkeit angenommen hatte. Er hatte es satt, und er hatte es auch satt, daß Marita mit ihrer Feindin kollaborierte. *Seine* Feindin war Catherine nicht, außer insofern, als sie wie er selbst jenes unerreichbare, aussichtslose Ziel anstrebte, das man Liebe nennt, und so ihre eigene Feindin war. Ohne einen Feind in ihrer Nähe hält sie es einfach nicht aus, und dabei ist sie am ehesten und einfachsten zu attackieren, da sie die Schwächen und Stärken und auch sämtliche Mängel unserer Verteidigungsmittel kennt. Sie überrumpelt mich so geschickt, bis sie merkt, daß sie sich selbst überrumpelt hat, und der Kampf endet in einem Tohuwabohu, und der Staub, der dabei aufgewirbelt wird, ist unser eigener Staub.

Nach dem Abendessen wollte Catherine mit Marita Backgammon spielen. Sie spielten das immer sehr ernst und um Geld, und als Catherine das Brett holen ging, sagte Marita zu David: „Bitte, komm heute nacht nicht in mein Zimmer, nach alldem, was geschehen ist."

„Gut."

„Du verstehst doch?"

„Streichen wir dieses Wort", sagte David. Jetzt, da die Zeit zum Arbeiten näherrückte, war er wieder unnahbar geworden.

„Bist du wütend?"

„Ja", sagte David.

„Auf mich?"

„Nein."

„Du darfst nicht auf jemand wütend sein, der krank ist."

„Du hast noch keine große Lebenserfahrung", sagte David. „Genau das ist es, worauf jeder immer wütend ist. Werd selbst mal krank, dann wirst du sehen."

„Ich wünschte, du wärst nicht wütend."

„Ich wünschte, ich hätte keine von euch beiden je gesehen."

„Laß das bitte, David."

„Du weißt, daß das nicht stimmt. Ich bereite mich bloß auf meine Arbeit vor."

Er ging ins Schlafzimmer, knipste die Leselampe neben seinem Bett an, machte es sich bequem und las eins der Bücher von W. H. Hudson. Es war „Nature in Downland", und er hatte es zur Hand genommen, weil sein Titel am wenigsten versprach. Er war weise genug, um zu wissen, daß eine Zeit kommen würde, wo er die ganzen Bücher sehr nötig haben würde, und deshalb sparte er sich die besseren auf. Aber nachdem er einmal über den Titel hinaus war, langweilte ihn an dem Buch nichts mehr. Er las zufrieden vor sich hin, er hatte sein Leben hinter sich gelassen und ritt mit Hudson und dessen Bruder in das Gewirr brusthoher, vom Mondlicht weiß beschienener Distelwolle hinein, und langsam wurden auch das Klappern der Würfel und die leisen Stimmen der Mädchen wieder wirklich, so daß sie ihm, als er nach einer Weile einmal hinausging, um sich zum Lesen einen Whiskey mit Perrier zu holen, und sie da so spielen sah, wieder wie richtige Menschen vorkamen, die etwas ganz Normales taten, und nicht wie Figuren in irgendeinem unglaublichen Schauspiel, dem er unfreiwillig hatte beiwohnen müssen.

Er ging in das Zimmer zurück, las, trank ganz langsam seinen Whiskey mit Perrier, und als er später Catherine hereinkommen hörte, hatte er sich bereits ausgezogen und das Licht ausgemacht und war schon fast eingeschlafen. Sie schien ihm sehr lange im Badezimmer zu bleiben, bis er dann spürte, wie sie ins Bett kam; er lag still und atmete regelmäßig und hoffte, jetzt wirklich einschlafen zu können.

„Bist du wach, David?“ fragte sie.

„Ich glaube schon.“

„Nicht aufwachen“, sagte sie. „Danke, daß du hier schläfst.“

„Das tu ich doch immer.“

„Du brauchst aber nicht.“

„Doch.“

„Jedenfalls freut es mich. Gute Nacht.“

„Gute Nacht.“

„Gibst du mir einen Gutenachtkuß?“

„Sicher“, sagte er.

Er küßte sie, und sie war wieder die Catherine von vor einiger Zeit, als es so ausgesehen hatte, als ob sie für eine Weile zu ihm zurückgekommen sei.

„Tut mir leid, daß ich wieder so bescheuert war.“
„Sprechen wir nicht mehr davon.“
„Haßt du mich?“
„Nein.“
„Können wir noch mal von vorne anfangen, so wie ich es geplant habe?“
„Ich glaube kaum.“
„Warum bist du dann hergekommen?“
„Weil ich hierher gehöre.“
„Aus keinem anderen Grund?“
„Ich dachte, du könntest dich einsam fühlen.“
„Hab ich mich auch.“
„Jeder ist einsam“, sagte David.
„Es ist schrecklich, zusammen im Bett zu liegen und einsam zu sein.“
„Es gibt keinen Ausweg“, sagte David. „All deine Pläne und Entwürfe sind wertlos.“
„Ich hab’s noch nicht mal ausprobiert.“
„Es war sowieso alles verrückt. Ich habe diese Verrücktheiten satt. Du bist nicht die einzige, die kaputtgeht.“
„Ich weiß. Aber können wir’s nicht noch ein einziges Mal versuchen, ich will auch wirklich gut sein. Ich kann es. Fast war ich’s schon.“
„Ich hab es satt, Teufel. Es steht mir bis oben hin.“
„Willst du’s nicht noch ein einziges Mal versuchen, für mich, und auch für sie?“
„Es klappt nicht, und ich habe es satt.“
„Ihr hättet einen schönen Tag gehabt, sagt sie, und du wärst richtig heiter und gar nicht niedergeschlagen gewesen. Versuch’s doch noch einmal, für uns beide. Ich will es doch so sehr.“
„Du willst alles so sehr, und wenn du es hast, kümmert es dich auf einmal einen Dreck.“
„Diesmal war ich einfach zu selbstsicher, und dann

werde ich unausstehlich. Bitte, können wir's noch einmal versuchen?"

„Schlafen wir lieber, Teufel, und sprechen wir nicht mehr davon."

„Gib mir noch einen Kuß, bitte", sagte Catherine. „Ich werde einschlafen können, weil ich weiß, daß du es tun wirst. Du tust immer alles, was ich will, weil du es eigentlich auch willst."

„Du willst immer nur was für dich, Teufel."

„Das ist nicht wahr, David. Jedenfalls bin ich du und sie. Dafür habe ich es getan. Ich bin alle. Das weißt du doch wohl, oder?"

„Schlaf ein, Teufel."

„Mach ich. Aber würdest du mich vorher noch einmal küssen, damit wir nicht einsam sind?"

24

Am Morgen war er wieder auf dem Hang auf der anderen Seite des Bergs. Der Elefant wanderte nicht mehr so wie in den letzten Tagen, sondern zog, gelegentlich fressend, ziellos umher, und David hatte gespürt, daß sie ihm immer näher kamen. Er versuchte sich zu erinnern, wie er sich da gefühlt hatte. Noch empfand er keine Liebe für den Elefanten. Daran mußte er sich wieder erinnern. Er empfand bloß Kummer, und der war entstanden aus seiner Erschöpfung, aus der heraus er begriffen hatte, was Alter war. Obwohl eigentlich noch zu jung, hatte er erfahren, wie es sein mußte, zu alt zu sein. Er sehnte sich nach Kibo, und der Gedanke daran, wie Juma den Freund des Elefanten umgebracht hatte, hatte ihn gegen Juma eingenommen und den Elefanten zu seinem Bruder werden lassen. Damals wußte er, wieviel es für ihn bedeutete, daß er den Elefanten im Mondlicht gesehen hatte und daß er ihm mit Kibo gefolgt und ihm auf der Lichtung so nahe gekommen war, daß er seine beiden großen Stoßzähne hatte sehen können. Aber er wußte noch nicht, daß niemals mehr irgend etwas so gut sein würde wie dies. Jetzt wußte er, sie würden den Elefanten töten, und er konnte nichts dagegen unternehmen. Er hatte den Elefanten verraten, als er zum Shamba zurückgegangen war und es ihnen erzählt hatte. Mich und Kibo würden sie auch töten, wenn wir Elfenbein hätten, hatte er gedacht, und dabei gewußt, daß das nicht stimmte. Wahrscheinlich geht der Elefant jetzt dahin, wo er geboren wurde, und dort werden sie ihn töten. Dann hätten sie es ganz perfekt gemacht. Am liebsten hätten sie ihn aber dort getötet, wo sie auch schon seinen Freund getötet haben. Das wäre ein toller Witz gewesen. Das hätte ihnen gefallen. Diese gottverdammten Freundmörder.

Sie hatten sich an den Rand eines Dickichts vorgearbeitet, und der Elefant war dicht vor ihnen. David konnte ihn riechen, und sie konnten ihn hören, wie er Äste herabzerrte und wie sie knackten. Sein Vater legte David die Hand auf die Schulter, um ihn zurückzuhalten, damit er hinten wartete, und dann nahm er eine große Prise Asche aus dem Beutel in seiner Tasche und warf sie in die Luft. Die Asche fiel beim Runterrieseln nur ganz leicht in ihre Richtung, und sein Vater nickte Juma zu und bückte sich, um ihm durch das Dickicht zu folgen. David sah ihre Rücken und Hintern ab und zu noch einmal auftauchen. Zu hören war von den beiden nichts.

David hattc unruhig dagestanden und dem Elefanten beim Fressen zugehört. Er konnte ihn genauso deutlich riechen wie in jener Nacht im Mondlicht, als er sich an ihn herangeschlichen und seine Stoßzähne bewundert hatte. Während er da so stand, wurde es auf einmal still, und auch den Geruch des Elefanten konnte er nicht mehr wahrnehmen. Dann hörte er ein lautes Aufkreischen, ein Krachen, ein Schuß aus der .303, dann den lauten Doppelknall der .450 seines Vaters, dann entfernte sich das Krachen und Knallen stetig von ihm, und er drang in das dichte Unterholz ein und stieß auf Juma, der völlig aufgelöst dastand und aus der Stirn heftig übers ganze Gesicht blutete, daneben bleich und wütend sein Vater.

„Er ist auf Juma losgegangen und hat ihn umgerannt“, hatte sein Vater gesagt. „Juma hat ihn am Kopf getroffen.“

„Und wo hast du ihn getroffen?“

„Wo immer ich konnte, verdammte Scheiße“, hatte sein Vater gesagt. „Los, der verfluchten Blutspur nach.“

Alles war voller Blut. Ein Strahl war in Höhe von Davids Kopf hellrot auf Stämme, Blätter und Ranken gespritzt, und ein anderer, dunkler, war wesentlich tiefer gegangen und stank nach Mageninhalt.

„Lungen- und Bauchschuß“, sagte sein Vater. „Wir finden ihn, entweder am Boden oder bewegungsunfähig – hoffentlich, verdammt noch mal“, fügte er hinzu.

Sie fanden ihn bewegungsunfähig, in solcher Qual und Verzweiflung, daß er nicht mehr weiterkonnte. Er war aus dem dichten Unterholz, wo er gefressen hatte, herausgebrochen und hatte sich durch ein offenes Waldstück gequält, und David und sein Vater waren der dikken Blutspur gefolgt. Der Elefant war dann in dichten Wald eingedrungen, und David hatte ihn grau und riesig vor einem Baumstamm stehen sehen. Er konnte nur das Hinterteil sehen, und dann ging ihm sein Vater voraus, er folgte ihm, und sie gingen an dem Elefanten vorbei wie an einem Schiff, und David sah das Blut aus seinen Flanken an den Seiten herunterströmen, und dann hob sein Vater das Gewehr und feuerte, und der Elefant drehte schwer und langsam seinen Kopf mit den mächtigen Stoßzähnen und sah sie an; und als sein Vater den zweiten Lauf abfeuerte, schien der Elefant zu schwanken wie ein gefällter Baum und kippte dann krachend auf sie zu. Aber er war noch nicht tot. Er war bewegungsunfähig gewesen, und jetzt lag er mit zerschmetterten Knochen am Boden. Er rührte sich nicht, aber sein Auge war lebendig und sah David an. Er hatte sehr lange Wimpern, und sein Auge war das Lebendigste, was David je gesehen hatte.

„Schieß ihm mit der Drei-Null-Drei ins Ohr“, sagte sein Vater. „Mach schon.“

„Erschieß du ihn“, hatte David gesagt.

Juma war humpelnd und blutüberströmt zu ihnen gestoßen, die Stirnhaut hing ihm übers linke Auge, das Nasenbein lag frei, ein Ohr war zerfetzt, und wortlos hatte er David die Büchse abgenommen, die Mündung fest an das Ohr gerammt und, am Schloß reißend und wütend zustoßend, zweimal abgedrückt. Beim ersten Schuß war das Auge des Elefanten weit aufgegangen, dann glasig geworden, aus dem Ohr kam Blut und lief in zwei hellen Strömen über die runzelige graue Haut. Das Blut hatte eine andere Farbe, und David hatte gedacht, das muß ich mir merken; und er hatte es sich gemerkt, aber er hatte nie etwas damit anfangen können. Jetzt war die ganze Würde und Majestät und Schönheit von dem Elefanten abgefallen, nur noch ein großer runzeliger Haufen war er.

„Den hätten wir also, Davey, dank deiner Hilfe“, hatte sein Vater gesagt. „Und jetzt sollten wir mal ein Feuer machen, damit ich Juma wieder zusammenflicken kann. Komm her, du blutiger Sack voll Knochen. Die Stoßzähne laufen uns ja nicht weg.“

Juma hatte ihm grinsend den vollkommen haarlosen Schwanz des Elefanten gebracht. Sie hatten einen schmutzigen Witz gerissen, und dann hatte sein Vater angefangen, schnell auf Suaheli zu sprechen: Wie weit zum Wasser? Wie weit muß man gehen, um Leute zu holen, die einem diese Stoßzähne hier raustragen? Und was ist mit dir, du nichtsnutziger alter Schweineficker? Hast du dir was gebrochen?

Nachdem Juma geantwortet hatte, sagte sein Vater: „Du und ich gehen das Gepäck holen, wo wir es gelassen haben, als wir ihm nachgegangen sind. Juma kann Holz sammeln und das Feuer anmachen. Das Verbandszeug ist bei meinen Sachen. Wir müssen die Sachen holen, bevor es dunkel wird. Er wird keine Infektion kriegen. Bei Klauenverletzungen wär das was anderes. Gehen wir."

Sein Vater hatte gewußt, was er für den Elefanten empfand, und an jenem Abend und an den nächsten Tagen versucht, ihn, wenn nicht zu bekehren, so doch wenigstens in den Zustand zurückzuversetzen, in dem er gewesen war, bevor er erkannt hatte, daß er die Elefantenjagd verabscheute. David hatte von dieser Absicht seines Vaters, die nie ausgesprochen worden war, nichts in seiner Story erwähnt, sondern bloß die Ereignisse geschildert, den Ekel, die Vorgänge und Gefühle bei der Abschlachterei, das Heraushauen der Stoßzähne und Jumas grobe Verarztung, die unter Hohn und Spott vor sich gegangen war, um dem Schmerz zu trotzen und ihn möglichst klein zu machen, denn Medikamente hatten sie keine. Die David zusätzlich auferlegte Verantwortung und das ihm entgegengebrachte, aber nicht von ihm akzeptierte Vertrauen hatte er in der Story erwähnt, aber ohne auf ihre Bedeutung hinzuweisen. Er hatte versucht, den Elefanten lebendig zu machen, wie er bewegungsunfähig in seiner Todesqual unter dem Baum stand und in dem Blut ertrank, das schon so oft geflossen, aber immer wieder gestillt worden war, und jetzt in ihm aufstieg, so daß er keine Luft mehr bekam, sein großes Herz es hochpumpte und ihn darin ertrinken ließ, während er die Männer beobachtete, die ihn töten kamen. David war so stolz darauf gewesen, daß der Elefant Juma gewittert und sofort angegriffen hatte. Er hätte Juma getötet, wenn sein Vater nicht auf ihn gefeuert hätte, so daß er Juma mit seinem Rüssel in die Bäume geschleudert hatte, um dann weiter anzugreifen, den Tod bereits in sich, den er doch nur als eine weitere Wunde spürte, bis das Blut in ihm emporquoll und ihm die Luft abgedrückt wurde. Als David an jenem Abend am Feuer gesessen hatte, hatte er Juma mit seinem vernähten Gesicht und seinen gebrochenen Rippen, die beim Atmen nicht zu bewegen er sich bemühte, angesehen und sich gefragt, ob der Elefant ihn wohl erkannt hatte, als er ihn zu töten versuchte. Er hoffte es. Der Elefant war jetzt sein Held, so wie es lange Zeit sein Vater gewesen war, und er hatte gedacht, ich hätte nicht geglaubt, daß er das noch fertigbringen würde, so alt und erschöpft, wie er war. Er hätte Juma bestimmt getötet. Aber mich hat er nicht angesehen, als ob er mich töten wollte. Nur traurig hat er ausgesehen, genau wie ich. Er hatte an seinem Todestag seinen alten Freund besucht.

Es war die Geschichte eines sehr kleinen Jungen, das war ihm klar, als er sie beendet hatte. Er las sie noch einmal durch, sah die Lücken, die er noch auffüllen mußte, damit auch jeder Leser das Gefühl haben würde, wahrhaftig dabei zu sein, und markierte die Lücken am Rand.

Er erinnerte sich, wie der Elefant all seine Würde verloren hatte, sobald sein Auge nicht mehr lebendig gewesen war, und wie der Elefant, als er und sein Vater mit dem Gepäck zurückgekommen waren, bereits angefangen hatte, in der kühlen Abendluft aufzuquellen. Das war kein richtiger Elefant mehr gewesen, nur noch ein grauer, runzliger, aufquellender Kadaver mit riesengroßen braun und gelb gefleckten Stoßzähnen, derentwegen sie ihn getötet hatten. Die Stoßzähne waren mit angetrocknetem Blut bedeckt, und er hatte mit seinem Daumennagel etwas davon abgekratzt, wie trockenes Siegelwachs fühlte sich das an, und es in seine Hemdtasche gesteckt. Das war alles, was er von dem Elefanten mitnahm, außer der aufdämmernden Erkenntnis, was Einsamkeit sei.

In der Nacht nach dem Gemetzel hatte sein Vater mit ihm zu reden versucht.

„Er war ein Mörder, weißt du, Davey", hatte er gesagt. „Juma meint, kein Mensch wisse, wie viele Leute er getötet habe."

„Alles Leute, die versucht haben, ihn zu töten, oder?"

„Natürlich", hatte sein Vater gesagt, „bei solchen Stoßzähnen."

„Wie kann man ihn dann einen Mörder nennen?"

„Wenn du meinst", hatte sein Vater gesagt. „Tut mir leid, daß dich das so durcheinandergebracht hat."

„Ich wünschte, er hätte Juma getötet", hatte David gesagt.

„Ich finde, du gehst ein bißchen zu weit", sagte sein Vater. „Schließlich ist Juma dein Freund."

„Gewesen."

„Aber das brauchst du ihm nicht zu sagen."

„Er weiß es", hatte David gesagt.

„Ich finde, du tust ihm Unrecht", sagte sein Vater, und dabei ließen sie es bewenden.

Als sie dann nach all diesen Ereignissen sicher wieder zurück waren und die Stoßzähne, die Spitzen aneinander, an der Wand der Zweig- und Lehmhütte lehnten, so lang und so dick, daß es trotz ihrer handgreiflichen Gegenwart niemand fassen konnte, und niemand, nicht einmal sein Vater, bis dahin hinauflangen konnte, wo sie sich umbogen und ihre Spitzen sich berührten, als dann Juma und sein Vater und er selbst als Helden und Kibo als Hund eines Helden und auch die Männer, die die Stoßzähne getragen hatten, als Helden gefeiert wurden, als schon leicht betrunkene Helden, die noch betrunkener werden sollten, da hatte sein Vater gesagt: „Willst du nicht Frieden schließen, Davey?"

„Von mir aus", sagte er, denn er wußte, dies war der Anfang des zukünftigen Schweigens, zu dem er sich entschlossen hatte.

„Das freut mich sehr", sagte sein Vater. „So ist alles doch viel einfacher und besser."

Dann saßen sie im Schatten des großen Feigenbaumes auf den Hockern des Ältestenrats, vor sich die Stoßzähne an der Hüttenwand, und tranken das einheimische Bier, das ihnen in Kürbisschalen von einem jungen Mädchen und ihrem jüngeren Bruder gereicht wurde, der jetzt keine lästige Plage mehr war, sondern als Diener von Helden im Staub neben dem Heldenhund eines Helden saß, der einen alten, frisch in den Rang des Lieblingshahns der Helden beförderten Hahn gepackt hielt. Da saßen sie und tranken Bier, während die große Trommel erdröhnte und das Ngoma zu wirken anfing.

Er kam aus dem Arbeitszimmer und fühlte sich glücklich und leer und stolz; Marita erwartete ihn auf der Terrasse, sie saß in der Sonne des hellen Herbstmorgens, von dessen Existenz er gar nichts bemerkt hatte. Es war ein vollkommener Morgen, still und kühl. Das Meer unten war eine ruhige Fläche, und jenseits der Bucht spannte sich der weiße Bogen von Cannes vor dem Hintergrund der dunklen Berge.

„Ich liebe dich sehr", sagte er zu dem dunklen Mädchen, als es aufstand. Er legte seine Arme um sie, küßte sie, und sie sagte: „Du bist fertig geworden."

„Sicher", sagte er. „Warum nicht?"

„Ich liebe dich und bin so stolz", sagte sie. Sie gingen hinaus und sahen eng umschlungen aufs Meer.

„Wie geht's dir, Mädchen?"

„Sehr gut, und ich bin sehr glücklich", sagte Marita. „War dir das ernst, daß du mich liebst, oder war das bloß die Morgenstimmung?"

„Die Morgenstimmung", sagte David und küßte sie noch einmal.

„Kann ich die Story lesen?"

„Dazu ist der Tag viel zu schön."

„Kann ich sie nicht doch lesen, damit ich mich so fühlen kann wie du und nicht bloß einfach glücklich bin, weil du glücklich bist, als ob ich dein Hund wäre?"

Er gab ihr den Schlüssel, und als sie mit den Heften kam, sich an die Theke setzte und die Story las, las David sie neben ihr mit. Sicher war das ein dummes und schlechtes Benehmen. So etwas hatte er noch nie bei jemandem gemacht, und es verstieß gegen alles, an was er beim Schreiben glaubte, aber daran dachte er gar nicht, außer in dem einen Augenblick, als er seinen Arm um das Mädchen legte und auf die Schrift auf dem linierten Papier sah. Er konnte nicht anders, er wollte es mit ihr zusammen lesen und an etwas teilhaben, woran er noch nie teilgehabt hatte und von dem er immer geglaubt hatte, man könne und solle es mit niemandem teilen.

Als sie zu Ende gelesen hatte, nahm Marita David in beide Arme und küßte ihn so heftig, daß seine Lippe zu bluten anfing. Er sah sie an, schmeckte geistesabwesend sein Blut und lächelte.

„Tut mir leid, David", sagte sie. „Bitte, verzeih mir. Ich bin so glücklich und noch viel stolzer als du."

„Ist es gut?" fragte er. „Spürst du den Geruch des Shamba, den sauberen Geruch nach Hütte, wie blank die Hocker des Ältestenrats sind? Es ist wirklich sauber in der Hütte, und der Lehmboden ist gefegt."

„Natürlich ist er das. Das hast du in der anderen Story

beschrieben. Und wie Kibo, der Heldenhund, den Kopf trägt, das sehe ich auch vor mir. Hat das Blut einen Fleck in deine Tasche gemacht?“

„Ja. Es ist von meinem Schweiß aufgelöst geworden.“

„Fahren wir in die Stadt, den Tag feiern“, sagte Marita. „Wir können heute so vieles unternehmen.“

David blieb an der Bar stehen, goß Haig Pinch und dann kaltes Perrier in ein Glas und nahm es mit ins Zimmer, wo er es halb austrank und dann unter die Dusche ging. Danach zog er sich für die Fahrt in die Stadt eine lange Hose, ein Hemd und alpargatas an. Er hatte das Gefühl, daß die Story gut war, und in bezug auf Marita hatte er ein noch besseres Gefühl. Weder sie noch die Story waren durch seine jetzt geschärfte Wahrnehmungsfähigkeit schlechter geworden, und diese klare Sicht hatte sich ohne das Gefühl von Trauer eingestellt.

Catherine tat, was auch immer sie tat, und würde tun, was auch immer sie tun würde. Er sah aus dem Fenster und spürte die alte, glückliche Unbekümmertheit. Heute wäre so ein richtiger Tag zum Fliegen. Er wünschte, es gäbe irgendwo in der Nähe einen Flugplatz, wo er ein Flugzeug mieten und Marita einmal zeigen könnte, was sich aus einem Tag wie diesem machen ließ. Vielleicht hätte sie Spaß daran. Aber hier gibt's keinen Flugplatz. Also vergiß es. Aber Spaß würde es trotzdem machen. Skilaufen auch. Das kannst du in zwei Monaten, wenn du willst. Gott, war es gut, daß er heute fertig geworden war und Marita für sich hatte, die kein bißchen eifersüchtig auf seine Arbeit war und der er erklären konnte, wonach er strebte und wie weit er dabei ging. Sie tut nicht nur so, sie versteht es wirklich. Ja, ich liebe sie, und das notierst du dir, Whiskey, und du bist mein Zeuge, Perrier, alter Knabe Perrier, ich bin dir treu geblieben, Perrier, auf meine beschissene Art. Es ist ein sehr gutes Gefühl, wenn man sich so gut fühlt. Es ist zwar auch ein dummes Gefühl, aber es paßt zu diesem Tag, also raus damit.

„Komm, Mädchen", sagte er zu Marita vor der Tür zu ihrem Zimmer. „Was hält dich auf, abgesehen von deinen schönen Beinen?"

„Ich bin fertig, David", sagte sie. Sie trug einen engen Pullover und eine lange Hose, und ihr Gesicht strahlte. Sie bürstete ihr dunkles Haar und sah ihn an.

„Es ist wunderbar, wenn du so fröhlich bist."

„Es ist so ein schöner Tag", sagte er. „Und wir haben solches Glück."

„Glaubst du wirklich?" sagte sie, als sie zum Auto gingen. „Glaubst du wirklich, wir haben Glück?"

„Ja", sagte er. „Ich glaube, heute morgen oder vielleicht während der Nacht hat sich was geändert."

Viertes Buch

25

Als sie vorfuhren, stand Catherines Wagen in der Einfahrt zum Hotel. Er war auf der rechten Seite des Kieswegs geparkt. David stellte den Isotta dahinter ab, er und Marita stiegen aus und gingen schweigend an dem leeren blauen Auto vorbei und betraten dann den mit Platten ausgelegten Weg.

Sie gingen an Davids Zimmer vorbei, dessen Tür verschlossen war und dessen Fenster offenstanden, dann blieb Marita vor ihrer Tür stehen und sagte: „Bis später."

„Was hast du heute nachmittag vor?" fragte er.

„Ich weiß noch nicht", sagte sie. „Ich bin jedenfalls hier."

Er ging weiter zur Terrasse des Hotels und betrat es durch den Haupteingang. Catherine saß an der Bar und las den Pariser „Herald", neben sich auf der Theke ein Glas und eine halbe Flasche Wein. Sie sah zu ihm auf.

„Wieso bist du schon wieder zurück?"

„Wir haben in der Stadt Mittag gegessen und sind dann wieder hergekommen", sagte David.

„Und wie geht's deiner Hure?"

„Bis jetzt hab ich noch keine."

„Ich meine die, für die du die Stories schreibst."

„Ah. Die Stories."

„Ja. Die Stories. Diese gräßlichen, öden, miesen Stories über deine Jugend und deinen falschen, versoffenen Vater."

„So falsch war er gar nicht."

„Hat er etwa nicht seine Frau und alle seine Freunde betrogen?"

„Nein. Eigentlich nur sich selbst."

„In diesen neuen Skizzen oder Vignetten oder witzlosen Anekdoten, die du über ihn schreibst, stellst du ihn aber ganz schön widerwärtig dar."

„Du meinst die Stories."

„Stories nennst du sie", sagte Catherine.

„Allerdings", sagte David und goß sich ein Glas von dem herrlich kalten Wein ein; es war ein heller, klarer Tag, der Raum in dem sauberen, komfortablen Hotel wirkte freundlich und sonnig, doch als er den Wein trank, erwärmte er mitnichten sein eiskaltes Herz.

„Soll ich Erbin holen gehen?" sagte Catherine. „Sonst denkt sie am Ende noch, wie hätten uns damit vertan, wessen Tag heute ist, oder wir hätten angefangen, ohne sie zu trinken."

„Du brauchst sie nicht zu holen."

„Ich will aber. Sie hat sich heute um dich gekümmert, ich nicht. Wirklich, David, noch bin ich nicht bescheuert. Ich handle und rede bloß so."

Während David darauf wartete, daß Catherine zurückkam, trank er noch ein Glas Wein und las die Pariser Ausgabe des „New York Herald", die sie auf der Theke gelassen hatte. Der Wein schmeckte, so allein getrunken, ganz anders, und er holte einen Korken aus der Küche, um die Flasche zu verschließen, bevor er sie in den Eisschrank zurückstellte. Aber die Flasche fühlte sich nicht schwer genug an, und als er sie gegen das durch das westliche Fenster hereinfallende Licht hielt, sah er, wie wenig Wein nur noch darin war, goß den Rest ins Glas, trank ihn runter und stellte die Flasche auf den Fliesenboden. Sogar wenn er ihn schnell runtertrank, bewirkte er nichts bei ihm.

Gott sei Dank, daß er jetzt mit den Stories den Durchbruch geschafft hatte. Das letzte Buch war gut gewesen wegen der Leute, die darin vorkamen, und wegen der

Genauigkeit in den Details, die es glaubhaft gemacht hatten. Eigentlich brauchte er sich nur genau zu erinnern, die Form entstand dann einfach durch das, was er bewußt wegließ. Und dann konnte er es ohne weiteres raffen, wie die Blende an einer Kamera, und es verstärken, so daß es sich auf den Punkt konzentrieren ließ, wo die Hitze am größten war und sich Rauch zu bilden begann. Er wußte, daß er diesen Punkt jetzt erreicht hatte.

Was Catherine über die Stories gesagt hatte, als sie ihn verletzen wollte, hatte ihn an seinen Vater denken lassen und an all das, was er zu verändern versucht hatte. Jetzt, sagte er sich, mußt du versuchen, wieder stark zu werden, und dich dem stellen, dem du dich zu stellen hast, ohne empfindlich oder verletzt zu sein, weil jemand weder verstanden noch anerkannt hat, was du geschrieben hast. Sie versteht es immer weniger. Aber du hast gut gearbeitet, und nichts kann dir etwas anhaben, solange du arbeiten kannst. Versuch ihr jetzt zu helfen, und denk nicht an dich. Morgen mußt du die Story überarbeiten und vervollständigen.

Aber David wollte nicht über die Story nachdenken. Am Schreiben lag ihm zwar mehr als an allem anderen, und ihm waren viele Dinge wichtig, aber er wußte auch, daß er sich, wenn er schrieb, weder Sorgen darum machen noch daran herumtüfteln noch sich irgendwie damit befassen durfte, genausowenig wie er die Tür der Dunkelkammer aufmachen würde, um nachzusehen, ob das Negativ sich auch entwickelt. Laß die Finger davon, redete er sich zu. Du bist ein verdammter Idiot, aber so viel weißt du immerhin.

Seine Gedanken wandten sich den beiden Mädchen zu, und er überlegte, ob er sie suchen und fragen sollte, was sie vorhätten, oder ob sie schwimmen gehen wollten. Immerhin gehörte der Tag Marita und ihm, und sie wartete womöglich auf ihn. Vielleicht ließ sich aus diesem Tag noch etwas für sie alle retten. Sie könnten sich ja etwas einfallen lassen. Er sollte hingehen und sie fragen, was sie tun wollten. Dann tu's doch, sagte er sich. Steh nicht hier rum und stell dir's vor. Los, geh sie suchen.

Die Tür zu Maritas Zimmer war zu; er klopfte an.

Sie hatten geredet, und als er klopfte, hörte das Reden auf.

„Wer ist da?" fragte Marita.

Er hörte Catherine lachen, und sie sagte: „Herein, wer immer da ist."

Er hörte Marita etwas zu ihr sagen, und Catherine sagte: „Komm rein, David."

Er machte die Tür auf. Sie lagen nebeneinander in dem großen Bett, das Laken bis zum Kinn hochgezogen.

„Bitte, komm herein", sagte Catherine. „Wir haben auf dich gewartet."

David sah sie an, das ernste dunkle Mädchen und das blonde lachende. Marita sah ihn an, als ob sie ihm etwas sagen wollte. Catherine lachte.

„Willst du nicht zu uns reinkommen, David?"

„Ich wollte nur fragen, ob ihr Lust zum Schwimmen habt oder so was", sagte David.

„Ich nicht", sagte Catherine. „Erbin lag im Bett und schlief, da bin ich zu ihr ins Bett gestiegen. Sie war sehr freundlich und bat mich zu gehen. Sie ist dir kein bißchen untreu. Nicht das allerkleinste bißchen. Aber willst du nicht auch reinkommen, damit wir dir beide treu sein können?"

„Nein", sagte David.

„Bitte, David", sagte Catherine. „Es ist so ein schöner Tag."

„Willst du schwimmen gehen?" fragte David Marita.

„Ja, gern", sagte das Mädchen über dem Laken.

„Ach ihr zwei Puritaner“, sagte Catherine. „Seid doch bitte beide vernünftig und komm ins Bett, David.“

„Ich will schwimmen gehen“, sagte Marita. „Geh bitte raus, David.“

„Warum soll er dich nicht sehen?“ fragte Catherine. „Am Strand sieht er dich ja auch.“

„Er wird mich in der Bucht sehen“, sagte Marita. „Bitte, geh jetzt, David.“

David ging, schloß, ohne sich umzusehen, die Tür und hörte Marita mit leiser Stimme etwas zu Catherine sagen und dann Catherine lachen. Er ging über den Plattenweg zur Vorderseite des Hotels und sah aufs Meer hinaus. Es wehte jetzt ein leichter Wind, und er beobachtete drei französische Zerstörer und einen Kreuzer, die sauber, dunkel und scharf gestochen auf dem blauen Meer in Formation fuhren und irgendwelche Aufgaben lösten. Sie waren weit draußen und wirkten durch ihre Winzigkeit wie Zielattrappen, bis sich an einem Bug ein weißer Streifen zeigte, als eins der Schiffe beschleunigte, um die Formation umzustellen. David sah ihnen zu, bis die beiden Mädchen zu ihm kamen.

„Sei bitte nicht sauer“, sagte Catherine.

Sie hatten sich für den Strand angezogen, und Catherine stellte die Tasche mit den Handtüchern und Bademänteln auf einen der Eisenstühle.

„Gehst du auch mit schwimmen?“ fragte David sie.

„Wenn du nicht böse auf mich bist.“

David sagte nichts, er beobachtete die Schiffe, wie sie den Kurs wechselten und ein anderer Zerstörer in spitzem Winkel aus der Formation ausscherte, an seinem Bug wieder der Streifen weißen Wellenschlags. Dann stieß das Schiff Rauch aus, der sich zu einer schwarzen Fahne ausdehnte, während es an der Flanke entlang einen schnellen Bogen beschrieb.

„War doch nur ein Scherz“, sagte Catherine. „Wir

haben immer so gute grobe Scherze gemacht, wir beide."

„Was machen die da, David?" fragte Marita.

„U-Boot-Abwehrmanöver vermutlich", sagte er. „Kann sein, daß auch U-Boote dabei sind. Vermutlich von Toulon ausgelaufen."

„In Sainte-Maxime, oder war's in Saint-Raphaël, waren sie auch", sagte Catherine. „Neulich hab ich sie gesehen."

„Ich weiß bloß nicht, was das jetzt mit dem künstlichen Nebel soll", sagte David. „Da müssen noch mehr Schiffe sein, die wir nicht sehen können."

„Da kommen Flugzeuge", sagte Marita. „Sind die nicht reizend?"

Es waren sehr kleine, hübsche Wasserflugzeuge, und drei davon kamen dicht über dem Meer um die Landspitze herumgeflogen.

„Als wir im Frühsommer hier waren, haben sie vor den Porquerolles Schießübungen veranstaltet, das war ungeheuer", sagte Catherine. „Die Fenster haben gewakkelt. Ob sie Wasserbomben einsetzen, David?"

„Keine Ahnung. Wohl kaum, wenn sie mit echten U-Booten arbeiten."

„Ich kann doch mit schwimmen gehen, ja, bitte, David?" fragte Catherine. „Ich verzieh mich auch, dann könnt ihr die ganze Zeit für euch allein baden."

„Ich habe dich ja gefragt, ob du mitkommst", sagte David.

„Stimmt", sagte Catherine. „Das hast du. Also gehen wir, und seien wir wieder Freunde und fröhlich. Wenn die Flugzeuge nah herankommen, können sie uns am Strand in der Bucht sehen, das wird sie etwas aufheitern."

Die Flugzeuge kamen tatsächlich nah an der Bucht vorbei, als David und Marita weit draußen schwammen und

Catherine sich am Strand bräunte. Sie flogen schnell vorbei, drei Dreierstaffeln; während sie über sie hinwegflogen, brummten die starken Rhône-Motoren laut auf und erstarben dann langsam, als sie sich in Richtung Sainte-Maxime entfernten.

David und Marita schwammen zum Strand zurück und setzten sich zu Catherine auf den Sand.

„Sie haben mich nicht mal angesehen", sagte Catherine. „Das müssen ja ganz ernste Burschen sein."

„Was hast du denn erwartet? Daß sie dich von oben fotografieren?" fragte David.

Marita hatte kaum etwas gesagt, seit sie vom Hotel weg waren, und bemerkte auch hierzu nichts.

„Es war schön, als David noch richtig mit mir zusammen lebte", sagte Catherine zu ihr. „Ich kann mich erinnern, wie mir da alles gefiel, was David getan hat. Du mußt dich auch bemühen, an seinen Sachen Gefallen zu finden, Erbin. Das heißt, falls er noch welche übrig hat."

„Hast du noch welche übrig, David?" fragte Marita.

„Er hat alles, was er besaß, in diesen Stories verscherbelt", sagte Catherine. „Früher hat er so vieles besessen. Ich hoffe wirklich sehr, daß du dir was aus Stories machst, Erbin."

„Sie gefallen mir", sagte Marita. Sie sah David nicht an, aber er sah ihr klares dunkles Gesicht, ihr nasses Haar, ihre herrlich glatte Haut und ihren schönen Körper, während sie dasaß und aufs Meer hinausblickte.

„Das ist gut", sagte Catherine träge, holte lang und tief und träge Luft und streckte sich auf dem Badelaken auf dem Sand aus, der noch warm war von der Nachmittagssonne. „Denn was anderes wirst du nicht bekommen. Früher hat er noch so viele andere Sachen gemacht, und was für schöne Sachen. Er führte so ein wunderbares Leben, und jetzt denkt er nur noch an Afrika und seinen versoffenen Vater und seine Zeitungsausschnitte. Seine

Kritiken. Hat er dir schon mal seine Kritiken gezeigt, Erbin?"

„Nein, Catherine", sagte Marita.

„Das kommt noch", sagte Catherine. „In Le Grau-du-Roi hat er mal versucht, sie mir zu zeigen, aber das habe ich unterbunden. Es waren Hunderte, auf fast allen war sein Bild abgedruckt, und es war immer dasselbe Bild. Das ist wirklich noch viel schlimmer, als wenn einer obszöne Postkarten mit sich herumträgt. Ich nehme an, er liest sie heimlich und betrügt mich mit ihnen. Vermutlich macht er's in einen Papierkorb. Er hat immer einen Papierkorb. Er hat selbst gesagt, das sei für einen Schriftsteller das wichtigste."

„Gehen wir ein bißchen schwimmen, Catherine", sagte Marita. „Mir wird langsam kalt."

„Wie gesagt, der Papierkorb sei für einen Schriftsteller das wichtigste", sagte Catherine. „Ich wollte ihm immer einen richtig schönen schenken, der seiner würdig gewesen wäre. Aber er wirft ja nichts von dem, was er schreibt, in den Papierkorb. Er schreibt in diese lächerlichen Kinderschulhefte und schmeißt nie was weg. Höchstens streicht er mal was durch und schreibt was anderes an den Rand. Im Grunde ist das alles Betrug. Und außerdem macht er orthographische und grammatikalische Fehler. Hast du gewußt, Marita, daß er die Grammatik überhaupt nicht beherrscht?"

„Armer David", sagte Marita.

„Sein Französisch ist natürlich noch viel schlimmer", sagte Catherine. „Du hast ja noch nie gesehen, wenn er es zu schreiben versucht. Wenn er's spricht, schwindelt er sich noch gerade so durch, und sein Argot ist sogar amüsant. Dabei ist er praktisch Analphabet."

„Zu dumm", sagte David.

„Ich habe ihn bewundert", sagte Catherine, „bis ich dahintergekommen bin, daß er nicht mal einen simplen

Brief richtig schreiben konnte. Aber vielleicht kannst du ja für ihn französisch schreiben."

„Ta gueule", sagte David fröhlich.

„So was kann er", sagte Catherine. „Kurze Ausdrücke aus der Gosse, die wahrscheinlich schon aus der Mode sind, bevor er das gemerkt hat. Französische Redensarten hat er gut drauf, aber schreiben kann er überhaupt nicht. Er ist wirklich ein Analphabet, Marita, dem mußt du ins Auge blicken. Und seine Handschrift ist grauenhaft. Er kann in keiner Sprache schreiben oder sprechen wie ein Gentleman. Besonders nicht in seiner eigenen."

„Armer David", sagte Marita.

„Ich kann nicht behaupten, daß ich ihm die besten Jahre meines Lebens geschenkt hätte", sagte Catherine. „Weil ich nämlich erst seit März, glaube ich, mit ihm zusammen lebe, aber mit Sicherheit habe ich ihm die besten Monate meines Lebens geschenkt. Jedenfalls die, in denen ich mich am besten amüsiert habe, und das lag gewiß auch an ihm. Ich wünschte ja auch, das Ganze hätte nicht mit so einer kompletten Enttäuschung geendet, aber was soll man denn machen, wenn man entdeckt, der Mann ist Analphabet und frönt heimlichen Lastern in einem Papierkorb voller Zeitungsausschnitte mit dem Aufdruck „The Original Romeike's", was immer das sein mag. Das würde jedes Mädchen entmutigen, und ehrlich gesagt, ich werde mir das nicht mehr bieten lassen."

„Nimm die Zeitungsausschnitte und verbrenn sie", sagte David. „Das wäre das vernünftigste. Möchtest du jetzt nicht ein wenig schwimmen gehen, Teufel?"

Catherine sah ihn listig an.

„Woher weißt du, daß ich es getan habe?" fragte sie.

„Was getan?"

„Die Zeitungsausschnitte verbrannt."

„Das hast du getan, Catherine?" fragte Marita.

„Selbstverständlich", sagte Catherine.

David stand auf und sah sie an. Er fühlte sich völlig leer. Es war, als ob man auf einer Bergstraße um eine Kurve führe und da wäre keine Straße mehr vor einem, sondern nur noch ein Abgrund. Marita war jetzt auch aufgestanden. Catherine sah zu ihnen hoch, ihre Miene war ruhig und vernünftig.

„Gehen wir schwimmen", sagte Marita. „Nur bis zur Landspitze und wieder zurück."

„Freut mich, daß du endlich wieder freundlich bist", sagte Catherine. „Ich will schon seit langem ins Wasser. Es wird doch allmählich ziemlich kühl. Man vergißt, daß wir schon September haben."

26

Sie zogen sich am Strand wieder an und kletterten, wobei David die Tasche mit den Strandsachen trug, rauf zu der Stelle, wo der alte Wagen unter den Pinien wartete. Sie stiegen ein, und David fuhr sie im Licht des frühen Abends zum Hotel zurück. Im Auto schwieg Catherine, und für einen zufälligen Passanten hätten die drei von irgendeinem Nachmittag an einem der einsamen Strände des Estérel zurückkommen können. Die Kriegsschiffe waren nicht mehr in Sicht, als sie in der Einfahrt aus dem Wagen stiegen; das Meer hinter den Pinien lag blau und still. Der Abend dieses Tags war genauso schön und klar wie der Morgen.

Sie gingen zum Eingang des Hotels, David brachte die Tasche mit den Strandsachen in den Lagerraum und stellte sie ab.

„Gib sie mir", sagte Catherine. „Sie müssen zum Trocknen aufgehängt werden."

„Ach ja", sagte David. Er machte an der Tür des Lagerraums kehrt, ging raus und dann zu seinem Arbeitszimmer am anderen Ende des Hotels. Dort machte er seinen großen Vuitton-Koffer auf. Der Stapel Hefte, in die er die Stories geschrieben hatte, war verschwunden. Ebenso die vier dicken Umschläge von seiner Bank, die die Zeitungsausschnitte enthalten hatten. Die Hefte mit seinem Bericht waren noch unversehrt da. Er verschloß den Koffer wieder und durchsuchte sämtliche Schubladen des Kleiderschranks und das ganze Zimmer. Er hatte nicht geglaubt, daß die Stories weg sein könnten. Er hatte nicht geglaubt, daß sie das tun könnte. Am Strand war ihm klar gewesen, daß sie es getan haben könnte, aber er hatte es für unmöglich gehalten und es nicht wirklich geglaubt. Sie hatten sich ruhig und umsichtig und beherrscht verhalten, so wie man gelernt hatte, sich in Gefahren oder Notlagen oder bei Katastrophen zu verhalten, aber er hatte es nicht für möglich gehalten, daß es wirklich passiert sein könnte.

Jetzt wußte er, daß es passiert war, dachte aber noch immer, daß es vielleicht ja nur ein häßlicher Scherz wäre. Leer und stumpf in seinem Innern machte er also den Koffer noch einmal auf und durchsuchte ihn, und nachdem er ihn wieder verschlossen hatte, durchsuchte er noch einmal das Zimmer.

Das war jetzt weder eine Gefahr noch eine Notlage. Sondern die reinste Katastrophe. Aber es konnte nicht sein. Sie muß sie irgendwo versteckt haben. Vielleicht im Lagerraum oder in ihrem Zimmer; oder sie könnte sie in Maritas Zimmer gebracht haben. Sie konnte sie doch nicht wirklich vernichtet haben. Niemand konnte einem Mitmenschen das antun. Er konnte noch immer nicht glauben, daß sie es getan hatte, aber ihm war ganz schlecht, als er die Tür hinter sich abschloß.

Die beiden Mädchen saßen an der Theke, als David hereinkam. Marita sah zu ihm auf und merkte, was los war, und Catherine beobachtete ihn im Spiegel. Sie sah nicht ihn an, sondern nur sein Bild im Spiegel.

„Wo hast du sie hingetan, Teufel?" fragte David.

Sie drehte sich vom Spiegel weg und sah ihn an. „Sag ich dir nicht", sagte sie. „Ich hab sie gut versorgt."

„Erzähl's mir doch bitte", sagte David. „Ich brauche sie nämlich unbedingt."

„Nein, das stimmt nicht", sagte sie. „Sie waren nichts wert, und ich fand sie abscheulich."

„Die über Kibo nicht", sagte David. „Kibo hat dir gefallen. Weißt du nicht mehr?"

„Der mußte auch weg. Eigentlich wollte ich ihn herausreißen und behalten, aber ich konnte ihn nicht finden. Und überhaupt ist er ja tot, hast du gesagt."

Marita sah sie an, blickte dann weg und sah sie wieder an: „Wo hast du sie verbrannt, Catherine?"

„Dir sag ich's auch nicht", sagte Catherine. „Du stehst schließlich auf seiner Seite."

„Hast du sie zusammen mit den Zeitungsausschnitten verbrannt?" fragte David.

„Sag ich dir nicht", sagte Catherine. „Du redest mit mir wie ein Polizist oder Lehrer."

„Sag's mir, Teufel. Ich will's ja bloß wissen."

„Ich habe sie finanziert", sagte Catherine. „Ich habe das Geld für sie aufgebracht."

„Ich weiß", sagte David. „Das war sehr großzügig von dir. Wo hast du sie verbrannt, Teufel?"

„Ihr sag ich's nicht."

„Nein. Sag's nur mir."

„Dann schick sie raus."

„Ich muß sowieso gehen", sagte Marita. „Bis später, Catherine."

„Schön", sagte Catherine. „Es war nicht deine Schuld, Erbin."

David saß auf dem hohen Hocker neben Catherine,

und sie sah im Spiegel zu, wie Marita den Raum verließ.

„Wo hast du sie verbrannt, Teufel?“ fragte David. „Jetzt kannst du’s mir sagen.“

„Sie würde es nicht verstehen“, sagte Catherine. „Deswegen wollte ich, daß sie rausgeht.“

„Ich weiß“, sagte David. „Wo hast du sie verbrannt, Teufel?“

„In dem durchlöcherten Eisenfaß, in dem Madame immer den Müll verbrennt“, sagte Catherine.

„Ist alles verbrannt?“

„Ja. Ich habe aus einem bidon in der Remise noch Öl draufgegossen. Es hat ordentlich geflackert, und alles ist verbrannt. Ich habe es für dich getan, David, und für uns alle.“

„Davon bin ich überzeugt“, sagte David. „Ist alles verbrannt?“

„Und ob. Wir können rausgehen und nachsehen, wenn du willst, aber das ist überflüssig. Das ganze Papier ist verbrannt, und dann hab ich noch mit einem Stock darin rumgestochert.“

„Ich geh mal eben nachsehen“, sagte David.

„Aber du kommst wieder“, sagte Catherine.

„Sicher“, sagte David.

Die Verbrennung hatte in dem Abfallverbrenner stattgefunden, einem ausgedienten, mit Löchern versehenen Fünfundfünfzig-Gallonen-Benzinfaß. Der Stock, mit dem sie in der Asche gerührt hatte und der an einem Ende frisch geschwärzt war, war ein alter Besenstiel, der auch schon vorher zu diesem Zweck benutzt worden war. Der bidon stand im Schuppen und enthielt Kerosin. In dem Faß waren einige wenige identifizierbare grüne Fetzen der Heftumschläge, und David fand verbrannte Zeitungsschnipsel und zwei verkohlte Stücke rosa Papier, die er als die von dem Zeitungsausschnittdienst

„Romeike“ benutzten identifizierte. Auf einem war noch die Datumszeile Providence RI zu erkennen. Die Asche war gut verrührt, aber es hätte sich zweifellos noch mehr unverbranntes oder nur angekohltes Material finden lassen, wenn ihm etwas daran gelegen hätte, das Ganze geduldig durchzusieben und zu untersuchen. Er zerriß das rosa Papier mit dem Aufdruck Providence RI in kleine Stücke und warf sie in das alte Benzinfaß, das er wieder aufrecht hingestellt hatte. Er überlegte, daß er nie in Providence, Rhode Island, gewesen war, und nachdem er den Besenstiel in den Schuppen zurückgebracht hatte, wo ihm auffiel, daß er sein Rennrad wieder mal aufpumpen müßte, ging er in die Küche, wo niemand war, und von dort in den Salon, wo er sich neben seine Frau Catherine an die Theke stellte.

„War's nicht genauso, wie ich gesagt habe?“ fragte Catherine.

„Doch“, sagte David, setzte sich auf einen Hocker und stützte die Ellbogen auf die Theke.

„Vielleicht hätte es gereicht, die Zeitungsausschnitte zu verbrennen“, sagte Catherine. „Aber ich habe wirklich gedacht, ich sollte ganz reinen Tisch machen.“

„Na, das hast du ja geschafft“, sagte David.

„Jetzt kannst du an deinem Bericht weiterarbeiten, und nichts wird dir dabei mehr im Weg stehen. Morgen früh kannst du anfangen.“

„Sicher“, sagte David.

„Freut mich, daß du das so vernünftig siehst“, sagte Catherine. „Du konntest ja nicht wissen, was für wertloses Zeug das war. Das mußte ich dir klarmachen.“

„Die mit Kibo, die dir gefallen hat, die hättest du nicht behalten können?“

„Ich sagte ja, daß ich danach gesucht habe. Aber wenn du sie neu schreiben willst, kann ich sie dir Wort für Wort auswendig vorsagen.“

„Das wird lustig."

„Ja, bestimmt. Du wirst schon sehen. Soll ich sie dir gleich diktieren? Das können wir, wenn du willst."

„Nein", sagte David. „Nicht jetzt gleich. Willst du's nicht lieber aufschreiben?"

„Ich kann nicht schreiben, David. Das weißt du. Aber diktieren kann ich sie dir jederzeit. Die anderen sind dir doch schnuppe, oder? Die waren doch nichts wert."

„Sag mal ehrlich, warum hast du das getan?"

„Um dir zu helfen. Du kannst nach Afrika fahren und sie noch mal schreiben, wenn deine Sicht ein wenig reifer geworden ist. Das Land kann sich ja nicht sehr verändert haben. Schöner fänd ich's allerdings, wenn du statt dessen über Spanien schreiben würdest. Du hast gesagt, das Land sei fast dasselbe wie Afrika. Nur hättest du dort den Vorteil einer zivilisierten Sprache."

David schenkte sich einen Whiskey ein, nahm eine Flasche Perrier, hebelte sie auf und goß etwas davon ins Glas. Er erinnerte sich an den Tag, als sie in der Ebene auf dem Weg nach Aiguesmortes an dem Ort vorbeigekommen waren, wo das Perrier-Wasser abgefüllt wurde, und wie . . . „Reden wir nicht vom Schreiben", sagte er zu Catherine.

„Ich möchte aber", sagte Catherine. „Wenn es konstruktiv ist und einen vernünftigen Zweck verfolgt. Du hast immer so gut geschrieben, bis du mit diesen Stories angefangen hast. Am schlimmsten waren der Schmutz und die Fliegen, die Grausamkeit und Bestialität. Als ob du dich darin gesuhlt hättest. Gräßlich, diese Story über das Massaker in dem Krater, und was für ein herzloser Mann dein Vater war."

„Müssen wir jetzt davon reden?" fragte David.

„Allerdings will ich davon reden", sagte Catherine. „Ich will, daß du begreifst, warum ich sie verbrennen mußte."

„Schreib's mir auf", sagte David. „Ich möchte es jetzt lieber nicht hören."

„Aber ich kann so was nicht aufschreiben, David."

„Doch", sagte David.

„Nein. Aber ich werd's jemand vorsagen, der's aufschreiben kann", sagte Catherine. „Wenn du nett wärst, würdest du's für mich aufschreiben. Mit Vergnügen tätest du das, wenn du mich wirklich liebtest."

„Das einzige, was ich will, ist dich umbringen", sagte David. „Und ich tue es nur deshalb nicht, weil du verrückt bist."

„So darfst du nicht mit mir reden, David."

„Nein?"

„Nein, das darfst du nicht. Das darfst du nicht. Hörst du nicht?"

„Ich höre."

„Dann hör mir zu: so was darfst du nicht sagen. So was Schreckliches darfst du nicht zu mir sagen."

„Ich höre", sagte David.

„So was darfst du nicht sagen. Das laß ich mir nicht gefallen. Ich werde mich von dir scheiden lassen."

„Das wäre mir sehr recht."

„Dann bleib ich mit dir verheiratet und laß mich nie von dir scheiden."

„Auch nicht übel."

„Ich mach mit dir, was ich will."

„Das hast du bereits."

„Ich werde dich umbringen."

„Wär mir doch scheißegal", sagte David.

„Nicht mal in so einem Augenblick kannst du reden wie ein Gentleman."

„Was würde denn ein Gentleman in einem solchen Augenblick sagen?"

„Daß er es bedauern würde."

„Von mir aus", sagte David. „Ich bedaure es. Ich bedaure, dich kennengelernt zu haben. Ich bedaure, dich geheiratet zu haben ..."

„Gleichfalls."

„Halt bitte die Klappe. Sag das irgendwem, der's für dich aufschreiben kann. Ich bedaure, daß deine Mutter deinen Vater kennengelernt hat und daß sie dich gezeugt haben. Ich bedaure, daß du geboren wurdest und aufgewachsen bist. Ich bedaure alles, was wir je zusammen getan haben, im Guten wie im Schlechten ..."

„Das ist nicht wahr."

„Stimmt", sagte er. „Ich hör schon auf. Ich hatte nicht vor, eine Rede zu halten."

„Eigentlich bedauerst du bloß dich selbst."

„Möglich", sagte David.

„Ach Scheiße, Teufel, warum mußtest du sie verbrennen? Die Stories?"

„Ich mußte es eben, David", sagte sie. „Tut mir leid, wenn du das nicht verstehst."

Er hatte es im Grunde schon verstanden, bevor er ihr diese Frage gestellt hatte, und er merkte, daß dies eine rhetorische Frage gewesen war. Er mochte rhetorische Fragen nicht und mißtraute denen, die welche stellten, und er schämte sich, weil er selbst darauf verfallen war. Er trank langsam den Whiskey mit Perrier, während er überlegte, wie falsch die Behauptung war, daß alles, was verstanden, auch verziehen sei, und er zwang sich so gewissenhaft zu größerer Disziplin wie in den alten Zeiten, wenn er mit dem Mechaniker und dem Waffenmeister das Flugzeug, den Motor und die Maschinengewehre kontrolliert hatte. Damals war das zwar nicht nötig gewesen, da sie ihre Arbeit immer tadellos gemacht hatten, aber es war eine Methode, das Denken auszuschalten, und es war, um einen dümmlichen Ausdruck zu gebrauchen, trostspendend. Jetzt aber *war* es nötig, da er den Satz, er wolle Catherine umbringen, vollkommen ernst und nicht rhetorisch gemeint hatte. Er schämte sich für die Sätze, die er danach gesagt hatte. Aber an diesem ernstgemeinten Satz konnte er nichts ändern, außer sich zu größerer Disziplin zwingen, damit er sich für den Fall, daß er die Beherrschung zu verlieren begann, noch zurückhalten konnte. Er goß sich noch einen Whiskey ein, füllte das Glas wieder mit Perrier auf, und sah zu, wie die kleinen Bläschen aufstiegen und zerplatzten. Zur Hölle mit ihr, dachte er.

„Ich bin eben leider ein Spießer", sagte er. „Natürlich versteh ich das."

„Wie mich das freut, David", sagte sie. „Morgen früh reise ich ab."

„Wohin?"

„Nach Hendaye, und dann nach Paris, um mich nach Illustratoren für das Buch umzusehen."

„Wirklich?"

„Ja. Ich find's richtig. Wir haben sowieso schon Zeit verschwendet, und heute habe ich solche Fortschritte gemacht, daß ich einfach weitermachen muß."

„Und wie willst du fahren?"

„Mit dem Bug."

„Du solltest nicht allein fahren."

„Ich will aber."

„Besser nicht, Teufel. Wirklich. Ich kann das nicht zulassen."

„Kann ich mit dem Zug fahren? Es geht einer nach Bayonne. Da oder in Biarritz kann ich mir einen Wagen mieten."

„Können wir morgen früh darüber reden?"

„Ich will jetzt darüber reden."

„Du solltest nicht fahren, Teufel."

„Ich fahre", sagte sie. „Du wirst mich nicht aufhalten."

„Ich überlege ja bloß, wie's am besten gehen könnte."

„Nein, falsch. Du versuchst es mir auszureden."

„Wenn du wartest, fahren wir zusammen."

„Ich will nicht mit dir zusammen fahren. Ich will morgen fahren, und zwar mit dem Bug. Und wenn du das nicht zuläßt, fahre ich mit dem Zug. Du kannst keinen daran hindern, mit dem Zug zu fahren. Ich bin volljährig, und die Tatsache, daß ich mit dir verheiratet bin, macht mich noch lange nicht zu deiner Sklavin oder Leibeigenen. Ich fahre, und du kannst mich nicht daran hindern."

„Wirst du zurückkommen?"

„Das habe ich vor."

„Verstehe."

„Du verstehst gar nichts, aber das ist auch egal. Ich habe alles gut durchdacht und geplant. So was schüttelt man doch nicht einfach aus dem Ärmel . . ."

„Sondern in den Papierkorb", sagte David, dann fiel ihm die Disziplin ein, und er nippte an seinem Whiskey mit Perrier. „Gehst du in Paris auch zu deinen Rechtsanwälten?" fragte er.

„Falls irgendwas Geschäftliches ansteht. Es ist nichts Ungewöhnliches, daß ich meine Anwälte besuche. Du meinst wohl, nur weil du keine Anwälte hast, müßten andere Leute ihre Anwälte nie besuchen. Sollen meine Anwälte irgend etwas für dich tun?"

„Nein", sagte David. „Scheiß auf deine Anwälte."

„Hast du noch genug Geld?"

„Wird schon reichen."

„Bestimmt, David? Waren die Stories nicht eine Menge wert? Das quält mich furchtbar, und ich weiß um meine Verantwortung. Ich werd's herausfinden und genau das tun, was ich zu tun habe."

„Wie bitte?"

„Genau das tun, was ich zu tun habe."

„Und was soll das bitte sein?"

„Ich werde ihren Wert schätzen lassen und das Doppelte davon an deine Bank überweisen."

„Hört sich sehr großzügig an", sagte David. „Großzügig warst du immer schon."

„Ich will gerecht sein, David, und es ist ja möglich, daß sie finanziell viel mehr wert waren, als sie vielleicht geschätzt würden."

„Und wer schätzt so was?"

„Es gibt Leute, die so was machen. Es gibt Leute, bei denen kann man alles schätzen lassen."

„Was sind das für Leute?"

„Keine Ahnung, David. Aber ich könnte mir denken, so Leute wie die Herausgeber von ‚Atlantic Monthly', ‚Harper's' oder ‚La Nouvelle Revue Française'."

„Ich geh mal kurz raus", sagte David. „Fühlst du dich gut?"

„Wenn man davon absieht, daß ich dir wohl großes Unrecht zugefügt habe, das ich wiedergutmachen muß, fühle ich mich ausgezeichnet", sagte Catherine. „Das war einer der Gründe, warum ich nach Paris wollte. Eigentlich wollte ich dir das gar nicht sagen."

„Sprechen wir nicht von Verlusten", sagte David. „Du willst also mit dem Zug fahren?"

„Nein. Ich will mit dem Bug fahren."

„Na schön. Nimm den Bug. Aber fahr vorsichtig und überhol nicht an Steigungen."

„Ich werde so fahren, wie du's mir beigebracht hast, und mir die ganze Zeit vorstellen, du wärst bei mir, und mit dir reden und uns Geschichten erzählen und Geschichten ausdenken, wie ich dir das Leben gerettet habe. Die denke ich mir andauernd aus. Und mit dir wird mir alles viel kürzer und weniger anstrengend vorkommen und das Tempo nicht so schnell. Ich werde mich gut amüsieren."

„Schön", sagte David. „Mach's dir so angenehm wie

möglich. Übernachte das erstemal in Nîmes, falls du nicht sehr früh hier abfährst. Im ‚Imperator' kennt man uns."

„Ich hatte vor, bis Carcassonne zu kommen."

„Nein, Teufel, bitte."

„Vielleicht komme ich ja früh weg und schaff's bis Carcassonne. Ich könnte über Arles und Montpellier fahren, ohne in Nîmes Zeit zu verlieren."

„Aber wenn du spät wegkommst, dann übernachte in Nîmes."

„Als ob ich ein Säugling wäre", sagte sie.

„Eigentlich müßte ich mitfahren", sagte er. „Wirklich."

„Nein, bitte. Es ist wichtig, daß ich das ganz allein mache. Glaub mir. Ich will dich nicht dabeihaben."

„In Ordnung", sagte er. „Trotzdem sollte ich mit."

„Bitte, laß mich. Du mußt Vertrauen zu mir haben, David. Ich werde vorsichtig fahren, und ich werde es in einer Tour schaffen."

„Das schaffst du nicht, Teufel. Es wird jetzt früh dunkel."

„Mach dir keine Sorgen. Lieb von dir, daß du mich fahren läßt", sagte Catherine. „Aber so warst du immer. Sollte ich irgend etwas getan haben, was ich hätte lassen sollen, verzeihst du mir hoffentlich. Ich werde dich schrecklich vermissen. Ich vermisse dich jetzt schon. Das nächstemal fahren wir zusammen."

„Du hast einen sehr anstrengenden Tag hinter dir", sagte David. „Du bist müde. Laß mich wenigstens deinen Bugatti mal eben in die Stadt fahren und überprüfen lassen."

Vor Maritas Tür blieb er stehen und fragte: „Hast du Lust auf einen Ausflug?"

„Ja", sagte sie.

„Dann komm", sagte er.

David setzte sich in den Wagen; Marita stieg neben ihm ein, und er fuhr bis zu einem Stück Straße, über das vom Strand her Sand geweht war, dann drosselte er den Motor und fuhr langsam weiter und beobachtete das Papyrusgras links vor ihm und den leeren Strand und das Meer zu seiner Rechten, während vorne die schwarze Straße auftauchte. Er fuhr auf die Straße zurück, bis er die weißgestrichene Brücke schnell auf sich zukommen sah, behielt, während er die Entfernung schätzte, das Tempo bei und nahm dann den Fuß vom Gas und trat mehrmals sanft auf die Bremse. Der Wagen fuhr gleichmäßig und verlor mit jedem Bremsen an Schwung, ohne vom Kurs abzuweichen oder zu blockieren. Vor der Brücke hielt er den Wagen an, schaltete runter und brachte ihn dann wieder mit diszipliniert anschwellendem Brummen auf die N 6 nach Cannes.

„Sie hat alles verbrannt", sagte er.

„Ach, David", sagte Marita. Sie fuhren nach Cannes hinein, wo schon die Lichter an waren, und David parkte den Wagen unter den Bäumen vor dem Café, in dem sie sich zum erstenmal begegnet waren.

„Möchtest du nicht lieber woandershin?" fragte Marita.

„Mich stört's nicht", sagte David. „Ist doch vollkommen egal."

„Und wenn du einfach weiterfahren würdest?" bot Marita an.

„Nein. Ich möchte mich etwas abkühlen", sagte David. „Ich wollte bloß mal sehen, ob der Wagen in Ordnung ist, damit sie ihn fahren kann."

„Sie fährt also?"

„Hat sie gesagt."

Sie saßen an einem Tisch auf der Terrasse im gesprenkelten Schatten der Bäume. Der Kellner hatte Marita einen Tio Pepe und David einen Whiskey mit Perrier gebracht.

„Willst du, daß ich sie begleite?“ fragte Marita.

„Du glaubst doch nicht, daß ihr was passiert?“

„Nein, David. Ich denke, fürs erste hat sie mal genug kaputtgemacht.“

„Schon möglich“, sagte David. „Den ganzen verfluchten Scheiß hat sie verbrannt, nur den Bericht nicht. Das Zeug, in dem sie vorkommt.“

„Es ist ein wunderbarer Bericht“, sagte Marita.

„Laß die Trösterei“, sagte David. „Ich hab's geschrieben, und was sie verbrannt hat, habe ich auch geschrieben. Mit Redensarten brauchst du mich nicht abzuspeisen.“

„Du kannst sie doch neu schreiben.“

„Nein“, erklärte David. „Wenn's einmal sitzt, kann man sich nicht mehr daran erinnern. Bei jedem neuen Durchlesen wirft es einen um. Man kann nicht glauben, daß man das selbst geschrieben hat. Wenn es einmal richtig sitzt, bekommt man es nie wieder hin. Man schafft alles nur ein einziges Mal. Und im Leben wird einem nur eine bestimmte Menge zugestanden.“

„Bestimmte Menge wovon?“

„Von guten Sachen.“

„Aber du kannst dich doch daran erinnern. Du mußt.“

„Das kann weder ich noch du, noch sonstwer. Sie sind weg. Sobald ich einmal etwas richtig hinbekommen habe, ist es weg.“

„Es war eine Gemeinheit von ihr.“

„Nein“, sagte David.

„Was dann?“

„Ein Kurzschluß“, sagte David. „Alles heute geschah bloß, weil sie so hektisch war.“

„Hoffentlich bist du zu mir auch immer so freundlich."

„Du bleib bloß in der Nähe und hilf mit, daß ich sie nicht umbringe. Du weißt doch wohl, was sie vorhat? Sie will mich für die Stories bezahlen, damit ich keinen Verlust erleide."

„Nein!"

„Oh, doch. Sie will sie auf irgendeine hirngespinstige Weise à la Rube Goldberg von ihren Anwälten taxieren lassen, und dann wird sie mir den doppelten Schätzwert auszahlen."

„Mal ehrlich, David, das hat sie nicht gesagt."

„Sie hat es gesagt, und es ist ungeheuer vernünftig. Nur die Einzelheiten müssen noch ausgearbeitet werden, und mehr noch: die Verdoppelung des Schätzwertes oder was auch immer läßt es großzügig erscheinen, und das macht ihr Spaß."

„Du kannst sie nicht allein fahren lassen, David."

„Das weiß ich."

„Was willst du also machen?"

„Keine Ahnung. Aber bleiben wir noch ein Weilchen hier sitzen", sagte David. „Wir brauchen uns nicht zu hetzen. Sie wird müde sein und hat sich wahrscheinlich schlafen gelegt. Ich würde auch gern schlafen, und zwar mit dir, dann aufwachen und das ganze Zeug wiederfinden, als ob's nie weggewesen wäre, und mich wieder an die Arbeit machen."

„Wir werden zusammen schlafen, und eines Tages wirst du nach dem Aufwachen wieder so schön arbeiten wie heute morgen."

„Du bist sehr lieb", sagte David. „Aber als du damals hier reinkamst, bist du in einen ganz schönen Schlamassel geraten, was?"

„Stell mich nicht ins Abseits", sagte Marita. „Ich weiß, wo ich reingeraten bin."

„Sicher", sagte David. „Das wissen wir beide. Willst du noch einen Drink?"

„Wenn du noch einen bestellst", sagte Marita, und dann: „Als ich dazukam, wußte ich ja nicht, daß ich in eine Schlacht geraten würde."

„Ich auch nicht."

„Für dich ist es eigentlich doch nur ein Kampf gegen die Zeit."

„Aber nicht gegen Catherines Zeit."

„Nur weil Zeit für sie eine andere Bedeutung hat. Sie gerät darüber in Panik. Du hast vorhin gesagt, heute, das sei alles bloß Hektik gewesen. Das stimmt zwar nicht, war aber scharfsichtig. Und du hast die Zeit so lange so gut im Griff gehabt."

Sehr viel später rief er den Kellner, bezahlte die Drinks, gab ein gutes Trinkgeld, startete den Wagen, machte die Scheinwerfer an, und als er die Kupplung kommen ließ, stieg all das, was tatsächlich geschehen war, plötzlich wieder in ihm hoch. Da war es wieder so klar und deutlich vor ihm, als hätte er eben erst in dem Abfalleimer nachgeschaut und die mit dem Besenstiel durchgerührte Asche gesehen. Er ließ die Lichtkegel seiner Scheinwerfer sich vorsichtig durch den stillen und leeren Abend der Stadt tasten und folgte ihnen am Hafen entlang auf die Straße. Er spürte Maritas Schulter neben sich und hörte sie sagen: „Ich weiß, David. Mich hat es auch getroffen."

„Laß es nicht an dich ran."

„Ich freue mich aber, daß es mich getroffen hat. Wir können nichts daran ändern, aber wir werden es schaffen."

„Gut."

„Wir werden es wirklich schaffen. Toi et moi."

28

Als David und Marita den Hauptraum des Hotels betraten, kam ihnen Madame aus der Küche entgegen. Sie hielt einen Brief in der Hand.

„Madame hat den Zug nach Biarritz genommen“, sagte sie. „Sie hat diesen Brief für Monsieur dagelassen.“

„Wann ist sie abgefahren?“

„Unmittelbar nachdem Monsieur und Madame gegangen sind“, sagte Madame Aurol. „Sie hat den Jungen zum Bahnhof geschickt, um eine Fahrkarte zu kaufen und einen Platz im wagon-lit reservieren zu lassen.“

David begann den Brief zu lesen.

„Was möchten Sie essen?“ fragte Madame. „Kaltes Hühnchen und Salat? Vorher ein Omelette? Es ist auch Lamm da, falls Monsieur das lieber ist. Was möchte er wohl, Madame?“

Marita sprach mit Madame Aurol, und David las den Brief zu Ende. Er steckte ihn in die Tasche und sah Madame Aurol an. „Machte sie einen verstörten Eindruck, als sie wegfuhr?“

„Ziemlich, Monsieur.“

„Sie wird zurückkommen“, sagte David.

„Ja, Monsieur.“

„Wir werden uns gut um sie kümmern.“

„Ja, Monsieur.“ Als sie das Omelette wendete, begann sie leise zu weinen, und David legte den Arm um sie und gab ihr einen Kuß. „Gehen Sie, und reden Sie mit Madame“, sagte sie. „Und lassen Sie mich den Tisch dekken. Aurol und der Junge sind in Napoule, pelote und Politik durcheinanderbringen.“

„Ich decke ihn“, sagte Marita. „Mach bitte den Wein auf, David. Findest du nicht, wir sollten eine Flasche von dem Lanson trinken?“

Er machte die Eisschranktür zu, nahm die kalte Flasche, drehte die Plombe ab, lockerte den Draht und bewegte dann vorsichtig den Korken zwischen Daumen und Zeigefinger; er spürte das Kneifen der Metallkappe in seinem Daumen und die lange kalte runde Verheißung der Flasche. Er ließ den Korken sachte herauskommen und goß drei Gläser voll. Madame trat mit ihrem Glas vom Herd zurück, dann hoben sie alle ihre Gläser. David wußte nicht, worauf sie anstoßen sollten, und sagte daher das erstbeste, was ihm einfiel: „À nous et à la liberté."

Sie tranken, dann tischte Madame das Omelette auf, und sie tranken noch einmal, diesmal ohne Trinkspruch.

„Iß, David, bitte", sagte Marita.

„Na schön", sagte er, trank ein wenig und aß langsam ein Stück von dem Omelette.

„Iß doch ein bißchen", sagte Marita. „Es wird dir guttun."

Madame sah Marita an und schüttelte den Kopf. „Es hilft auch nichts, wenn Sie nichts essen", erklärte sie ihm.

„Sicher", sagte David, aß langsam und vorsichtig weiter und trank den Champagner, der jedesmal neu geboren wurde, wenn er ein Glas füllte.

„Wo hat sie den Wagen gelassen?" fragte er.

„Am Bahnhof", sagte Madame. „Der Junge ist mit ihr gefahren. Er hat den Schlüssel zurückgebracht. Er ist in Ihrem Zimmer."

„War der wagon-lit sehr voll?"

„Nein. Er hat sie in den Zug gebracht. Es waren nur sehr wenige Reisende da. Sie wird einen Platz haben."

„Der Zug ist nicht schlecht", sagte David.

„Essen Sie etwas von dem Huhn", sagte Madame. „Und trinken Sie noch etwas. Machen Sie noch eine Flasche auf. Ihre Frau hat ebenfalls Durst."

„Ich habe keinen Durst", sagte Marita.

„Natürlich haben Sie", sagte Madame. „Trinken Sie jetzt aus und nehmen Sie sich noch eine Flasche mit. Ich kenne das. Es wird ihm guttun, etwas Gutes zu trinken."

„Ich will aber nicht zu viel trinken, chérie", sagte David zu Madame. „Denn morgen ist ein schlechter Tag, und da will ich mich nicht auch noch schlecht fühlen."

„Das werden Sie auch nicht. Ich kenne Sie. Essen Sie doch noch etwas, mir zuliebe."

Nach wenigen Minuten entschuldigte sie sich und war für eine Viertelstunde verschwunden. David verspeiste sein Huhn und schließlich den Salat, und nachdem sie zurückgekommen war, tranken sie noch ein Glas Wein zusammen, und dann wünschten David und Marita Madame eine gute Nacht; sie war jetzt sehr förmlich, trat auf die Terrasse und blickte in die Dunkelheit hinaus. Die beiden hatten es eilig, und David hatte den Eiskübel mit der geöffneten Weinflasche in der Hand. Er stellte ihn auf den Herd, nahm Marita in die Arme und küßte sie. Sie hielten sich schweigend umfangen, und dann nahm David den Kübel, und sie gingen in Maritas Zimmer.

Ihr Bett war jetzt für zwei Leute gemacht; David stellte den Eiskübel auf den Boden und sagte: „Madame."

„Ja", sagte Marita. „Natürlich."

Sie lagen nebeneinander, draußen war klar und kühl die Nacht, vom Meer wehte eine leichte Brise, und Marita sagte: „Ich liebe dich, David, das weiß ich jetzt ganz sicher."

Sicher, dachte David. Sicher. Nichts ist sicher.

„Die ganze Zeit bis jetzt", sagte Marita, „bis ich die ganze Nacht bei dir schlafen konnte, habe ich immer wieder gedacht, eine Frau, die nicht schlafen könnte, gefiele dir vielleicht nicht."

„Was bist du denn für eine Frau?“

„Du wirst schon sehen. Im Augenblick eine glückliche.“

Dann glaubte er lange Zeit nicht einschlafen zu können, aber das stimmte nicht, und als er im Morgengrauen erwachte, sah er Marita im Bett neben sich und fühlte sich glücklich, bis ihm wieder einfiel, was geschehen war. Er achtete sorgfältig darauf, sie nicht zu wekken, aber als sie sich einmal regte, küßte er sie, bevor er aus dem Bett stieg. Sie lächelte und sagte: „Guten Morgen, David“, und er sagte: „Schlaf weiter, Liebste.“

Sie sagte: „Mach ich“, rollte flink wie ein Tier auf die andere Seite und lag dort, dunkelhaarig, die Augen geschlossen, sie igelte sich ein, den Rücken zum Licht, und ihre langen dunklen Wimpern hoben sich glänzend von der rosig-braunen Frühmorgenfarbe ihrer Haut ab. David sah sie an und dachte, wie schön sie sei und wie deutlich man sehen könne, daß ihr Geist sie auch im Schlaf nicht verlassen habe. Sie war reizend, und die Farbe und die unglaubliche Glätte ihrer Haut waren fast wie bei einer Javanerin, dachte er. Er sah ihre Haut immer dunkler werden, je mehr es sich draußen erhellte. Dann schüttelte er den Kopf, nahm seine Kleider über den linken Arm, öffnete und schloß die Tür und trat in den jungen Morgen hinaus; er ging barfuß über die Steine, die noch naß waren vom Tau.

In seinem und Catherines Zimmer duschte und rasierte er sich, zog ein frisches Hemd und Shorts an und sah sich in dem leeren Schlafzimmer um: es war der erste Morgen, an dem er allein, ohne Catherine, hier war. Dann ging er in die leere Küche, nahm sich eine Büchse Maquereau Vin Blanc Capitaine Cook, machte sie auf und balancierte sie, randvoll mit Saft, zusammen mit einer kalten Flasche Tuborg-Bier in die Bar.

Er machte das Bier auf, nahm den Kronkorken zwischen den Daumen und das erste Glied seines rechten Zeigefingers und preßte ihn, bis er glatt umgeknickt war, steckte ihn, da er keinen Abfalleimer sah, in die Tasche, hob die Flasche, die immer noch kalt in seiner Hand lag und jetzt in seinen Fingern feucht beschlug, sog das Aroma aus der geöffneten Büchse gewürzter und marinierter Makrelen ein, trank einen langen Schluck von dem kalten Bier, stellte es auf die Theke, zog einen Umschlag aus seiner Hosentasche, entfaltete Catherines Brief und las ihn noch einmal durch:

David, ganz plötzlich wurde mir klar, daß ich Dir sagen mußte, wie schrecklich es war. Schlimmer, als jemanden – ein Kind dürfte das Schlimmste sein – mit dem Auto zu überfahren. Der Aufprall auf den Kotflügel oder vielleicht nur ein kleiner Bums und dann alles andere und die schreiend zusammenströmende Menge. Die Französin, die écrasseuse schreit, auch wenn das Kind selbst schuld war. Ich hab's getan, bewußt habe ich es getan, und ich kann es nicht ungeschehen machen. Es ist zu scheußlich, als daß man es begreifen könnte. Aber es ist geschehen.

Ich will's kurz machen. Ich werde zurückkommen, und wir werden alles so gut regeln, wie wir können. Mach Dir keine Sorgen. Ich werde Telegramme und Briefe schreiben und auch sonst alles für mein Buch tun, also falls Du es mal zu Ende schreibst, werde ich nur dieses eine versuchen. Ich mußte die anderen Sachen verbrennen. Das Schlimmste war, das aufrichtig zuzugeben, aber das brauche ich Dir nicht zu sagen. Ich bitte nicht um Verzeihung, aber ich wünsche Dir alles Gute, und ich werde alles so gut machen, wie ich kann.

Erbin ist gut zu Dir und gut zu mir gewesen, und ich nehme ihr nichts übel.

Ich werde nicht so schließen, wie ich gern möchte,

weil es einfach zu unglaubhaft klingen würde, aber ich sage es trotzdem, da ich in letzter Zeit ja sowieso immer böse und unverschämt und unglaubhaft gewesen bin, wie wir beide wissen. Ich liebe Dich und werde Dich immer lieben, und es tut mir leid. Was für eine sinnlose Redensart.

Catherine

Als er fertig war, las er ihn noch einmal.

Andere Briefe von Catherine hatte er noch nie gelesen, denn seit der Zeit, da sie sich in der Bar „Crillon" in Paris kennengelernt hatten, bis zu ihrer Hochzeit in der amerikanischen Kirche in der Avenue Hoche hatten sie sich täglich gesehen, und als er diesen ersten Brief jetzt zum drittenmal las, merkte er, daß sie es tatsächlich noch immer fertigbrachte, ihn gerührt zu machen.

Er steckte den Brief in die Hosentasche zurück, aß eine zweite kleine fette Mini-Makrele in der würzigen Weißweinsoße und trank das kalte Bier aus. Dann ging er in die Küche, ein Stück Brot holen, um die Flüssigkeit aus der länglichen Büchse zu tunken, und nahm sich eine frische Flasche Bier. Er würde heute zu schreiben versuchen, und mit ziemlicher Sicherheit würde es danebengehen. Zu viel Gefühl, zu viel Erschütterung, zu viel überhaupt war über ihn hereingebrochen, und sein Wechsel der Seiten, so vernünftig ihm dieser Schritt vorgekommen war, so sehr er ihm die Sache vereinfachte, war eine ernste und brutale Angelegenheit, und der Ernst und die Brutalität wurden durch diesen Brief noch verschlimmert.

Also dann, Bourne, dachte er, als er sich an das zweite Bier machte, hör auf, darüber nachzudenken, wie übel die Dinge stehen, denn das weißt du ja. Du hast drei Möglichkeiten. Versuchen, sich an eine der vernichteten Stories zu erinnern, und sie neu schreiben. Zweitens, versuchen, etwas Neues zu schreiben. Und drittens, den gottverdammten Bericht weiterschreiben. Also reiß dich zusammen und entscheide dich für das Beste. Du hast immer etwas riskiert, wenn du auf dich selbst setzen konntest. Man darf niemals auf etwas setzen, das reden kann, hat dein Vater gesagt, und du hast geantwortet: Außer auf sich selbst. Ich nicht, Davey, hatte er gesagt, aber setz du mal alles auf dich, du hartherziger kleiner Bastard. Er hatte wohl kaltherzig sagen wollen, sich aber zurückgehalten mit seinem sanften Lügenmaul. Vielleicht hatte er es aber auch wirklich so gemeint. Laß dir von dem Tuborg-Bier nichts vormachen.

Also entscheide dich für die beste Möglichkeit und schreib etwas Neues, und zwar so gut du kannst. Und denk daran, Marita hat es genauso schwer getroffen wie dich. Oder noch schwerer. Also riskier's. Unser Verlust bedrückt sie genauso sehr wie dich.

29

Als er schließlich für diesen Tag das Schreiben aufgab, war es Nachmittag. Sobald er in sein Arbeitszimmer gegangen war, hatte er einen Satz angefangen und zu Ende geschrieben, aber danach konnte er nicht weiterschreiben. Er strich ihn aus, fing einen zweiten Satz an und stand dann wieder vor völliger Leere. Er war unfähig, den nächsten Satz zu schreiben, obwohl er ihn kannte. Er schrieb noch einmal einen ersten einfachen Aussagesatz, und wieder war es ihm unmöglich, den nächsten Satz aufs Papier zu bringen. Nach zwei Stunden war es immer noch so. Er konnte nicht mehr als einen einzigen Satz schreiben, und die Sätze wurden immer einfältiger und waren vollkommen blödsinnig. Vier Stunden hielt er das durch, bis er wußte, daß mit Entschlossenheit allein nichts gegen das Geschehene auszurichten war. Er nahm das hin, ohne es zu akzeptieren, packte das Schreibheft mit den Reihen durchgestrichener Zeilen weg und ging raus, das Mädchen suchen.

Sie saß lesend auf der Terrasse in der Sonne, und als sie aufblickte und sein Gesicht sah, sagte sie: „Nichts?"

„Schlimmer als nichts."

„Kein bißchen?"

„Nix."

„Trinken wir einen", sagte Marita.

„Gut", sagte David.

Sie waren an der Bar, und der Tag war mit ihnen hereingekommen. Er war so schön wie der Tag zuvor, vielleicht noch schöner, da der Sommer eigentlich schon vorüber war und jeder warme Tag eine Zugabe bedeutete. Wir sollten ihn nicht vergeuden, dachte David, sondern versuchen, etwas Gutes daraus zu machen und ihn zu retten, wenn wir können. Er mixte die Martinis, füllte sie in Gläser, und als sie sie probierten, waren sie eiskalt und trocken.

„Du hast recht daran getan, es heute morgen zu versuchen", sagte Marita. „Aber heute wollen wir nicht mehr darüber nachdenken."

„Gut", sagte er.

Er griff nach der Flasche Gordon's, dem Noilly Prat und dem Shaker, goß das Wasser vom Eis ab und begann unter Verwendung seines leeren Glases zwei neue Drinks abzumessen.

„Ein herrlicher Tag", sagte er. „Was fangen wir damit an?"

„Gehen wir schwimmen, jetzt gleich", sagte Marita. „Damit wir den Tag nicht vergeuden."

„Gut", sagte David. „Soll ich Madame sagen, wir kämen erst spät zum Essen?"

„Sie hat uns was Kaltes vorbereitet", sagte Marita. „Ich

dachte, du würdest bestimmt gern schwimmen gehen, egal wie's mit der Arbeit geklappt hätte."

„Das war klug", sagte David. „Und wie geht's Madame?"

„Sie hat ein leicht blaues Auge", sagte Marita.

„Nein."

Marita lachte.

Sie fuhren die Straße rauf um die Landzunge durch den Wald, verließen im durchbrochenen Schatten der Pinien den Wagen und trugen den Essenkorb und die Strandsachen den Pfad zur Bucht runter. Von Osten wehte eine leichte Brise und das Meer schimmerte ihnen dunkelblau durch die Pinien entgegen. Die Felsen waren rot, der Sand in der Bucht war gelb und gerippt, und das Wasser über dem Sand war, als sie näher kamen, sauber und klar wie Bernstein. Sie stellten den Korb und den Rucksack in den Schatten des größten Felsens, zogen sich aus, und David stieg auf den großen Felsen, um von dort ins Wasser zu springen. Nackt und braun stand er in der Sonne und sah aufs Meer.

„Willst du auch reinspringen?" rief er.

Sie schüttelte den Kopf.

„Ich warte auf dich."

„Nein", rief sie nach oben und watete bis zu den Oberschenkeln ins Wasser.

„Wie ist es?" rief David nach unten.

„So kühl war's noch nie. Fast schon kalt."

„Gut", sagte er; sie sah zu ihm auf, watete weiter, und das Wasser stieg über ihren Bauch und berührte ihre Brüste; er streckte sich, erhob sich auf die Zehenspitzen, schien langsam, ohne zu fallen, vornüber zu kippen, stieß sich dann ab und brachte das Wasser mit einem Aufklatscher zum Schäumen, wie ein Delphin es nicht besser hätte machen können, und tauchte raffiniert wieder in das Loch, das beim Hochkommen entstanden war. Sie schwamm auf den Strudel zu, und dann kam er neben ihr hoch, nahm sie fest in die Arme und drückte seine salzigen Lippen auf ihre.

„Elle est bonne, la mer“, sagte er. „Toi aussi.“

Sie schwammen aus der Bucht heraus und ins tiefe Wasser, vorbei an der Stelle, wo der Berg steil ins Wasser abfiel, und ließen sich auf dem Rücken treiben. Das Wasser war kälter als in den letzten Tagen, aber die obere Schicht war ein wenig erwärmt; Marita ließ sich mit stark durchgedrücktem Rücken treiben, den Kopf bis auf die Nase ganz unter Wasser, und die leichte Dünung umspülte sanft ihre Brüste. Die Augen hatte sie gegen die Sonne geschlossen, und neben ihr war David. Er schob seinen Arm unter ihren Kopf, und dann küßte er die Spitze ihrer linken Brust und danach die rechte.

„Sie schmecken nach Meer“, sagte er.

„Ich möchte hier draußen schlafen.“

„Könntest du das?“

„Es ist zu anstrengend, den Rücken dauernd so durchzudrücken.“

„Schwimmen wir noch weiter raus und dann zurück.“

„In Ordnung.“

Sie schwammen weit hinaus, weiter als jemals zuvor, so weit, daß sie an der nächsten Landspitze vorbeisehen konnten, und noch weiter, bis sie die bucklige purpurne Linie der Berge jenseits des Waldes sehen konnten. Dort lagen sie auf dem Wasser und beobachteten die Küste. Dann schwammen sie langsam zurück. Als sie die Berge nicht mehr sahen, legten sie eine Ruhepause ein, und noch eine, als sie die Landspitze aus dem Blick verloren, und dann schwammen sie mit langsamen, kräftigen Zügen durch den Eingang der Bucht und zogen sich auf den Strand.

„Bist du erschöpft?“ fragte David.

„Und ob“, sagte Marita. So weit hinaus war sie noch nie geschwommen.

„Hast du noch Herzklopfen?"

„Nein, mir geht's prima."

David ging über den Strand zu dem Felsen und holte eine der Flaschen Tavel und zwei Handtücher.

„Du siehst aus wie eine Robbe", sagte David, als er sich neben sie in den Sand setzte. Er gab ihr die Flasche Tavel, sie trank und reichte sie ihm zurück. Er nahm einen langen Zug, und als sie sich dann auf dem weichen, trockenen Sand in der Sonne ausstreckten, neben sich den Essenskorb und den kühlen Wein, den sie aus der Flasche tranken, sagte Marita: „Catherine hätte nicht schlappgemacht."

„Was weißt du denn? So weit ist sie nie rausgeschwommen."

„Wirklich?"

„Wir sind ganz schön weit draußen gewesen, Mädchen. So weit war ich noch nie, daß ich die Berge im Hinterland sehen konnte."

„Na schön", sagte sie. „Heute können wir sowieso nichts für sie tun, also denken wir auch nicht daran. David?"

„Ja."

„Liebst du mich noch?"

„Ja. Sehr."

„Vielleicht habe ich einen großen Fehler mit dir gemacht, und du redest mir bloß nach dem Mund?"

„Du hast keinen Fehler gemacht, und ich rede dir nicht nach dem Mund."

Marita nahm eine Handvoll Radieschen, aß sie langsam auf und trank etwas Wein. Die Radieschen waren noch klein und fest und scharf im Geschmack.

„Du darfst dir wegen der Arbeit keine Sorgen machen", sagte sie. „Bestimmt. Das wird schon wieder."

„Sicher", sagte David.

Er zerteilte mit der Gabel ein Artischockenherz,

tunkte ein großes Stück in die von Madame zubereitete Senfsoße und steckte es in den Mund.

„Kann ich den Tavel haben?“ fragte Marita. Sie trank einen ordentlichen Schluck von dem Wein und stellte die Flasche neben David ab; sie drückte sie fest in den Sand und lehnte sie an den Korb. „Hat Madame uns nicht ein schönes Essen gemacht, David?“

„Ein hervorragendes Essen. Hat Aurol ihr wirklich ein blaues Auge gehauen?“

„Nicht richtig.“

„Sie ist ganz schön frech zu ihm.“

„Da ist erst mal der Altersunterschied, und außerdem war er im Recht, sie zu schlagen, falls sie ihn beleidigt hat. Das hat sie selbst gesagt. Und sie hat dir Botschaften geschickt.“

„Was für Botschaften?“

„Na, so Liebesbotschaften.“

„Sie liebt *dich*“, sagte David.

„Nein, Dummkopf. Sie ist bloß auf meiner Seite.“

„Jetzt gibt es keine Seiten mehr“, sagte David.

„Stimmt“, sagte Marita. „Und wir wollen auch keine mehr haben. Es hat sich einfach so ergeben.“

„Gut hat es sich ergeben.“ David reichte ihr die Schale mit dem zerteilten Artischockenherz und der Soße und griff sich die zweite Flasche Tavel. Sie war noch kühl. Er nahm einen langen Zug. „Man hat uns ausgeräuchert“, sagte er. „Verrückte räuchert die Bournes aus.“

„Sind wir die Bournes?“

„Sicher. Wir sind die Bournes. Es mag eine Weile dauern, bis wir die Papiere haben. Aber wir sind es. Willst du es schriftlich haben? Das könnte ich wohl noch schreiben.“

„Du brauchst es nicht zu schreiben.“

„Ich schreib’s in den Sand“, sagte David.

Sie schliefen gut und leicht durch den Spätnachmittag, und als die Sonne schon tief unten stand, wachte Marita auf und sah David im Bett neben sich liegen. Seine Lippen waren geschlossen, und er atmete sehr langsam; sie betrachtete sein Gesicht und seine im Schlaf geschlossenen Augen, die sie so erst zweimal gesehen hatte, betrachtete seine Brust und seinen Körper mit den gerade ausgestreckten Armen. Sie ging zur Badezimmertür und betrachtete sich in dem mannshohen Spiegel. Dann lächelte sie ihr Spiegelbild an. Nachdem sie sich angezogen hatte, ging sie raus in die Küche und unterhielt sich mit Madame.

Als sie später zurückkam, schlief David noch immer, und sie setzte sich zu ihm aufs Bett. Sein Haar wirkte im Dämmerlicht fast weiß gegen sein dunkles Gesicht, und sie wartete, bis er aufwachte.

Sie saßen an der Bar und tranken beide Haig Pinch und Perrier. Marita trank sehr vorsichtig. Sie sagte: „Ich finde, du solltest täglich in die Stadt fahren, Zeitungen kaufen, einen trinken und für dich allein lesen. Ich wünschte, es gäbe da einen Club oder ein richtiges Café, wo du dich mit deinen Freunden treffen könntest."

„Gibt's aber nicht."

„Na ja, ich meine, es würde dir guttun, wenn du mich nach der täglichen Arbeit immer eine Weile nicht sehen würdest. Mädchen hattest du ja haufenweise. Ich werde jedenfalls immer dafür sorgen, daß du auch Freunde hast. Das ist einer der ganz schlimmen Fehler Catherines gewesen."

„Aber ohne Absicht, und außerdem war ich daran selber schuld."

„Kann schon sein. Aber meinst du, wir werden Freunde haben? Gute Freunde?"

„Uns haben wir ja schon mal."

„Und andere?“

„Wir werden sehen.“

„Und wenn sie mehr wissen als ich, werden sie mir dich dann ausspannen?“

„Sie werden nicht mehr wissen.“

„Werden sie jung und frisch sein und mit neuen Sachen kommen, und wirst du dann meiner überdrüssig?“

„Weder das eine noch das andere.“

„Sonst würde ich sie auch umbringen. Ich werde dich nicht an irgend jemand weggeben, so wie sie das getan hat.“

„Das freut mich.“

„Ich will, daß du Freunde hast, Freunde aus dem Krieg, und Freunde, mit denen du auf die Jagd gehen und im Club Karten spielen kannst. Aber Freundinnen brauchst du doch wohl keine, oder? Frische, junge, die sich in dich verlieben und dich richtig verstehen und all das?“

„Ich treibe mich nicht mit Frauen herum. Das weißt du.“

„Sie sind immer wieder neu“, sagte Marita. „Täglich gibt es neue. Man kann keinen genug davor warnen. Und dich erst recht nicht.“

„Ich liebe dich“, sagte David, „und mein Partner bist du auch. Aber sorg dich nicht. Halt einfach nur zu mir.“

„Ich halte zu dir.“

„Ich weiß, und es gefällt mir, dich anzusehen und zu wissen, daß du da bist und daß wir zusammen schlafen und glücklich sein werden.“

Im Dunkeln drängte Marita sich an ihn, und er spürte ihre Brüste an seiner Brust und ihren Arm hinter seinem Kopf und ihre streichelnde Hand und ihre Lippen auf seinen.

„Ich bin dein Mädchen“, sagte sie im Dunkeln. „Dein

Mädchen. Was auch kommen mag, ich bin immer dein Mädchen. Dein gutes Mädchen, und ich liebe dich.“

„Ja, Liebste. Schlaf gut. Schlaf gut.“

„Schlaf du zuerst ein“, sagte Marita. „Ich bin gleich wieder da.“

Er schlief schon, als sie zurückkam und sich unter das Laken neben ihn legte. Er lag auf der rechten Seite und atmete leise und gleichmäßig.

30

Am Morgen wachte David auf, als das erste Licht durchs Fenster fiel. Draußen war es noch grau, und er sah andere Pinienstämme als sonst beim Aufwachen und dahinter in Richtung Meer eine größere freie Stelle. Sein rechter Arm war steif, weil er darauf geschlafen hatte. Als er dann richtig wach war, merkte er, daß er in einem fremden Bett lag, und er sah Marita neben sich schlafen. Dann fiel ihm alles wieder ein, und er sah sie liebevoll an, zog das Laken über ihren frischen braunen Körper, gab ihr noch einen ganz leichten Kuß, zog seinen Morgenmantel an, trat in den taunassen frühen Morgen hinaus und trug ihr Bild mit sich in sein Zimmer. Er duschte kalt, rasierte sich, zog ein Hemd und Shorts an und ging zu seinem Arbeitszimmer. An der Tür zu Maritas Zimmer blieb er stehen und öffnete sie behutsam. Er betrachtete sie im Schlaf, schloß leise die Tür und ging in das Zimmer, wo er immer arbeitete. Er holte seine Bleistifte und ein neues Heft heraus, spitzte fünf Bleistifte und begann mit der Story über seinen Vater und den Überfall im Jahr des Maji-Maji-Aufstands, die mit dem Marsch über den Salzsee angefangen hatte. Er beschrieb jetzt den ersten Tag dieses furchtbaren Marsches bis dahin, wo sie mitten auf der Strecke, die nur im Dunkeln zu bewältigen war, vom Sonnenaufgang überrascht wurden und bereits Fata Morganas auftauchten, während die Hitze rasch unerträglich wurde. Der Morgen war schon weit fortgeschritten, und vom Meer her fuhr ein kräftiger frischer Ostwind durch die Pinien; zu diesem Zeitpunkt hatte er die Nacht im ersten Lager unter den Feigenbäumen, dort wo das Wasser vom Steilhang herunterkam, zu Ende geschrieben und bewegte sich jetzt am frühen Morgen aus diesem Lager in das lange, enge Tal, das in den steilen Einschnitt mündete, der den Hang hinaufführte.

Er merkte, daß er jetzt viel mehr über seinen Vater wußte als zu der Zeit, da er diese Story zum erstenmal geschrieben hatte, und er konnte seinen Fortschritt deutlich an den Kleinigkeiten ermessen, die seinen Vater jetzt plastischer und nuancierter hervortreten ließen, als ihm dies in der früheren Fassung gelungen war. Jetzt kam es ihm zugute, daß sein Vater kein unkomplizierter Mensch gewesen war.

David schrieb flüssig und locker weiter; die früheren Sätze kamen vollständig und unversehrt zu ihm zurück, und er schrieb sie auf, korrigierte und strich, als ob er einen Fahnenabzug überarbeitete. Kein einziger Satz fehlte, und viele schrieb er so auf, wie sie ihm wiedergegeben worden waren, ohne jede Änderung. Um zwei Uhr hatte er das, wofür er ursprünglich fünf Tage gebraucht hatte, wiedererlangt, korrigiert und verbessert. Er schrieb noch eine Weile weiter, und nichts wies darauf hin, daß nicht auch alles andere unversehrt zu ihm zurückkommen würde.

Übersetzung der fremdsprachigen Textstellen

8 *brioche* – (franz.) feines Hefegebäck.
café au lait – (franz.) Kaffee mit Milch.
15 *camion* – (franz.) Wagen.
19 *fine à l'eau* – (franz.) Cognac mit Wasser.
23 *flageolets* – (franz.) Zwergbohnen.
30 *C'est Monsieur?* – (franz.) Ist das der Herr?
41 *cahier* – (franz.) Schreibheft.
42 *boina* –(span.) Baskenmütze.
Pour Monsieur aussi? – (franz.) Für den Herrn auch?
43 *G. N.* – (franz.) Garde nationale.
47 *café crème* – (franz.) Kaffee mit Sahne.
œuf au jambon – (franz.) Ei mit Schinken.
56 *jamón serrano* – (span.) roher Schinken.
salchichón – (span.) Zervelatwurst.
Gazpacho – (span.) Kalte Suppe aus Brot, Öl, Essig, Zwiebeln, Knoblauch.
marismeño – Spanische Weinsorte.
57 *Hay solomillo muy bueno* – (span.) Es gibt ein sehr gutes Lendenstück.
64 *Y la Señora?* – (span.) Und die Dame?
66 *fonda* – (span.) Gasthaus.
77 *botones* – (span.) Hotelpage, Laufbursche.
83 *Espadrilles* – (span.) Leinenschuhe.
84 *dégagé* – (franz.) lockerer, nach hinten weg.
87 *Madame et Monsieur* . . . – (franz.) Madame und Monsieur haben die Haare bleichen lassen. Das ist gut so. – Danke, mein Herr. Wir lassen das immer im August machen. – Gut so. Sehr gut.
98 *Shamba* – (Suaheli) Lager, Pflanzung.
99 *cadres* – (franz.) Fahrradrahmen; Umgebung.
114 *pomme à l'huile* – (franz.) Kartoffel in Öl.
115 *C'est dommage* – (franz.) Das ist schade.
118 *Hors d'œuvres* – (franz.) Vorspeisen.
poulet – (franz.) Hühnchen.
ratatouille – (franz.) Ragout.

137 *Mais certainement ...* – (franz.) Aber sicher, Monsieur Bourne.
138 *bicyclette* – (franz.) Fahrrad.
139 *Sans blague* – (franz.) Was Sie nicht sagen!
À bientôt, chère Madame – (franz.) Bis gleich, meine liebe Madame.
À tout à l'heure, Monsieur – (franz.) Bin gleich wieder da, Monsieur.
149 *œufs au plat avec jambon* – (franz.) Eier in der Schüssel mit Schinken.
152 *cendre* – (franz.) aschgrau.
156 *Ndiyo* – (Suaheli) Ja! Gewiß!
166 *pastorale* – (franz.) hirtenhaft.
magnifique – (franz.) großartig.
173 *Tournedos* – (franz.) Rinderfiletscheiben.
179 *femme* – (franz.) Frau.
des gens très bien – (franz.) sehr anständige Leute.
185 *askari* – (Suaheli) Soldat, Waffenträger.
toto – (Suaheli) Kind.
193 *bibis* – (Suaheli) Frauen.
218 *Ngoma* – (Suaheli) Trommel, Tanz.
220 *alpargatas* – (span.) Hanfschuhe.
230 *Ta gueule* – (franz.) Halt die Schnauze.
234 *bidon* – (franz.) Kanister.
246 *Toi et moi* – (franz.) Du und ich.
247 *wagon-lit* – (franz.) Schlafwagen.
pelote – (franz.) Ballspiel.
248 *À nous et à la liberté* – (franz.) Auf uns und auf die Freiheit.
251 *écrasseuse* – (franz.) Sonntagsfahrerin.
256 *Elle est bonne, la mer ...* – (franz.) Das ist gut, das Meer. Du auch.